徳間文庫

警視庁公安J

アーバン・ウォー

徳間書店

目次

序 5
第一章 勃発 10
第二章 総動員 74
第三章 初作業 126
第四章 各地戦 192
第五章 攻防者 251
第六章 同級生 303
第七章 分室長 353
【警視庁シリーズ】第二十巻刊行に寄せて 436

序

【やあ、Ｊボーイ。寒くなってきたね。こちらニューヨークはもう、真冬に突入だ。今朝も氷点下だったが、今年は寒さが厳しくなるらしい。そう聞くと、南スーダンのサバンナや、マイアミの明るい太陽が恋しくなるというものだ。

私は寒いのが嫌いでね。――何？　昔からそうだったかって？　改めて聞かれるとさて、どうだっただろう。特に気にしたことはないと思うが――。

えっ。ああ。そうか。そうだね、Ｊボーイ。私が平生を生きる戦場は、たしかに砂漠やサバンナ、ジャングルが圧倒的に多かった。君と一緒にいた頃はそう、そんな場所ばかりを巡っていたね。

暑さは、人の闘争心を膨張させるのだろうか。暴発？　ああ、それは言い得て妙だ。なら、寒さは怒りの感情すら凍えさせるのかな。そうだとしたら――。

ふふっ。答えは簡単だ。私は寒さが、今以上に嫌いになるだろうね。

もっとも、ロシア、ベラルーシ、北欧諸国に中国、アメリカやカナダもか。タイガやツンドラの中からでも、自国の正義を振り翳《かざ》して吼《ほ》え掛かろうとする連中はそれこそいくらでもいる。かく言う私も今なぜニューヨークに滞在するのかといえば——。おっと、ここから先は、さすがにシークレットだ。針葉樹林や凍原の中に閉じ込めておこう。

え、冗談はそれくらいにして、本題はなんだって？

ははっ。相変わらず、つれないね。私は君の声を聴くだけで本当に、ニューヨークの寒空に極彩色の虹が架かるような思いだというのに——。

Jボーイ。今回君に連絡したのは他でもない。クラウディア・ノーノの件だよ。もっともこれは、彼女の様子を気にしてくれないかという、君からの依頼だった気がするが。いや、懇願だったかな。

なんだって？　本当にアクションを起こしてくれるとは思わなかったって。ふん。それは心外だね。私は誰よりも、常に私の仲間の心身の状態には留意しているつもりなのだが。

作戦行動に際し、実行者の体調を慮《おもんばか》るのはリーダーの務めだよ。だから私はもちろん、遠く離れた島国の、君のバイオリズムにも細心の注意を払っている。それがどんな形でかはまあ、ここでは言わないことにしておこうか。

ふふっ。で、君に対する評価だって？　そうだね。

すこぶるいい、と表現しておこう。ＰＴＧの発現とその持続。君の心身は、非常に高いレベルで安定していると思う。私から見ても羨《うらや》ましいくらいに。望ましいほどに。ある意味、恐ろしいくらいに。

まったくね。クラウディア・ノーノの精神も、君と同じくらいであったらと私は思わなくもない。彼女は、いみじくも君が言葉にした通り、情念の人だ。その怖いくらいの情念で美を愛し、華を愛す人だ。

Jボーイ。そんな彼女が、マイアミの太陽に影を差すほどに、打ちひしがれていたよ。失って初めて知ったと、彼女は濡《ぬ》れるような吐息の中に言った。それほどまでに、劉春《りゅうしゅん》凜《りん》という二胡《にこ》奏者に惹《ひ》かれていたと。だから悲しいと。

把握しているつもりだったが、それは私の自惚《うぬぼ》れだとわかった。彼女に接触してよかったよ。Jボーイ。君には感謝しなければならない。

彼女はね。私が思う以上に、本当に情念の人だった。そんな情念が哀しみに塗《まみ》れれば、憤怒となって噴き上がりもするということなのだね。それが今回は、君の国の海を渡る道路に、少々の亀裂と焦げ跡を作る結果となったわけだ。

いつもの彼女の、ささやかな悪戯《いたずら》程度、あるいは彼女なりの正義の行使だと高を括《くく》っていたのだがね。今回の爆破の手順がパーフェクトだったのは、案外ただの幸運だったのかもしれない。あるいは場所が、常に緊張感に欠ける極東の島国だったから、いや、君が見て見ない振り、見えない振りをしてくれたからかな。

いずれにせよ、彼女は少し世俗に染まり過ぎたようだ。それが特徴ではあれ、長所ではあれ、欠点も内包するなら久し振りに、しばらく私の手元に置くのもいいだろう。

Jボーイ。私はね、感情で行動を起こすのは、何事においても危険なことだと思っている。それが情念ならなおさら、とも言えるだろうか。哀しみからくる怒り、怒りから生まれる哀しみは果てしもない。──私もね。知っているのだ。私の方が知っていると言っていいかもしれない。

恋は盲目なら、愛は、さて。

百年の孤独は、牽牛織女《けんぎゅうしょくじょ》の逢瀬に劣るのだろうか。

Jボーイ。感情とは常に、揺れ動くものだ。不定なのだ。だからこそ、私たちのメンバーが行動を起こすときは、そんな不定を排除した純然たる正義に拠《よ》らなければならないと思っている。

もちろん、辞書に載るような画一化された、条文のような正義ではないよ。正義とは本来、自由なものなのだ。概念はそれこそ無限に広がるのだから。

そうして、正義の女神の天秤《てんびん》には、ただただ自由な正義と、その正義の遂行の妨げとなる悪《あ》しき何某《なにがし》かだけを乗せなければならない。そうでなければ正義は大義に昇華し得ず、人が人を手に掛ける所業は所詮《しょせん》、悪鬼の横暴であって、決して羅刹の破邪にはなり得ないのだ。

これはね、Ｊボーイ。神であっても同じことだよ。いや、神ならばこそ、常に下される鉄槌《てっつい》は非情でなければならないだろうね。

孤独だろう？　そう。神は孤独だ。百年どころではない。飽きるほどの年月に神は孤独なのだ。

その孤独を癒すのは、さて。

――。

ああ。いや、観念的な話はこのくらいにしておこう。聖人の生まれにも死にも格別の興味はないが、季節を感じさせるイベントというものは大いに大事だからね。

Ｊボーイ。さて、今年はクリスマスのプレゼントに、何をご所望かな？

えっ。その後の静かな年末とカウントダウン？　ははっ。それはさすがに、いまだ人の身の私には確約出来ない。君の国の八百万《やおよろず》とかいう、分業制の神々から担当を探し出して祈るしかないんじゃないかな。

何？　神がお役所仕事のようだって。

ふふっ。なら、願いの結果は決まりだ。

盥回《たらいまわ》しの有耶無耶《うやむや》の結果、君に年末の静けさなど金輪際、訪れようもないということだね】

第一章　勃発

一

　影が長く伸びる夕刻、四時過ぎになって、一人の男が横浜駅前から乗り込んだ相鉄バスを降りた。

　身長は百七十センチを超えるくらいだろう。中肉中背だが、緩みのない身体《からだ》は背筋が伸びて大きく見えた。折り目正しいグレーのスーツを隆《りゅう》と着こなし、それだけで貫禄は十分だった。

　高い鼻に角張った顎。鋭い目にハッキリした眉。そして、白髪が少しだけ混じり始めたオールバック。

　男は、鎌形幸彦《かまがたゆきひこ》現防衛大臣の政策参与、矢崎啓介《やざきけいすけ》だった。

　矢崎が降りたバス停には、〈交通裁判所〉という表記があった。

　この日、矢崎は久し振りに、保土《ほど》ヶ谷《がや》にある陸上自衛隊の横浜駐屯地へ足を向けた。目的は駐屯地司令の浪岡《なみおか》一佐への面会だが、特に本人にアポイントを取ったわけではない。ふと思い立っての来訪だった。

　横浜駐屯地はその司令を中央輸送隊隊長をもって任じ、中央輸送隊は防衛大臣直轄部隊だ。

　防衛大臣政策参与である矢崎はその職にある限り、実際には顔パスで通るだろう。しかも矢崎は元、陸上自衛隊中部方面隊第十師団師団長、陸将だ。

が、そんなことを矢崎はしない。矢崎は律儀にして、規則はたいがいの場合、遵守する男だ。

　浪岡との面会は、特に急ぐ用件でもなかったから、叶《かな》わなければ叶わないで日を改めるだけだと、そのくらいの気軽さで訪れたつもりだった。

　それにしても、前回十月にふらりと訪れたときもそうだったが、唐突に雲の上の重苦しい肩書を持った男がやってくれば、初見の隊士らは面食らうようだ。

　正門受付の警衛所で目的を告げ、姓名を告げると、警衛所の中がその途端に慌ただしくなる。

　特に矢崎の応対をしてくれた若い隊士などは、内線電話を取り上げつつ、

「しょ、少々お待ちを。今すぐ隊長に確認をっ」

ガラス窓のサッシを挟んですぐ目の前にいるにも拘《かかわ》らず、声は腹から絞り出すようにしてマックスになった。

思わず苦笑も出るが、こういう場合、経験が少ないということは未熟をいい表すだけではない。真《ま》っ直《す》ぐな若さはいっそ清々《すがすが》しいほどで、微笑《ほほえ》ましいものでもある。

「おっと。これは矢崎参与」

騒ぎを聞きつけ、奥から古参の曹長が小走りに出てきた。

たしか名前は、浜口《はまぐち》と言ったか。

矢崎より実際には、純也《じゅんや》の方がよく知っている男ということになるか。よくしてもらってもいたはずだ。

純也は横浜の精華《せいか》インターナショナルスクール中等部に通っていた頃から、ミックス・マーシャル・アーツを習いに、保土ヶ谷にあるこの横浜駐屯地に足繁く通っていた。

もう二十年を超える話だが、浜口はその頃からすでに、この駐屯地に所属していた。

「やあ。浜口君だったかな」

矢崎はバリトンの深い声を響かせた。

「急に来てすまないね。今日は鎌形大臣に同行して久里浜《くりはま》駐屯地だったんだが、帰りは別々だと言われて、現地で放り出されてね」

「久里浜って。ああ、通信学校ですか」

久里浜駐屯地には陸自の通信学校がある。

浜口がすぐに矢崎の目的を断じて口にしたのは、この通信学校が防衛大臣直轄機関の一つだからだろう。

今年は、その通信学校の女子候補生の担当として、女性自衛官教育隊から要員が派遣された初めての年度となった。

——なあ、矢崎。そろそろ候補生と教官と、双方から様子を聞こうじゃないか。女性の任用と昇任の拡大は自衛隊に限らず、我が民政党内でも頭痛の種だからな。

そんな軽口で、現防衛大臣の鎌形がふいに思い立った久里浜行きに同行した帰りだった。

鎌形はこの十二月に入ってから、同様の軽口が頻繁に出るほどに、すこぶる機嫌がよかった。

八月下旬、東富士演習場での総火演のあとから、鎌形が躍起になって陸上自衛隊の再編に取り組もうとし始めたことは、誰しもの目に明らかなことだった。本人も公言して憚《はばか》らなかった。

——僕に見えない部隊は必要ない。いったん坩堝《るつぼ》に放り込んでグルグルに掻《か》き混ぜて、悪を浮かび上がらせてみるのも悪くない。

鎌形は矢崎に、そんなことも言った。

これは鎌形が、本気で陸自の奥深くまで手を突っ込む気になった、ということの証《あかし》でもあったろう。

陸上総隊の早期の確立及び、その総司令官の権威。

自身が目指すところを、鎌形はそう表現した。有事の際の、命令指揮系統の一元化が主な目的だ。

実に、陸上自衛隊は設立当初から方面隊が並列し、総司令官が存在しなかった。

そのため、防衛大臣及び防衛省による有事の際の陸自への指令は、五方面隊それぞれに発令しなければならず、陸自の組織的タイムロスは、ずいぶん前から問題視されていたことでもある。

――柱は五本も要らない。五本もあると、一本や二本腐っても屋根は落ちない。それじゃダメだろう。いつ落ちるかわからないのは、甚だ危険だ。風通しの良さとは、腐らせないことでもある。屋台骨、それこそ大黒柱は一本でいい。

鎌形は至極真っ当に聞こえる正論を、公の場でことあるごとに熱く語った。

この鎌形の公言は、一歩進んでは滞るを繰り返していた陸上総隊の設立に、大いに棹《さお》を差した。

官邸や関係各所もおおむね好意的で、とりわけ世論は、陸上総隊の早期実現構想を鎌形という政治家のプラスポイントとして捉えたようだ。

そうなれば鎌形という政治家は、防衛大臣直下の一元運用を可能にするこの陸上総隊という部隊を、抵抗の一切を薙《な》ぎ払ってでも達成しようとするだろう。

と、そんなふうに矢崎は思っていた。

と同時に危惧もしたものだ。

案の定、鎌形は以来、この一事に全精力を傾けた。前月上旬の、アメリカ新大統領の訪日スケジュールへの対応もそこそこに、来年に迫った党総裁選にも、今回は見向きもしなかったことでも本気度がわかろうというものだ。

そうして、本来なら政治家の見本、お手本と言っていいような熱意と手際を以《もっ》て、翌二〇一八年四月からの陸上総隊運用を確固たるものにした。

十二月に入って鎌形の機嫌がいいのは、そういうわけだった。

ようやく肩の荷が下りた、ということなのだろう。

「久里浜まで行って放り出されるって。参与、それはお気の毒に、としか言いようはないですが」

「そう言ってくれるだけましだよ。銀座のどこからかメールが入ったようでね。私が言われたのは、じゃあな、とそれだけだ」

「ありゃ。ご愁傷様です」

少し砕けた仕草で浜口が言うと、先ほどから内線を掛けていた隊士が受話器を置き、顔を上げて直立不動でまた声を張った。

「時間を空けるそうです。第一応接室へどうぞっ」

要求は入れてもらえたようだ。

「じゃあ、参与。どうぞ」

「ああ、いいよ。すぐそこじゃないか。大丈夫」

浜口が警衛所から出てこようとするのを、手で制して歩き始める。

そもそも本館庁舎そのものは、警衛所の真裏に見えている。迷いようもない。

その上、横浜は矢崎にとっては昔から馴染《なじ》みがあり、勝手知ったる駐屯地だ。トイレの場所も厨房《ちゅうぼう》も、隊長室も把握している。

本館庁舎に入ると、そこここにいた隊士たちが全員、起立で矢崎を迎えた。

恐縮しきりだが、いっそ気持ちがいいその挙措は、国防を担う彼らにとっての、諸外国に負けない礼節の訓練だと自身に言い含めて、するがままに任せる。

（そう思えば、あのパーティーも同じようなものか）

ふと、防大の四学年も終わりの頃を思い出す。

卒業式近くになると、某有名ホテルの飛天の間で卒業ダンスパーティーなるものが開催されるのが防大では恒例だった。

将来の海外赴任を見据え、マナーとして社交ダンスは出来た方がいいという初代学校長の時代からの配慮だという。

ダンスパートナーは近隣の女子大に毎年お願いし、参加は自由ではあったが、矢崎は腹を据え、率先して参加した。

相手に恥を掻かせることなくきちんと踊れたかどうかの記憶は定かではないが、マナーの訓練、と自分に強く言い聞かせた覚えはあった。

揃《そろ》って十度下げられた隊士たちの敬礼に目を細め、その代わりではないが、お茶は要らないと声高に伝えて第一応接室に向かう。

しばらく一人で待つと、小気味のいい靴音を響かせて浪岡はやってきた。

「これは師団長。あ、いや、政策参与」

短髪で小柄だが胸板が厚く、よく通る声の堂々とした所作の、浪岡は中央輸送隊を率いるに相応《ふさわ》しい男だった。

この横浜駐屯地指令兼中央輸送隊隊長はこの地の任を終えると、多くが陸将補に昇任する。つまりは、エリートだ。

現在の浪岡も矢崎からは二十数期を数える後輩で、かつては守山《もりやま》駐屯地で、矢崎の直属の部下でもあった。純也もよく知っている男だ。

ソファに座ったまま、矢崎は右手を上げて挨拶《あいさつ》に代えた。

「師団長でいい。気にするな。未《いま》だにニックネームのように、そっちで呼ぶ連中も多いしな。実際、私としてもその呼ばれ方が据わりがいいようだ」

「では、そうさせていただきます」

浪岡は十度の敬礼で応え、矢崎の対面に腰を下ろした。

「師団長は、今日は久里浜だったんじゃないですか?」

浪岡は着席するなり、そう言った。

はて。

内線電話で、先ほどの警衛所での矢崎と浜口の会話を聞いていたのかと一瞬思うが、だとすると会話が捻《ね》じれる。

「警衛所からの内線で、浜口君との話を聞いていたのではないのかね」

「まさか。若宮《わかみや》が大慌てで捲《まく》し立てていたので、どちらかと言えば受話器は離していましたし」

若宮、というのがあの若い隊士の名前らしいことは理解出来た。

「なら、そう。耳が早いというべきか。久里浜からかな?」

「いえ」

浪岡は悪戯気な目をして頭を振った。

「朝霞《あさか》です。同期がおりまして」

「なんだか回りくどいな。——いや、違うか」

「ええ」

浪岡は先を読んだようにして頷《うなず》いた。

「女性自衛官教育隊の本部が、朝霞にありますので」

そうだった。通信学校の女子候補生の教官が、女性自衛官教育隊から派遣されていることを思い出す。

それから、浜口にした話を浪岡にもう一度繰り返した。

浪岡は快活に笑って聞いてくれた。

「なるほど。そうやって大臣が傍若無人に動くと、参与もこうして元部下のところを不意に訪れると」

「嫌味かね」

「いえ。滅相もない。大歓迎です」

と、矢崎と浪岡とはこのくらいには気安い、いや、大いに気安い間柄だった。

二

浪岡は矢崎が守山で中部方面隊第十師団師団長だった頃、二等陸佐として第十師団司令部幕僚幹事だった。部下として接したのはこの四年ほどだが、浪岡は矢崎にとって防衛大の後輩でもあった。

この年で四十三歳になる浪岡は、防衛大学校に一九九三年入校・第四十一期のはずだ。一九七二年入校・第二十期の矢崎からは、二十一期下ということになる。

自衛隊内における上司と部下の関係もさることながら、ともに防大卒ということによる精神的な結びつきはさらに、何ものにも勝ると多くの同窓生が言う。

若く多感な時代に、平日の外出禁止、隙間のない授業、四学年生を部屋長とした八人ひと括りの寮生活、千時間を超える実践訓練。そして、四年間を通し、〈廉恥〉〈真勇〉〈礼節〉の綱領を徹底的に叩《たた》き込まれる。

実に濃い日々だ。絆は、いやが上にも太く強いものになる。

そしてこの絆は、特に卒業同期で最大となるが、他の卒業期生に対しても感覚はそう変わらない。

濃い四年間を〈全うした〉という共感は、他の関係では感じ得ないものだ。

そんな絆が、陸海空を問わず、自衛隊の中には数多くあった。その上で上司部下なら、なお気安いものだ。

だが――。

そんな気安い関係の浪岡にも言わない、いや、言えないこともある。

この日の久里浜行きは、鎌形の思い付きによる通信学校の視察のため。

この公の目的に、大きな括りとしての嘘はまったくない。

ただ、鎌形は防衛大臣就任後、陸上自衛隊の奥深くから、南スーダンに派遣されたジョーカーという名の独立戦闘部隊を探り当てた。

そうして直前内閣である、故三田聡《みたさとし》内閣の負の遺産でしかないジョーカーに震え上がった。

――なぜ俺のときに。

――小日向《こひなた》め。狙ったか。

これは、ジョーカー殲滅《せんめつ》を目的として鎌形が南スーダンに派遣した、堂林圭吾《どうばやしけいご》元一等陸曹が鎌形本人の口から聞いた言葉だと、後に風間彰《かざままあきら》元三等陸佐が言っていたことだ。

二人ともかつては矢崎の部下で、赤心の自衛官で、それぞれ特殊作戦群のレンジャーと、ミストとも特務班とも呼ばれる部隊のイリーガルで、ともにもう、この世にはいない。

どちらも最後は非業の死であって、それも国を篤《あつ》く思っての死だったが、いずれの階級にも特進はなかった。そういう死だった。

鎌形はそもそもジョーカーだけでなく、風間が所属する特務班のことも知らなかった。

どうやら夏の総火演での風間三佐の死を受けて、初めて朧気《おぼろげ》にもその存在を知ったようだ。

知らなかったからこそ、鎌形は統括大臣としてジョーカーだけでなく、この特務班も嫌悪したらしい。

文民統制、シビリアンコントロールの枠外にあって、防衛大臣も省内上層部にも秘匿された存在だという。

この部隊の存在を、今なら矢崎も知る。生前の風間本人から聞いたからだ。

風間が言うには、陸上幕僚監部指揮通信システム・情報部の深部であり、暗部が特務班だった。

矢崎も風間が言ったからそれくらいは知るが、それ以上のことは知らない。どうやら鎌形も同様のところでとどまっているらしい。

鎌形が矢崎に言った見えない部隊とは、システムとしてはジョーカーのことでもあり、特務班のことでもあったろう。

ただ、ジョーカーは鎌形の意向を以て殲滅され、もうこの世に存在しない。

とすれば、鎌形の言葉が指す部隊は現状、特務班ということで間違いないだろう。

だから浪岡には言わないが、鎌形は久里浜の通信学校には、常日頃から目を光らせているようだ。

指揮通信システム・情報部は電子戦や情報戦を担う部署で、久里浜の通信学校は、その教育訓練を担当し、通信科部隊の運用に関する調査及び研究を行っている。

ということでどうにも、鎌形には久里浜を旧陸軍の中野学校のように思っている節があった。

　この日の久里浜視察も、だから大きな嘘はないが、視察は大いに観察と、下手をすれば監察をも兼ねるものだった。

　そのとき、応接室のドアがノックされ、若い隊士が市販のペットボトルの緑茶を運んできた。

　断ったはずだがと口を開き掛けたが、先に浪岡が手を上げた。

「ああ。気にしないで下さい。私のポケットマネーで、買ってきてくれと頼んだものですから」

　こんなものまで断らないですよね、と浪岡は続けた。

　有難くいただき、隊士が去ってから口をつけた。ホットの緑茶だった。

「十月以来ですね」

　浪岡もひと口飲み、しみじみとした口調で言った。

「そうだな。そうなるか」

　ふらりと、一升瓶をひと括りにして、五升の酒を下げて。

――浪岡。風間を知ってるな。堂林は、知ってるか。土方《ひじかた》はどうだ。

――全員知ってますよ。部下でもありました。

――献杯しよう。

　そんな日だった。そんな日以来だ。

「で、本日のご用向きは」

浪岡が先を促した。

「ああ。まあ大した話ではないんだが、こっちの方に来たついでだと思って寄った。私の個人的な引っ越しの報告だが、まだ言っていなかったと思ったのでな。改めてになるが、先々月のうちから湯島《ゆしま》にいるのだ」

「へえ。湯島に。――えっ。湯島に官舎なんてありましたっけ」

「ないな」

「基地もないですよね。宿営地も」

「当たり前だ」

思わず苦笑が漏れた。

実際、そう思われても仕方ないくらい長く、官舎か宿営地に住んでいた。

それは間違いのないことだが、他人から言われると口元も緩むというものだ。

「はて。では、なんでしょう。まさか、野営とか」

「民間の住まいだ。お前は私をなんだと思っている」

「失礼しました」

浪岡が緑茶をテーブルに置き、頭を下げた。

「それにしても、湯島ですか。へえ。師団長が、民間の住居に」

「まあ、正確に住居かと言われると言葉に詰まる。細かいことは省くが、重要事項説明には大いに不穏含みという文言が盛り込まれたし、その分ということで、家賃はだいぶディスカウントされたしな」

「なんです？　民間という割にはまた、ずいぶんと駐屯地みたいですね」

「たしかに、その辺に惹かれたというのも間違いない。私は駐屯地にいた時間が人生で最も長い。次いで官舎だ。いきなり民間人の、それも子育てファミリーとかの隣だったとしたら、少しは躊躇《ちゅうちょ》があったかもしれん」

「少しですか。なるほど。とにかく出たかったんですね」

「それはあったな。間違いなく」

南スーダンでの、いわゆる〈自衛隊日報隠蔽《いんぺい》問題〉が国会で追及された時期があった。

一瞬ではあったが、鎌形防衛大臣の引責辞任もありそうに見えた時期だ。

そうなれば自分も失職かと、矢崎も覚悟しなかったと言えば嘘になる。

そのとき、四十年以上も〈内側〉暮らしだったことに矢崎は思い至った。

至った途端、強烈に〈外〉に惹かれた。

そこへ、

「芦名春子《あしなはるこ》さんの笑顔と、立派な入居者案内に誘われてな」

「芦名？　ああ。鬼っ子君の。そっち関係の持ちビルですか」

浪岡は大いに納得顔で頷いた。

「ああ。その上、こっちが住み始めたら、最近になって不思議な爺《じい》さんも住み始めてな。これがまず、なかなかに面白い」

「へえ。師団長に面白いって言わせるとは、相当ですね。曲者《くせもの》ですか」

「曲者だな。いや、強者《つわもの》か。この上もなく。――おっ。そうだ」

ふと思いつき、矢崎は手を打った。

「浪岡。その爺さんが、どうにも金欠らしい。今度、武術教練で駐屯地に招聘《しょうへい》してみたらいい」

「えっ。武術教練ですか」

「古武術。古柔術か。ここの尾花《おばな》と相対しても、七十を超えた爺さんだが、今もって引けは取らないと思うぞ」

「マジっすか。それは凄《すご》い」

尾花とは中央輸送隊の副隊長で、横浜駐屯地の格闘指導官を務める二等陸佐のことだ。格闘MOSを有し、つまり、どこに出しても恥ずかしくない、陸自の屈強な猛者だ。

「師団長がそこまで言う爺さんなら、ひとつ真面目に考えてみましょうか」

浪岡はペットボトルを取り、飲み干した。

「そう言えば師団長。十月のときに言ってましたけど、年が明けたら、来年はＨＣＤですね」

「ん？　ああ。そうだな。——そうか。それでかな」

「なんです？」

「いや。なんでもない」

先ほど、いきなり四十年以上前の卒業ダンスパーティーのことを思い出したのが不思議だったが、そのことがあったかと思えば腑に落ちた。

はぐらかしたのは、浪岡とダンスパーティーの話をする気が起きなかったからだ。

浪岡が言うＨＣＤとは、正式にはホーム・カミング・デーという。年齢にして六十五歳前後になる卒業生とその家族を、その年の卒業式に招待する防大恒例の記念行事のことだ。

卒業後四十三年組の招待が基本で、今年度は矢崎の一期上になる一九七一年入校の第十九期生が該当したが、死亡や遠方への転居も多く、例年に比べて若干参加者が少なかったようだ。

そこで卒業が十九期に近い都内在住者の中から、同窓会会長が選んだ者のところに、特例で案内状が届くことになったという。

現在の同窓会会長はまさに十九期のＯＢで、矢崎もよく知る串田《くしだ》という元航空幕僚長だった。豪快な人で、

——同期だけなどつまらん。上下の対番《たいばん》が揃って初めて防大だ。学生舎での生活が蘇《よみがえ》る

ってもんだ。

そんなことを言って、率先して案内状の作成に携わったようだ。

対番とは、入校と同時に一年生につく二年生の世話役のことをいう。防大にはそんな対番系列も存在した。

防衛大学校の卒業式典は全国の教育機関で唯一、ときの総理大臣が必ず臨席する卒業式だった。学校側としても、ホーム・カミング・デーの体裁はなんとしても整えたいところだったろう。

この年も管轄の防衛大臣はもちろんのこと、総理大臣も吉例として出席の予定になっていた。

鎌形防衛大臣は三回目、小日向和臣《かずおみ》総理大臣に至っては五回目の出席だった。

そんな年のＨＣＤに矢崎が選ばれたのは当然、防衛大臣政策参与という役職についているからだったろう。

わざわざ同窓会会長に聞きはしないが、矢崎としては他に、自分が選ばれる理由など思いつかなかった。

上にも下にも、それこそ同期にも、優秀な人間はいくらでもいる。特に同期、二十期において、矢崎は代表学生でも専攻科のトップでもない。

——さらば同期っ。

耳に二十期学生代表の朗とした声が蘇り、胸がざわめいた。

ちなみに防衛大では現在、入校六十年の八十歳前後の卒業生を入校式に招待するホーム・カミング・デー2、卒業後二十年の働き盛りが開校記念祭に集うホーム・ビジット・デーという記念行事もある。

このホーム・ビジット・デーは平成十八年からの行事で、主に関東圏在住者向けということもあって矢崎は知らないが、浪岡は一年前に招待され参加したようだ。

昔からあったとして、さて、矢崎は行ったかどうか。

そちらは定かではなかったが、卒業式に招かれるホーム・カミング・デーは、本来から言えば純然たる同期会だ。矢崎としては、案内状を受け取った当初は辞退しようかと思ったが、切っ掛けがあって行くことにした。

ホーム・カミング・デーでは、記念講堂脇の顕彰碑において、顕彰碑献花式が執り行われるのが好例だった。

出席者全員で同期生のことは言うに及ばず、同窓生殉職者すべての冥福を祈るのだ。名も添えられず、知られることなく、国を思って死んだジョーカー、特務班、特殊作戦群の者たち。

せめて英霊たちの名を心の声で碑に刻み、祈る。

矢崎はそのために、案内状の出席の文字に丸を付けた。

十月の折、浪岡にそんなことを言ったか。

そのとき浪岡は、晴れるといいですね、と言った。

「あと三か月と少しですか」

「そうだな」

「本当に、晴れるといいですね」

浪岡は窓から遠くを見つめ、静かにそう言った。

三

十二月二十二日の金曜日だった。

純也は明けゆく東雲《しののめ》の光を感じ、国立《くにたち》の自宅でゆっくりと目覚めた。

ベッドから起き出し、窓を開ける。

大気は冷えていたが、空は雲ひとつない快晴だった。

庭先では祖母の春子が、もうすっかり板についた太極拳の型を終えるところだった。

二階の純也を認めると、春子は朗らかに手を振った。

「純ちゃん。お早う」

この後で朝食の支度に入るのだろうが、フリーズドライや冷食が今や、純也の家では食卓の定番になっていた。コスパ、タイパ、味の、どれをとっても過不足はなかった。

にも拘らず、各メーカーは現状に安穏とすることなく、さらなる進化を模索しているらしい。

そんな技術に、日進月歩の革新を期待するのは人の常なる我儘《わがまま》か。

また一方で純也などは、春子の生活には十年一日の穏やかさを願って止《や》まない。

日進月歩と十年一日。

（参ったね）

背反する希望に苦笑が出る。人がましい欲望には際限がない。

変わりのないことが嬉《うれ》しい朝食を摂《と》り、朝のルーティンをこなして家を出る。

この日も、ガレージからＢＭＷ Ｍ６を自宅前の一方通行に乗り出せば、五十メートルほど先のカーブの手前に停《と》まる、黒い〈わ〉ナンバーのセダンが確認出来た。

純也個人に対する、オズの監視車両だ。

オズは全国の警察署に極秘裏に配され、合法非合法を超越して密命で動く、警察庁警備局警備企画課に所属する作業班のことをいう。

統括は警備企画課に二人いる理事官の一人で、こちらは裏理事官と呼ばれた。

オズというコードネームは、前裏理事官である氏家利道《うじいえとしみち》警視正の命名による。ゼロを超える作業班という意味で〈ＯＶＥＲ ＺＥＲＯ〉、それでＯＺだ。

その氏家からトップが現在の夏目紀之《なつめのりゆき》警視正に代わってから、純也の監視車両は一時鳴りを潜めていたが、十二月に入ってどうやら復活したようだった。

それにしても、これ見よがしに停まっているだけで、昔のように追尾までしてくることはない。

純也の動きに拘らず、常にそこにいた。

二十四時間態勢の張り込みというか、それでオズの存在をアピールしようとするものだったろうか。

レゾンデートル。

夏目らしいと言えばらしいが、それでは年末から年度末に掛けて予算の消化を目論《もくろ》む、道路工事と一緒だ。

「まあ、いいけどね」

純也は一人、車内で呟《つぶや》いた。

いつもの位置にある限り、ただ見慣れた停止車両であり、邪魔にもならない。

最近では、純也が不在で春子の体調に異変があった場合、使えるかもしれないなどと考えもする。

それも、春子の十年一日を守る一助だ。

だから——。

具合が悪くなったらあそこの車に頼めばいい、などと春子に軽口を言ったら、最近では十時と三時にお茶やお菓子の差し入れをしているらしい。

最初こそ、濃いスモークウインドウは無反応だったらしいが、オズも結局は叩き上げの〈お巡りさん〉だ。民間人の好意を無下にするなら、警察庁警備局警備企画課に顔を出し、課長に文句を言うかと考えたが、何度目かでスモークウインドウは下がったという。

以来、天気のいい日はたまに、春子は監視車両のオズとお茶を飲んでいるようだ。

明日のお茶菓子を、実は春子から純也が頼まれ、分室から十一階の監察官室に降りたりもした。

十一階の冷蔵庫。

あれは便利だ。

ガレージを出てから約一時間半後、純也は本庁地下の駐車場にBMWを入れた。所要時間は、ほぼ予測通りと言ってよかった。金曜日は、こんなものだ。

一階に上がり、壁際の受付に近づけば、大橋恵子《おおはしけいこ》と菅生奈々《すごうなな》と、赤いクリスマスブッシュが純也を迎えた。

この切り花の赤は花弁ではない。

萼《がく》の色だ。

「ああ。そういえば、クリスマスか」

純也はクリスマスブッシュに手を添えた。

曜日や記念日とは疎遠な生活を送っている。どちらかと言えば人の誕生日より、命日の方を覚えているか。

亡くなった場所も含めて。

「お早うございまぁす」

受付に座ってもうすぐ四年になる、菅生奈々が立ち上がって頭を下げた。

「おはよう。大橋さんも」

「お早うございます。寒くなると、ベッドから出るのが億劫《おっくう》ですか?」

隣の席で、大橋恵子が軽く会釈をした。

恵子は心身に大きな傷を負って受付からJ分室の嘱託員になり、また受付に戻った女性だ。

その因果のどちらにもJ分室が関わり、ある意味では責任を負っている。

だから分室員は代わる代わる、いや、全員が受付に寄っては、恵子の心身の安定を確認する。

これもひとつの、ルーティンだ。

「やっぱり、今日は上にもこれ?」

純也は赤い蕚を弄《もてあそ》びながら言った。

受付に飾られる切り花は純也のポケットマネーで咲き誇っている。

そのお礼ではないが、十四階の分室にも奈々か恵子のどちらかが上がって、同じ花を飾ってくれる。

「そうですけど、お嫌いですか」

奈々が聞いてきた。

「いや。そんなことはないけど、クリスマスの色どりだなあと思ってさ。これで分室も銀座のカフェに早変わりだ」

「ええっ。あの部屋がですかぁ」

奈々はころころと笑った。

「菅生さん」

恵子が窘《たしな》める。いつもの関係、いつものモード。受付と恵子は、これでいい。

その場を離れ、十四階の分室に向かう。

ドアを開けると、純也を迎えるのはまず、受付台に置かれたクリスマスブッシュの豊かな赤だった。

その向こうに部屋の大部分を占める、大きめのドーナツテーブルがある。

「あ、お早うございます」

窓側の奥の定位置、光を背負った場所に、J分室の主任、鳥居《とりい》洋輔《ようすけ》警部の胡麻塩《ごましお》頭があった。

いつもならその手前にいて、日常的に二日酔いの猿丸俊彦《さるまるとしひこ》警部補の姿はない。猿丸は現在、長崎の大学病院に入院中だった。

ブラックチェインと陣幕会《じんまくかい》に関わり、一度はＩＣＵにも入って山場を迎えたが、すでに今はいたって元気、らしい。病院の個室で暇を持て余し、許可された区域を隈《くま》なくうろついているようだ。

担当の医師に聞く話では、退院もそう遠くはないという。

クリスマスブッシュの香りを回り、純也は猿丸の席の向こう、鳥居との間の定位置に座った。

陽光を受けつつ、室内の影を拾う位置だ。

座ると追い掛けてくるように、

「どうぞ」

と武骨な声でコーヒーが差し出された。

短髪で削《そ》げた頬の、鼻の高い男が立っていた。

「有難う。でも、カブ君はまだいいのに。年内は休みだろ」

「いえ。休みはもう十分です。退院してからも、ほぼ休みのようなものでしたから」

男は公安第三課に所属した、剣持則之《けんもつのりゆき》警部補だった。オズでもあった。

所属がどちらも過去形なのは当然、今は違うからだ。

剣持はJ分室のスジとして案件を手伝い、瀕死の重傷を負って入院を余儀なくされた。

それで、J分室に関わっていることがオズにも公安第三課にも知られることとなった。

退院した剣持を待っていたのは、オズからの抹消と、公安第三課内での閑職だった。

純也としては、考えるまでもなかった。そのままにしておけばおそらく、剣持という〈公安マン〉は死んでしまうに違いなかった。

手を差し伸べなければならない責任は間違いなくJ分室にあり、引き摺《ず》り込むべき稟質《ひんしつ》は十分に、剣持に備わっていた。

公安第三課からオズに選ばれたほどの能力は隠れもなく、警務部の小田垣観月《おだがきみづき》と同期になる三十三歳という年齢もいい。

いずれ希望して分室に入ってくる若者の、いい手本にもなってくれるだろう。

純也はすぐさま皆川《みながわ》公安部長を動かし、公安第三課からJ分室に引っ張った。

多少強引ではあったが、横槍《よこやり》を入れる暇な者はいなかった。

そもそも公安部長の決裁に異を唱え得る者など、縦割りの警視庁公安部の中にはいるわけもなく、異動先がJ分室ということは〈島流し〉、懲罰人事に等しいのだ。

かくて、異動の処理は光速で警務部人事二課、通称ヒトニに回り、受理通達されることとなった。

ちなみに、先ほど純也が呼んだカブとは、鳥居がつけた剣持の綽名《あだな》だ。

剣持は昔からホンダ・スーパーカブの愛用者で、現在は八十ccにボアアップして原付二種の申請をした赤いリトルカブに乗っているらしい。

それで最初は、

――赤カブでどうだ。

と鳥居が提案したものを、

――いや。さすがにメイさん。

と本人が固辞してカブに落ちついた。

剣持について年内に決まったのは、この鳥居によるカブの作業ネームと、ヒトイチによる正式な異動の日付だけだった。

剣持の正式な異動は年明け、一月四日付ということで決定した。

「それにしても、誰かが退院すると誰かが入院するっていうのは、いただけないね」

来年は、〈少し〉は平穏であるようにと、特に鳥居に目配せしながら、純也は馥郁《ふくいく》たる香り漂う、自慢のコーヒーに口をつけた。

と、分室の内線電話が音を立てた。受付からだった。

鳥居が受話器を取って、

「ああ？　なんだってぇ」

と、眉間に皺《しわ》を寄せた。おかしなことだ。そこまでの声の荒さも苦めの表情も、受付の二人には見せたことはないはずだった。

「了解。ったく、聞いてみらぁ」

鳥居は保留ボタンを押した。

「メイさん。珍しいね」

「そうですかね。いや、そうですね。どうにも、最近じゃあこの警視庁近辺でも珍しくなくなった奴がまた下に来たみてぇで」

「ん？」

和知《わち》っす、と鳥居は天井に噴き上げるように言った。

「へえ」

純也は口辺に、いつものチェシャ猫めいた笑みを浮かべた。

和知は、そもそもは守山駐屯地で矢崎の部下だった男で、現在は陸上自衛隊仙台駐屯地に勤務する、東北方面警務隊所属の男だ。切れるほどに切れる男で、ハッカーとしてもクラッカーとしても一流なのは、誰しも認めざるを得ないところだった。

「どうします」

鳥居に預けられ、純也は保留にした電話をスピーカにした。

——僕はさぁ、一尉なんだよ。この前、昇任してさ。

なるほど、たしかに和知の声だった。

——へえ。一尉って偉いんですかぁ。

奈々の声も聞こえた。

——ううんとね。幹部の真ん中より、ちょっとだけ下かな。

——なんだ。下っ端ですか。

——あっ。でも、どんどん上がるよ。僕の場合、ちょっとした処分とかで人よりゆっくりだった時期があるだけでね。ここからは加速度さ。僕が上がらなくて誰が上がるんだってくらいに。

純也は肩を竦《すく》め、少し電話の方に身体を傾けた。

「大橋さん。そこのビッグマウス君。上げていいよ」

——あ、分室長。わかりました。では。

内線はそこで切れた。

「分室長。いいんすか。あの野郎、来たらここで、なんかしようとしますよ。絶対」

すぐに鳥居が聞いてきた。少し不満そう、ではある。

「おっ。公安マンの勘ってやつかい」

「いいえ。人としての道理ってやつでしょうかね」

「でも、前に上がってきたことがあるって言ってなかったかい？」

「ああ。そりゃ、一階の受付に白根《しらね》さんが座ってた頃で、その白根さんが夏休みのときっすわ。不慣れな臨時受付が、奴があれこれ言うのに煙《けむ》に巻かれて上げちまって。でもっすね。あんときはここにまだ、恵子ちゃんがいましたからね。奴だってここのPCになんか仕込むのは難しかったでしょうし、そもそも恵子ちゃんとの話に大忙しだったたっすから」

「なるほど」

少し考えた。

たしかに、道理ではある。

が——。

「まあ、いいだろう。僕もいるし、三人で目を光らせてれば何も出来ないだろうし」

「まあ、分室長がいいってんなら」

しぶしぶ鳥居が引き下がる。

純也はコーヒーを口にした。

（さて）

鬼の居ぬ間の洗濯は、和知の得意技だと誰かに聞いたことがあった。

鬼、矢崎。

師団長は今、和知に睨《にら》みを利かせられないところにいるのだろうか。

そういえば、氏家の病院を頼んで以来約二週間、電話連絡の一本もない。

（ああ。ここにも入院中の人がいた）

それはそれで、和知が来た効能か。

純也はコーヒーを飲み干し、自分で二杯目を注《つ》いだ。

・

四

「こんちはぁ」

と、ほどなくJ分室にノックもなく入って来る男があった。

身長百六十センチ足らずで体重八十キロほどのマッシュルームカット。

というか、でかいマッシュルームそのものを頭に乗せた和製リン・ユーチュン。

それが陸自の、矢崎が特効薬とも猛毒とも称して、要するに期待する、和知友彦《ともひこ》一尉だった。

「あれぇ。新人さん？　それにしても武骨だなぁ。新人っていったら普通、もっと若くてさぁ、ピチピチのさぁ」

和知は入ってくるなり、手近に置かれた空席のキャスタチェアを引き寄せて勝手に座った。

実に自然だった。

考えるまでもなく和知は部外者だが、周りの反応に関係なく勝手に馴染んでいる。これが和知という男の得意技にして反則技、つまり、真骨頂でもある。

「それ以上言うと何かと、昨今の世の中に抵触するぜ」

と鳥居がそっぽを向いて言った。

剣持が軽く頭を下げつつ出て、和知の前にコーヒーを置いた。

「初めまして。剣持則之です」

「階級は」

目を細め、和知は剣持を見定めるようにして腕を組んだ。

鳥居は別の意味で目を細めた。

「おいおい。和知。手前《てめ》ぇ、まずは有難うじゃねえのかい」

「煩《うるさ》いなあ」

「けっ。言うに事欠いて煩いってな、何様だこの野郎」

「あ、このコーヒー美味《おい》しいね。有難う」

何か言い掛け、鳥居はそのまま言葉を飲んだ。

純也も薄々わかってはいたが、鳥居はこの和知と本当に相性が悪いようだ。

「階級ですか。警部補です」

剣持が真面目に答えた。

「キャリアさん？」

「いえ。二〇〇七年度で、警視庁警察官採用のⅠ類です」

「へえ。それで警部補？　優秀なんだね。えっ。大卒二〇〇七年度入庁ってことは歳下《としした》じゃん。うわ。見えねぇ」

キャスタチェアの背凭《せもた》れを軋《きし》ませ、和知は手に持ったままのカップからコーヒーを少しこぼした。

手に掛かる。

「うわっちち」

「なるほど。聞いていた通り、いや、聞きしに勝る、ですかね」

苦笑しつつ、剣持は鼻を掻いた。

「それにしてもさ。いやあ、嬉しいなあ。前にここに来たときは、そこまでしたからね。そこ」

今度は身体を捻《ひね》って受付カウンターを指し、反動でまたコーヒーがこぼれた。

膝に掛かる。

「うわっちち」

なんとも、純也から見ても、忙《せわ》しいというか、落ち着きのない男には間違いない。

だが、その忙しさの中に、常にアンテナのような気配、探るような眼の色は隠れもなく、ポーズではと思える節もある。

要するに、食えない男だ。

「おい、和知。自分に引っ掛けてるうちはいいが、手前ぇ。その椅子にコーヒーの染みなんか作んじゃねえぞ」

「わかってますよぉ」

和知は口を尖《とが》らせ、コーヒーカップをドーナツテーブルに置いた。それからキャスタチェアで一回転する。

この部屋と椅子の扱いは、なんというかもう、自由気儘だ。

「ここにはいずれ、犬塚《いぬづか》二世が座るんですもんね」

「だからなんだ。手前ぇがそもそも、地獄耳の情報通だってのはわかってらあ。わかっててわざとやるような奴だから言ってんじゃねえか」

そう。

鳥居が言うように、和知は情報収集能力に長《た》け、分室でも何度か手伝ってもらっている。

特に陸自という範囲の中では無類の強みを発揮するが、情報解析収集ソフト〈クモノス〉を自作し、今やワールドワイドにそのアンテナは張られているようだ。

「うわ。地獄耳の情報通って、それって褒めてくれてますよね？　やだなあ。メイさん。

僕のこと、わかり過ぎ」

「和知君。小さな疑問をいいかい」

切りがなさそうなので、純也は手を挙げてみた。

「なんでしょう」

「君がそんなにのんびりしてるってことは、師団長は今どこに」

一瞬だけ目が忙しそうに左右に動き、

「いやぁ、いい質問ですねえ。さすがに平和ボケした部下とは十枚も二十枚も違う」

その後、焦点を純也に合わせ、和知はにんまりとした。

「和知よぉ。東京はこっちのテリトリーだ。仙台からノコノコ出てきて、あんまり素《す》っ惚《とぼ》けたこと言ってんじゃねえぞ」

鳥居がお返しとばかりにそんな言葉で凄むが、和知はどこ吹く風だ。

自由気儘は、融通無碍《むげ》でもある。

「分室長の質問はまさに、的を射ていましてね」

「手前ぇ、聞いてんのか」

「そっちこそ聞いてくださいよ」

「ああ？　手前ぇが聞かねえんじゃねえか。で、結局、何しに来やがったんだ」

鳥居は軽くデスクを叩いた。

「何って」

和知はコーヒーカップを取り上げ、冷めたコーヒーを飲み干した。

「暇そうなメイさんたちに、仕事をあげようと思って来たんですけど」

「おい、和知。その名を呼ぶんじゃねえって何遍言えばわかんだ」

「ねえ。そっちの新人さんは、なんて呼べばいいんだい」

「コラコラッ。和知、聞いてんのか」

一流の公安マンが、陸自警務隊の男に手玉に取られているような図だ。

はたから見る分には面白い。

純也はＷ Ｓ《ワーク・ステーション》を立ち上げ、他愛もないメールの類をチェックしながら、和知の話に耳を傾けた。

「そう。なんていうかな。葬式がさ、続いたんだ」

和知はこの日の目的を、そんな言葉で話し始めた。

十二月の第二土曜日、香山義徳《かやまよしのり》という人物が雪山登山で死んだ。

次いで五日後に、西方肇《にしかたはじめ》という人物が死んだ。

そしてその週末、指原清三《さしはらせいぞう》という人物が交通事故にあって死んだ。

「はあ？　わからねえな」

鳥居が頓狂《とんきょう》な声を上げた。

「で、それがどうしたって？　ご愁傷様とでも言えってか」

「それがそれが、個別に聞く分にはどうってことはないんですけどね。ふふん。聞いて驚け」

よくわからないが和知の声は楽しげであり、得意げだった。

「それぞれ、葬式にね。参列した人間が違うんです。それで最初はわからなかったんだなあ」

最初に死んだ香山は、和知が勤務する仙台駐屯地の駐屯地司令・東北方面総監部幕僚長の金子陸将補の同期だった男だという。

ということは当然、葬式に参列したのは金子だ。和知もそう言った。

「防衛大学校の八〇年度入校・第二十八期だっていうから、今年で五十六歳ですね。最終が一佐だったから、ほぼ順当な定年退官だったみたいですけど」

その後は民間のキング・ガード大阪本社に再就職し、特企営業部顧問に収まっていたらしい。自宅も大阪にあるようだ。

それが、雪山登山で西穂高岳《にしほだかだけ》を目指して長野側から上高地《かみこうち》に入り、滑落して死んだ。

管轄の長野県警側から山岳救助隊も捜査員も出張ったようだが、結果として事件性はなく、単なる上級登山者の不注意による事故として処理されたらしい。

「これだけなら僕も気にしなかった。けど、次の西方。こいつはね」

僕の高校の同級生なんだ、と和知は言った。

「悔しいけどね。出来る男ではあったんです。高校時代からすでに鼻持ちならない男ではあったけど。まあ、なんていうんですかね。万能？　でもさ、万能だからってなんでもかんでも凄いってわけじゃないですよ。万能だけど友達が出来ないって、それだけでなんか歪《いびつ》ですよね。一どころか十マイナス。で、とにかく防衛医大に入ってさ。あ、僕は青春を謳歌《おうか》したかったから、普通の国立を選んで入ったんです。決して防大に落ちたわけじゃないですよ。そこから大卒で一般幹候採用試験に合格したんです。いわゆるU幹ってやつ。おっと。そうそう。だから、西方の関係者は僕。葬式には行かなかったけど、別に悔しいからとかじゃないよ。高校時代に恨みなんて少ししかないしさ。単に、今となっては福岡は遠いから。わかる？」

「ふん。お前ぇのことはいいが、じゃあ、その西方ってのは医官か」

「そう陸自のね。外科医で一尉でした。でも現役じゃないですよ。元ね。元。退官は二年前」

　九年過ぎると退官して民間の医療施設に就職する医官は多いらしいが、まさにちょうどその頃だ。

「まったく、そのときはさすがに西方が羨ましいと思いましたよ。引き抜きで、福岡にある民間の大病院だってさ。親父《おやじ》さんが事務長をしてるって。これって引き抜きじゃなくてコネですよね。そこまで優秀じゃないとは思ってたんだ。優秀ではあるけど。でもさ、その後の年収を計算してみたら、気が遠くなるっていうか、目が回っちゃって。僕がどれだけ内職しても届かない感じ。恩給を足しても、生涯年収で雲の上かな。もう、高射砲で撃ち落としてやろうかってくらい。あ、剣持君。コーヒー、もう一杯」

　空いたカップを真っ直ぐ差し出す。剣持は何も言わず、受け取ってコーヒーサーバに向かった。

「で、この西方がですね。酒に酔って、テナントビルの非常階段から落ちて死んだ。——ってことになってるんだけど、僕はね、そんなことは絶対に有り得ないと思ってるんです」

「ほう。なんで」

　鳥居が少しだけ前のめりになった。

「そりゃあ、あいつが普段、酒を呑《の》まないから。任官してから、何度か同じ場所で呑んだことはあるんですけどね。異業種交流会とか、その打ち合わせでさ。あ、これって実際には合コンのことね」

「ははあ。ま、どうでもいいが。それで」

「あいつ、男同士だと絶対に呑まないんだ。交流会でも、気に入った女性がいないと呑まない。年一の高校のクラス会でもアルコールを呑んでるの見たことないし。ちなみに僕らの高校は男子校だ」

和知はなぜか胸を張った。

「聞いたらさ、あいつ、呑めば呑めるけど、特には好きじゃないって言ってた。そんな奴が階段から落ちるほど呑みますか？　あいつが。ニュースとか記事とか見る限り、男三人で呑んでたって。非常階段の手摺《てすり》が老朽化してたってあったけど。目撃者もいて不審はないって話だけど。ただ僕には、あいつがそんな不毛な状況で酒を呑んだっていう、この一事だけで大いに疑問なんです」

「それだって、警察が事件性無しって言ってんだろ」

「まあ」

「男だけだからって、絶対呑まないってこともねえんじゃねえの？　お前と一緒だと呑まなかったり」

一瞬、和知は短い腕を目一杯に組んで考える様子だった。

こういうところはまあ、殊勝だ。師団長が見捨てないというか、逆に大いに買っているところだろう。

ときに、用意周到動脈硬化の陸自には珍しいタイプだ。

剣持が、二杯目のコーヒーを和知の前にそっと置いた。

五

「まあ、いいか」

また礼も言わずコーヒーをひと口飲み、仕切り直しとばかりに和知は、艶のあるマッシュルーム頭を左右に振った。

「老人を労《いた》わる意味で、ここでメイさんに一歩譲ったとして」

「誰が老人だ。その前にその名前で呼ぶなって言ったろうが」

「メイさん。一歩譲ったんだから黙ってよ。そのあとがあるんだから」

「なんだよ」

「指原清三って爺さんが、交通事故で亡くなったって聞いたんです」

「聞いたって、誰から」

「誰でもいいじゃないですか。秘密です。あ、でもちょっとだけ教えちゃおうかな。僕はね、師団長の動向には常に目を光らせてるんで、どこにでもエスはいるんです。防衛省内にも、ウジャウジャとね」

「はあ。ウジャウジャね」

鳥居はうんざりしたように頭を掻いた。

聞いて思うところがあり、純也はWSから顔を上げ、視線を和知に動かした。

新着のメール類に、特に急ぎの用件はなかった。

「ということは、和知君。その指原さんという人は、師団長の関係だね。聞いたことがある気がする。たしか、習志野《ならしの》駐屯地司令だったとか」

純也が言えば、和知が素直に手を叩いた。

「さすが分室長。ぼんくらな部下とは出来が違いますね。というか、さすが僕と同い歳。そう。矢崎師団長分だけじゃないですけどね。防衛省内の何人かに、葬儀案内が届いたようなんです」

「僕の記憶がたしかなら、師団長の三期上だって聞いた気がするけど」

「またまたご名答。防大の六九年度入校・第十七期です。師団長の三つ上で、対番系列ってやつです」

「なんだ」

「師団長が一年のときの上対番の先輩、つまり直々《じきじき》の先輩の直々の先輩の直々です。六十七歳の、今となっちゃあれですけど、まさに分室長が言った通り、その昔は習志野駐屯地司令で、泣く子も黙る第一空挺団長だった爺さんです。あの師団長が頭が上がらないって、なんか凄くないですか？　で、その爺さんが死んだんです。ジョギング中に、バイクに撥《は》ねられて。轢《ひ》き逃げだそうで、犯人はいまだに捕まっていないみたいです。事件らしいといえば、これだけは事件らしいんですけどねぇ」

和知は勿体《もったい》を付けるようにコーヒーカップを取り上げた。

「ということなんですよ。分室長」

悪戯気な目で純也を見る。

「不審、だと」

純也より先に、鳥居が聞いた。

「大いに。僕じゃなきゃそう思わなかったでしょうけど。っていうか、僕じゃなきゃ繋《つな》がらなかったでしょうけど。なんたって、三人が別々の葬式だもの」

「まさかよ。三件続いたからってだけじゃねえよな。ええ？」

「まさかそんな単純な。メイさんじゃあるまいし」

「理由は別にあるんだね」

今度は鳥居より先に純也が口を開いた。

「そうです」

和知が大きく頷いた。今度は、コーヒーはこぼれなかった。

「ひとつには、香山一佐が中央即応集団司令部の幕僚副長で、指原陸将補が第一空挺団長から陸上幕僚監部の調査部長だったこと」

「ん？　へえ。中即団と、第一空挺から調査部」

「ええ。しかも香山一佐は中即団以前、三佐の頃は東部方面通信群の第三二〇基地通信中隊長で、これは指原陸将補が第一空挺団長だった時期と被《かぶ》ります。わかります？」

純也は素直に頭を振った。

「わからない」

さすがに専門分野は、餅は餅屋の喩《たと》えの通りだ。

「自衛隊の組織再編は、このところ頻繁で複雑だからね」

「ですね。僕もそう思います。あ、じゃなくて、そう、第三二〇基地通信中隊は第一空挺団と第一施設団管内を担当してます。これならどうですか」

「ストレートだね。陸自の暗部がごちゃごちゃしてるって感じかな」

香山と指原はまさに第一空挺団に共通項があるわけだが、おそらく、和知の言い様からすればそれだけには留《とど》まらないのだろう。

香山が所属した中即団は、有事に際し第一空挺団や第一ヘリコプター団、専門部隊を一元的に管理・運用する機動運用部隊だ。

その中即団専門部隊の中には、有事において特殊作戦を展開する部隊、特殊作戦群が存在する。

この部隊は存在こそ公にされているが、隊員の所属・素性は秘匿されていた。

群本部は習志野駐屯地にあり、一説には第一空挺団のレンジャーから選《え》りすぐりが抽抜されるというが、定かではない。

秘匿ということになっている以上、確認の術《すべ》はない。

加えて和知は、指原が陸上幕僚監部調査部長だったと言った。

陸幕監部の調査部は二〇〇六年に同運用支援・情報部に改編され、今年三月下旬の大規模組織改編でさらに同運用支援・訓練部と指揮通信システム・情報部へと再編されている。

その指揮通信システム・情報部の深部であり、暗部が特務班だと、ダブルジェイの一件のとき、瀕死の病床で風間三佐は矢崎に告げた。

それを純也は、ＢＭＷのドライバーズシートで、盗聴器の音声で聞いた。

特務班、あるいはミスト、古くはあるいは、別班。

呼び方は様々だが、そんな部隊というか、班と班員はたしかに存在するようだ。

といって、純也にしても知る所属員は、死んだ風間のみだ。言い換えれば、風間がそう言ったからということでもある。

すべては曖昧で、手応えはない。

自衛隊の秘匿部隊・特殊作戦群と、自衛隊の闇・特務班。

香山と指原の二人に、黒々とした影が存在する。一見して表と裏。しかし、共に差す影はあるいは、交ざってひとつか。

一つ穴の狢《むじな》。

日本語は難しいが、ときに短い言葉で漠然とした印象を端的に捉える。などと、和知の手に乗る格好で考察すればそうした推論にも行きつくが、果たしてこれが解なのか。

思考する猶予もなく、そしてもうひとつ、と和知は続けた。

「へそ曲がりは陸自の上の方に多いし、この二人だけなら、まだまだ偶然も有りって爺さん連中は言うかも。いや、絶対言います。大体が事勿《ことなか》れですから。で、もうひとつ。ここで西方の登場です。調べたらすぐわかりました。あいつ、中即団所属だったんだ。でも、調べても調べても、そこまででした。まあ、この前、風間一佐のことで結構奥深くまで入ったんで、最近はセキュリティが強化されて、あんまり潜れないってのもありますが。それにしても、です」

和知は拳を握った。

「それにしても、この僕が触っても、です。この僕と、防衛省のホストと並列クラスタに繋いだ、僕の〈クモノス〉を以てしても、です。当然、この僕でダメならあの中野の自堕落な〈トリモチ〉に、歯が立つわけもないことは言うまでもありません」

「ふうん。歯が立たない、か」

純也は足を組んだ。和知とライバルの競い合いは別にして、その二人でも届かないというのは興味深い。

「まあ、頑張って頑張って、罷《まか》り間違ったら日本中でJアラート鳴らしちゃいそうなところまで頑張ればわかりませんけど」

「それは、怖いね」

「でしょ。まあ、いずれにせよ、西方は中即団隷下の医官のくせに、この僕がそうやって潜って不明なんです。人事考課表すら出てこない。ねえ、分室長。これって、どう考えても不思議でしょ」

「そうだねえ」

陸自に関わる三人が、十二月に入って立て続けに事故死。

いや、和知に言わせればどれも不審死。

「こうなるとなんか、陸自の暗部に誰かが強引に手を突っ込み、引っ掻き回してるような気がしません？　僕は結構、そんな気がするんだけどなあ。——ということで、暇そうなメイさんやセリさんや、新人君に仕事ってわけです。どうです？」

と、和知に反応を振られたのは鳥居と剣持だが、すぐには何も反応しなかった。

二人とも一流の公安マンだ。笑って済まされない不穏な空気は、すでに嗅ぎ取っているのだろう。

「和知。お前ぇは直接、事件のこと調べたのかい？」

鳥居の声が随分低かった。刃《やいば》のようだ。

一般人なら気圧《けお》されてもおかしくないが、和知は平然と首を横に振った。

さすがに和知も、歳は若いが陸自のいいタマだ。

「調べられるなら調べますよ。僕は警務官ですから。でも、三人ともう民間人です。秘匿義務はあっても、揃いも揃って予備役ですらない。警察も入ってるし、さすがに、大手を振っての介入は無理です。無理って言うか、きっと駐屯地司令や師団長に怒られるし。だから」

お願いしてるんです、と和知は言った。

お願いしてたのか、と鳥居が聞き返したが、これは和知に無視された。

和知は純也に正対した。

「分室長。大事の前に。何事も未然に防ぐのは、公安の本分でしょ」

言葉の調子以上に、真剣な目の色が見て取れた。

純也は肩を竦めた。

「考えておくよ。――じゃあ、和知君。そろそろ行った方がいいんじゃないのかい」

「えっ」

「君が東京をうろついているってことは、師団長絡みの指原さんの通夜とか告別式が、きっとこの一両日辺りなんだろ。よくわからないけど、鬼の居ぬ間に洗濯に出てきたのなら、そろそろ東京の各所が動き出す時間だけど」

壁の時計に目を遣《や》る。十時になろうとしていた。

「おお。もうこんな時間ですか。いけないいけない。まずは秋葉原《あきはばら》に行かないと。ジャンク通りをメイドさんと回って、ＰＣに無知な彼女たちに最新の部品を買ってあげる人気ツアーの登録が始まってしまう」

和知はいそいそと立ち上がった。

出ていこうとしてドアを開け、その場で立ち止まった。

「ああ」

振り返る。

笑顔ではあるが、いつもの人を食った感がない。少し、翳《かげ》があるようにも見えた。

「分室長。メイさん。あと、いないけどセリさんにも」

泣き上戸が、笑った顔。

笑い上戸が、泣き疲れた顔。

「その節は、堂林が、土方が」

お世話になりました、と言ってひょこりと頭を下げた。

下げたまま、顔を上げずに後退《あとじさ》って後退って、やがてドアが閉まった。

「なんですか。最後のあれ」

剣持が言った。

「へっ。ありゃあ、あいつなりのよ、礼なんじゃねえか」

鳥居の声から、毒気が抜けていた。

「仕事ったって、本当にくれたのかもしれねえ。変わった男の、変わったお礼ってことだな。鶴の恩返し。違うな。笠地蔵。滅相もねえ。ゴンギツネ。縁起でもねえ」

色々口にするが、声はまんざらでもなさそうだ。

ならば――。

「決まりだね」

純也は軽く指を鳴らした。

「J分室、始動といこうか」

「そうですね」

「仕方ねえでしょ」

純也の宣言に、二人の公安マンが揃って頷いた。

六

十二月二十三日、黒いスーツを着た矢崎の姿が富山市にあった。

駅の北側、岩富運河を富山港に向かって下り、約三キロの辺りだ。

そこに、指原清三元陸将補の告別式会場はあった。

指原はもともと、富山の人間だった。生まれたのは隣の射水《いみず》市だという。実家は兄が跡を取り、指原は陸上自衛隊退官後、富山市に終《つい》の棲家《すみか》を求めたようだ。

矢崎は、昨日のうちから富山市に入っていた。

多くの防衛省・自衛隊関係者は告別式にのみ参列のようだが、矢崎にとって指原は、防衛大学校時代の最上対番だった。

訃報に接し、矢も盾もたまらなかったというのが偽らざるところだったろう。

指原は右も左もわからず防大の門を叩いた矢崎に、国防の基本を叩き込んでくれた先輩だった。

昨日も、富山の日中は雪が降り、陽《ひ》が沈む頃になって雨に変わった。

今日も告別式の間は細雪《ささめゆき》で夕方からはまた雨に変わるという。

前夜、通夜の席で、矢崎は指原の残された妻、淑子《よしこ》に挨拶をした。

「私どもの結婚式以来ですね」

直接に言葉を交わすのは、このときが初めてだった。

「そうなりますか。次の機会がこういう場であるとは、無沙汰を恥じるばかりです」

「いいえ。主人と同じなら、矢崎さんも現役の頃はお忙しかったのでしょうから。いいえ、あなたは今もですね。そのことも主人には自慢の種でした」

先輩はいつまでも先輩で、後輩を気にしてくれていたようだ。

その後輩は、先輩が自衛隊退官後に、郷里である富山に戻っていたことすら知らなかった。

そうですかと答えるだけで、他に言葉もなく、矢崎は淑子の前を辞した。

通夜には矢崎の対番系列の、直接の上二人も来ていた。

――おう。矢崎。いや、矢崎政策参与。出世だな。

――羨ましいことだ。こっちは天下りとは名ばかりの、定時定時の出退勤でな。毎日タイムカードとの戦いだ。

対番系列では、指原の上に繋がる三人も顔を見せたが、防衛省及び自衛隊からは結局、それくらいだった。

寂しいと思わなくもないが、不幸とは急にやってくるものだ。

予定のしようがない分、都合のつかない者は多いだろう。特にクリスマス連休の通夜と告別式は、故人を偲《しの》ぶには具合が悪いか。

通夜に出席した先輩たちも、焼香を済ませると精進落としもそこそこに帰路に就いた。

――またな。矢崎。俺らの分まで、大臣の近くでは頑張れよ。

――富山には初めて来たが、明後日《あさって》がクリスマス・イブでさえなきゃなあ。どうしても孫がな。

――しかし、知らなかった。郷里に帰ってたんだな。

誰が言ったのかは、言われた瞬間わからなくなった。

だが、誰が誰でも同じことだった。

矢崎にとっては昔の先輩で上官で、全員が今は、民間人だ。

その晩、矢崎は富山駅前のビジネスホテルに泊まった。

翌日となるこの日も朝からあいにくの雪空だったが、通夜よりは参列者の数が明らかに多かった。

矢崎が到着したとき、串田同窓会会長以下同窓会の役員連中などはすでに芳名帳への記帳を済ませていた。

「おう。矢崎。昨日からだって。ご苦労さん。富山は寒いな」

串田は手を上げげつつそんなことを言い、役員連中と連れ立って式場内に入って行った。

その他、防衛省と自衛隊からも参列者は通夜よりは多かった。

統合幕僚監部からは統合幕僚長の代理として末永《すえなが》統括官が、陸自からは陸幕長の代理として、矢崎も見知った管理部長の野崎《のざき》陸将補と、その部下らしき女性自衛官が臨席するようだった。

矢崎を知る末永と野崎は遠くから目礼したが、野崎の部下らしき女性自衛官は野崎に言われてか、わざわざこちらに挨拶に来た。

千秋《ちあき》という名の副法務官だと名乗った。

「千秋？」

「よく聞き返されます。苗字が千秋です。千秋明日香《あすか》。どちらが苗字でも名前でもあまり代わり映えしませんが、生まれたときからの名前です。もう慣れました」

笑った。笑ってから、踵《かかと》を揃えた。

束ねた長い髪と姿勢と、切れ長の目に宿る理知の輝き。

凛《りん》として、という表現が相応しい女性に見えた。

「今年の四月付で一佐昇任と同時に、陸幕に。それまでは、東部方面総監部に居りました」

「ほう」

副法務官は一佐と二佐の二名がいるが、千秋は一佐だという。

女性の一佐とは、この前年の一月一日付で初の一佐が生まれたばかりだ。

たしか防大の女性二期、全体四十一期からの誕生だと矢崎は記憶していた。

「私は一年後輩です」

「ああ。なら、中央輸送隊の浪岡の」

「はい」

一期後輩です、と千秋は言った。

「いずれにしろ、先駆けですね。頼もしい限りです」

女性だから、というだけのものではない。男女問わず、防大卒の幹部自衛官であっても、優秀でなければ四十代前半の一佐はない。

「どうでしょう。今日も部長のお世話係のようなものです。いまだに、大いに男性社会ですから」

千秋はそう言ってから頭を下げ、告別式会場へと入る野崎らの後を追った。

やがて読経が始まり、焼香台の前に参列者が並んだ。

親族や近隣の住人、そして矢崎の知らない指原の生活が垣間見える人たちが次々に焼香へと進む。

それにしても、昨夜から会場の内外に厳《いか》つく目付きの悪い者たちを見掛けるが、それらは富山県警の面々だろうか。

事件は犯人の目星すら立っていないようだと、通夜でも告別式でも騒《ざわ》めきの中にそんな噂話は聞こえた。

矢崎も焼香を済ませた後、精進落としの場に上がった。

防大のOB連中が、淑子を真ん中にして何やらのアルバムを見ていた。

「やあ。懐かしいなあ」

淑子がページを繰る度に、そんな声が上がっている。

「お、矢崎。ちょうどいい。お前も見てみろ」

串田に呼ばれ、矢崎も近付いた。

指原と肩を組み、眩《まぶ》しげな顔を見せる若き日の自分が写っていた。

淑子が顔を上げ、矢崎に微笑んだ。

「このアルバムを見ては、いつも当時のことを懐かしがっておりましたのよ。特にあなたの代は」

「私の代、ですか?」

「ええ。あなたがいらして、朝比奈《あさひな》さんがいらして」

「朝比奈」

記憶がスパークするようだった。

「ああ。そうですね。指原さんは、朝比奈をずいぶん気に掛けていらした」

「ええ。同じ富山だって。主人は卒業してからもずいぶん朝比奈さんを気にしていたようですよ。私たちの結婚式の案内状もご実家の方に送らせていただいたんですけど。なんでも海外にいらっしゃって出席出来ないって。お母さまからご丁寧なお詫《わ》びのお手紙をもらって」

「そうですか」

淑子がアルバムを繰ると、夏の日の写真があった。

真っ黒に日焼けした坊主頭の若い防大生が同じく若い指原の隣に立っていた。

若い防大生は、矢崎にとっても懐かしい顔だった。同級生だ。

どちらも親一人子一人ということで、ウマが合ったのかもしれない。

矢崎は病気勝ちだった母を早くに亡くし、坊主頭の若い防大生、朝比奈は特攻帰りの父を失っていた。

互いに親の写真を見せ合って、笑ったものだ。

矢崎は年季の入った実家の玄関先で直立不動に立つ実直な父に、朝比奈は絨毯《じゅうたん》のようなチューリップ畑の中で鮮やかに笑う母に、どちらもよく似ていた。

ちなみにチューリップは富山の県花だと、矢崎はそのときに知った。

——さらば同期っ。

耳に二十期学生代表の朗とした声が蘇り、胸がざわめく。

——さらば同期っ。戦場でまた会おう。

朝比奈光一郎《こういちろう》は前口上に続き、その後、物議を醸すことになる掛け声とともに帽子を投げた。投げて駆け出し、そのまま幹部候補生学校には進学しなかった。

第二十期代表学生、朝比奈光一郎は今、どこでどうしているか。

懐かしくも、遠い日の話だ。

土曜日ということもあってか、この日は泊まっていく者も多いようだったが、矢崎は帰京する予定だった。串田以下、泊まれよと誘う者も多かったが遠慮する。

翌日に、防衛省主催による三自衛隊の音楽隊合同の、クリスマスコンサートが開催されることになっていた。

外部に向けたイベントだ。こういう場面に鎌形は躊躇なく、もちろん参加の一択しかない。

コンサート自体は午後の一時と六時の二部制だが、午前中のリハーサルから顔を出すと鎌形は言っていた。

最後に赤ら顔の串田が、

「おう。矢崎。写真を見ていたら懐かしくなってな。富山に来たのも何かの縁だろう。俺の下対番でもあるし。朝比奈の実家にもＨＣＤの案内状を送ることにした。もちろん、ダメもとのつもりでな」

そんなことを言ってきた。

曖昧にしか矢崎には答えようもなく、とにかく、富山駅に向かうということでその場を辞去する。

タクシー乗り場に向かうと、千秋一佐が駆け寄ってきた。

「すみませんが、お帰りならご一緒させていただけませんか」

「別に私に断る理由はありませんが。野崎君の方はいいんですか」

そう尋ねると、千秋は肩を竦めた。

「野崎陸将補は他の方々と盛り上がったようで、泊まり組に入りました。私は明日、子供と予定がありますので」

「ああ。――おや。生まれたときからの名前と聞いたと思いますが、ご結婚を？」

「ええ。十五年位前に、一度」

端的な答えだった。

「けれど、そのときも私の姓は変わりませんでした。相手の方が変えたので。――昔の話です」

「そうですか」

迷いがない答えは、いっそ気持ちがよかった。

「ああ。そうか。明日はクリスマス・イブですか」

「ええ。三十代は、父母に預けっ放しでしたから。これからは少しは、息子の色々なことに向き合ってやりたいと思います」

「大事なことです。特にクリスマスのイベントは、子供には実に印象的でしょう」

矢崎は頷いた。

「クリスマスツリー、靴下、ケーキ、プレゼント、シャンメリー。同じようなイベントでも、七夕だとそうはいかない。笹竹に飾りはあっても、ケーキもプレゼントもない」

「あら？」

「なんでしょう」

「いえ。政策参与が、世の中一般のクリスマスを肯定するなんて、意外な気がしたものですから」

「はて」

「守山の鬼神。そんな異名ばかりを、他の色々な噂とともに上官から聞いておりましたので」

「ああ。言っていた奴の名に、覚えはしっかりとあります」

「そうですか。失礼しました。でも、悪い噂はひとつもありませんでしたが」

千秋は一瞬だけ、申し訳なさそうな顔をした。

なんにしても、この直前に新幹線の予約は取れたという。見れば、席は遠いが矢崎と同じ新幹線だった。

駅に着いて新幹線乗り場に上がると、すぐに列車到着のアナウンスがあった。

「ここでお別れかな。私は上野駅で降りるので」

「あら。お住まいがそちらに？」

「まあ。お住まいと呼べるほどのものでもないですが」

湯島を想像する。

十人と間取りと――。

想像しただけで苦笑も出る。

マイホームにはほど遠い。

「では、政策参与。お気をつけて」

「有難う」

「――あの」

「なにかな」

「三佐のために献杯、有難うございました」

「三佐？　なんだね」

「いえ。これも上官から聞いた、色々な噂のひとつでしょうか」

千秋が目を伏せるようにして、会話はそこまでになった。

別れて〈かがやき〉の指定席に向かう。

北陸新幹線が開業になって、富山は随分近くなった。

発車と同時に車窓を眺めつつ、通夜と告別式の参列者を思い浮かべる。

（みんな、あれだな）

細くなった、白くなった、丸くなった、饒舌《じょうぜつ》になった、弱くなった、小さくなった。

そして、人によっては、卑屈になった。

（歳を取ったな）
そんなことを考えていると、車内に何度目かの到着メロディが流れた。
もうすぐ、上野駅に着くようだ。
本当に北陸は、近くなった。

第二章　総動員

一

クリスマス・イブには予定通り防衛省主催による三自衛隊合同の、〈青少年に贈る三自衛隊クリスマスコンサート〉が昭和女子大学の人見記念講堂で開催された。

ここ何年かの恒例行事でもある。

そういった意味では、防衛省でも力が入っていると言っていい。

一般の人々に自衛隊の活動をアピールする機会としては、各駐屯地や基地の祭りと同じくらいに重要だ。

海上自衛隊からは東京音楽隊が、航空自衛隊からは航空中央音楽隊が、そして陸上自衛隊からは中央音楽隊が、それぞれの熟練者を以て参加した。

会場は約二千席の二部公演、計四千枚余りのチケットが、前売りの早い段階でソールドアウトしていた。

例年、それくらいに安定した人気はあるようだ。

だからこそ気も手も抜けないし、重要ということでもある。

午後の一時と六時のコンサートはどちらもクリスマスムードに包まれ、なんの事故や問題が発生することもなく粛々と進行し、すべてのプログラムを滞りなく、予定通り終えることが出来た。

来年も会いましょう、とコンサート・マスターが宣言すれば、歓声と拍手が起こったほどだ。

午前中のリハーサルから顔を出した鎌形も、計四千人を超える観衆の前で気持ちよく演説が出来たようで、終始上機嫌だった。いつも以上に饒舌でもあった。

その後、夜は民政党の何某かの会に出席するということで大臣専用車に乗り込んだ。

お前も来るかと誘われたが、遠慮した。政治家に付き合うのは〈昼間〉だけで十分だと、口にはしないが、これは矢崎の陸自時代からの持論だった。

三軒茶屋《さんげんぢゃや》から湯島に戻ったのは、夜の九時過ぎだった。

湯島坂下から、坂上の角に立つ〈住まい〉に向かう。

矢崎が住む〈ハルコビル〉にはこの時間、明かりが灯《とも》ったフロアはなかった。五階の東《とう》堂《どう》はクリスマスでも当然のように仕事だろうし、四階のゴルダはクリスマスだからこそ、成田の自分の会社や東堂典明《てんめい》翁の近くが考えられた。

二階の新しい住人、関口貫太郎《せきぐちかんたろう》の場合はこの聖夜のイベントに関係なく、すでに寝ている可能性が大だった。

坂道からビルの新設成ったエレベータ室に入ろうとすると、坂上の角から気配と影が湧くように現れた。

「今晩は」

純也だった。

「冷えますね」

「そうでもないが」

「富山は寒かったんじゃないですか」

「――ほう」

それだけで、気温が下がった気が矢崎にはした。

何かがあって来たのだろう。

逆に言えば、何もなければこの青年は影のように現れはしない。

「上がるかね」

「有難うございます」

言葉は短いが、意思は明確に通じた。どこかの誰かの饒舌より、身に染みて心地がよかった。

純也と一緒にエレベータに乗り、三階に上がる。

エレベータを降りるとそこは狭いが共用ホールになっていて、左手が階段で正面が住居へのドアだ。

リノベーションに際し、オーナーの芦名春子からドアの好みを聞かれたので、アルミ製で細いスリットの入った木目調のものを希望した。それだけでも随分、共用部に温かみが出るものだ。

純也を招き入れた部屋は、およそ三十平米にキッチンとバス・トイレ。

今のところ大して家財道具はない。ソファとテーブルと寝具と、多少の白物家電。

一人だということも、広さを感じる要因のひとつではあるだろう。

いずれにしろ、これから年輪を刻みつつ、身に馴染ませてゆく部屋だ。

そんな部屋にも、エスプレッソマシンくらいはある。

暖房を入れ、コーヒーを淹《い》れ、耳に流れ込むようなリズムの純也の話を聞く。

元中即団司令部幕僚副長、香山義徳一佐の死。

元中即団医官、西方肇一尉の死。

そして、矢崎も参列した指原清三・元陸将補の死。

矢崎が湯気の立つコーヒーカップをテーブルに置く頃、計ったように純也の話は終わった。

「ご名答。直々に彼が、分室にやってきまして」

三人の中では、若い医官の話だけが妙に異質だ。普通なら誰も、同列にカテゴライズなどしないだろう。

が、そんな防衛医大卒の若い医官の話は、繰り言のように和知が守山時代から何度も口にしていた話だった。

「和知だね」

「そうか。和知がね。——むう」

おそらく勝手にノコノコと、イソイソと東京に出てきた尻軽さはさておき、聞く限りにも、本当に一連にすべて関連があるのなら事態は由々《ゆゆ》しきだ。

「一昨日《おととい》、昨日のうちに連絡をもらえれば、警察にそれとなく接触することも出来たし、必要とあれば明日以降のスケジュールも調整して向こうに留まったんだが」

「いえ。まだ外から藪《やぶ》の中を手探りするようなものですから。鬼が出るか蛇《じゃ》が出るか。危険だと感じたときには、手を素早く引かなければなりません」

「どこが」

「私に素早さがない。耄碌《もうろく》したと」

純也は柔らかく笑った。

「そういうことではなく、師団長は藪の中の人ですから」

「なんだね？」

「ただ存在していただいて、必要とあれば外から突っ込んだこちらからの手を握っていただければ有難いと」

「中の人間、か。私は果たして、そうなのかな」

「おや。師団長にしては、いつもより歯切れが悪いですね」

「そうかね？　そんなつもりは、――いや、そう見えるだろうな」

「何かありましたか」

問い掛けてくる純也の目に、柔らかい光が見えた。

コーヒーをひと口含む。

心は純也の目に引き込まれ、呼ばれるようだった。

ほう、と矢崎はひと息ついた。

「今回の富山のような、近しい先輩の訃報に接すると、集まってくる連中も様々でね。そんな中に自分を放り込んで掻き混ぜてみると、どうにも自分だけが浮き上がるように思えて。自意識過剰、僻《ひが》み根性。私の身の置き所に、私自身が惑うようでね」

自衛隊の現役には〈退役自衛官〉で、退役自衛官には〈権益役人〉で、権益役人には補佐官の下で事務次官の上、つまり雲の上、そんな認識だろう。

「そんな中で、直接の対番系列の先輩が亡くなった。若き日の思い出を語り合える、数少ない先輩だった。防大の先輩、同期、後輩に、もちろん絆は思う。だが、そんな絆にも、それぞれの置かれた立場というものがあるのだろうと思う。若き日のままではいられないとか、そんな環境にも歳にも、なったということなのだろうかとかね。そんな中でも、ただただ後輩でいられた、それこそ対番系列の直接の先輩が亡くなった」

矢崎はもうひと口、コーヒーを飲んだ。

「訃報に接したとき、驚いたよ。悲しかった。それで、取る物も取り敢《あ》えず通夜に向かったんだ。——行って、絆だと思っていたものに接して、私はね、寂しくなった。先輩の死が悲しい以上に、寂しくなった。これからどんどん、きっと、寂しくなる一方だ」

いつものチェシャ猫めいた笑みで、何を弱気な、と言って純也は肩を竦めた。

「師団長。これは言わないでおこうかとも思いましたが、実は和知君がですね」

堂林が、土方が、お世話になりました。

純也たちの前で、頭を下げたという。

「今回に限り、わざわざ出てきたのは、僕らにそんなことを言いたかったからかもしれません」

「なんと。あの男が」

意外だった。それ以上に、なぜか少し誇らしかった。

「ええ。けど、それだけじゃないですよ。きっと。彼は食わせ者ですからね」

「なんだね」

「師団長に累が及ばないように。師団長が、鬼にも蛇にも出会わないように。三人の死を不審なものに思った瞬間、矢も盾もたまらず、鬼とか蛇にこっちから先にぶち当てるつもりで、J分室を目指したのかもしれません。――いい部下を持ったじゃないですか。あ、元部下か。なおいいですね」

降るような言葉の群れだった。

降って染み入る、星のような言葉だ。

「煙たいOBで面倒な役人で、どっちつかずの官僚でもいいじゃないですか。和知君にとってはいつまでも、師団長は師団長なんでしょうね。四角四面で口煩くて、事あるごとに口も手も出るとしても、いつまでも、気の置けない上司なんですね」

では、と言って純也は出て行った。

矢崎はしばらく、動かなかった。

やがて、コーヒーカップを手に取った。

冷たかったが、温かい。

温かいが、少し寒かった。

窓の外を見ると、雪が降っていた。

「ああ。そうだった」

今日は、クリスマス・イブだった。ホワイト・クリスマスだ。

サンタクロースにはなれないが、関わり合ってくれた、特に部下たちを思う。

「メリークリスマス」

クシャミなどしていないだろうか。

特に金子や浪岡や、和知辺りが。

そう思うと、少し笑えた。

二

日曜日で且《か》つ、雪のクリスマス・イブという喧騒を終え、月曜日になった。

こちらが本来、祝うべき当日だが、日本では〈兵《つわもの》どもが夢の跡〉だ。

もっとも純也には、二十四日で日曜日のイブのハイプライスを避け、平日月曜日でクリスマス当日のダウンプライスを待ち焦がれるさもしい後輩もいるにはいたが、これとてクリスマスを祝おうとする気持ちは、間違いなく皆無だ。

前夜遅くまで降った雪のせいか、年の瀬の五十日《ごとおび》にも拘らず、道路はどこも思ったほどの混雑はなかった。

純也も家からの出発前は車にするかどうか迷ったが、結果的には出てみて正解ということになる。

朝からの快晴に加え、最低気温も高めだったということもあり、車道を邪魔する雪は午前八時の段階でほぼなかった。

幾分遅く出た割に、純也のＢＭＷは普段通りの頃合いで警視庁の地下駐車場に滑り込んだ。

ただし、一階に上がっても、この日は向かう方向がいつもと違った。受付に背を向けるように、純也は警視庁本庁舎の外に出た。

まずこの日の動きとして、純也の最初の目的は、警察庁長官官房の長島敏郎《ながしまとしろう》首席監察官に会うことだった。アポイントは先週のうちに取っておいた。

長島が警視庁の公安部長職から警察庁に異動になって、もう二年以上が経《た》つ。すでに直属の上司でなくなって久しいが、ここぞというときの話は通しておく。というか、通しておくに限る。

やはり、なんと言っても長官官房の首席監察官という肩書と権限は大きい。

ただし、ならば長いものには巻かれておくに限る、と思えるのはその席に座るのが長島だからであり、そう本人を前に放言して憚らないのは、長島に対する信頼の裏返しかと思えば笑いも出た。

警視庁本庁舎から警察庁の入る中央合同庁舎二号館へは、地下の駐車場からでもそのまま行くことも出来たが、純也は一旦《いったん》、地上に上がった。

愛車のドライバーズ・シートで温《ぬく》んだ身体を、冬の外気に晒《さら》してから向かいたかったからだ。

外に出れば雪の残り香を含んだ風があり、薄く抜けるような空の広がりがあった。

高潔孤高の首席監察官の前に出るための、一種、禊《みそぎ》のようなものか。

そう思っても、今度は笑いは出なかった。

長島は刑事畑に長く、法の下の正義を貫いてきた男だ。

一方、純也はと言えば、銃を取って戦場に生き――。

そう思うだけで、これは放言や公言どころか口にも出来ないが、純也にとって長島敏郎という男は、堂々と陽の下に生きる眩しい存在だった。

「さて」

身体も〈冷えた〉ところで、純也は足早に中央合同庁舎二号館に入った。省庁然とした静けさに満ちたロビーを通り、純也はエレベータに乗る。

そのまま二十階に上がり、真っ直ぐ首席監察官室へ向かう。

このフロアには警察庁長官官房の他に、会計課や給与厚生課、外事情報部、そして警備局があったが、迷うことはない。かつて純也はその警備局の、警備企画課に勤務した身だ。

フロア自体に懐かしさはないが、見慣れた感はあり過ぎるほどにある場所だった。

扉の開け放たれた首席監察官室別室で、秘書官に黙礼する。

それだけで秘書官は静かに動いた。

「警視庁公安部の、小日向分室長がお見えです」

インターホンに告げれば、間を置くことなく、通せと言う鉄鈴の声がスピーカから聞こえた。

ノックし、入室する。

「失礼します」

窓辺を背にしたデスクの向こうに座り、長島は執務中だった。

首席監察官室は西陽をまともに受ける部屋だ。午前の陽はほとんど差さない。

長島は老眼鏡の顔を下向け、薄暗い中でライトも点《つ》けず、何某かの書類に目を通していた。

純也はチェシャ猫めいた笑みを浮かべつつ、長島に近寄った。

二メートルまで近寄って足を止める。そこまで寄れば、右側頭部に染めていない白髪が見えた。

見《まみ》えるたびに少しずつ、増えているか。

長島がゆっくりと顔を上げ、老眼鏡を取った。

純也を見上げて目を細め、眉間に皺を寄せる。

「何がおかしい」

純也は微笑のままの身を自覚した。

「いえ。暗い場所で本を読むと目が悪くなる、などと注意された昔を思い出しまして。首席は、注意されたことは」

「そうだな。五十年前か。老眼鏡など掛けていなかった頃だ。それでか」

「それでです。失礼しました」

「で――」

用件はなんだ、と長島は言った。

「始めます」

端的に答えた。

長島は革張りの肘掛椅子に背を預け、深く沈んだ。

聞く体勢、というやつだ。長島なりの臨戦態勢、ともいうかもしれない。

「案件か」

鉄鈴の声が一段下がった。

それだけで、部屋の空気も張り詰めるようだった。

首席監察官の肩書はこの男の場合、本当に伊達などではない。

純也はそんな重圧の中で、無重力に肩を竦めた。

「さて。そこまでの重さで案件かと聞かれると、今回ばかりは今のところ断定は出来ません。ですが――」

間を取った。

そんな空疎な間を埋めるのは、長島に興味あってこそだ。

「なんだ？」

長島が先を促した。

「有難うございます」

切っ掛けをもらい、純也は強く頷いた。

「多分に今回は、情が絡んでいるようにも思えます。火中の栗ではないですが、たまには拾ってみるのも手かと」

「情か。誰のだ」

「さて。はっきりとは。ただ、ひとつには陸自の警務官、そして、私ですか」

「ほう。人がましくなったものだ」

「ジャングルも砂漠も、ずいぶん遠くなりました。今は都会の、袖摺り合うどころか身動きさえ取れなくなりそうなラッシュの、多生の縁に埋もれるように生きています」

純也は笑った。ただし、これは自嘲だ。

「それにしても今、お前の分室の猿丸警部補は入院中ではなかったか？」

「お気に掛けて頂き、恐縮です」

「二人でやるのか」

「表立っての初動としては、そうなりますか。まあもともと、裏表のない部署ではありますが」

「ふん。お前の部署に清廉潔白もないものだが」

「おや？　裏表がないとは、ほぼほぼ裏、という意味合いも内包するかと」

「それで首が回らなくなったら、一般職採用内定の息子の方でも裏で使うか。ブラック極まりないな」

「ご冗談を。警察庁や警視庁の正式な部署はどうか知りませんが、うちの分室はほぼほぼ裏ではありますが、そこまでブラックではないつもりです」

「そうなのか？　ブルーボックスといい、組対の特捜隊といい、警視庁に名高い化け物連中は揃いも揃って、全員勝手にブラックなワーカホリックだと思っていたが」

「否めませんが、それは間違いなく揃いも揃って、全員の個人的資質に拠るところが大です。部下に推奨することはありません。何故《なぜ》なら、推奨したところで為しうるレベルではありませんから」

「物は言い様だな」

「恐れ入ります」

「それにしても、だ。陸自の監察。陸自本体か」

長島が身体を沈めた椅子から、ゆっくりと浮上した。

「いつも通り、細かく話す気はないのだな」

「はい。話せば話すほど絡みます。首席にはぜひ、大所高所からのご助力のみ、お覚悟頂ければ」

「怖いな」

「怖いくらいがちょうどいいお立場では。需要と供給は、権力にだけ偏ることはありません」

長島は口の端を歪《ゆが》めた。

笑ったのだろうと理解して、純也は踵《きびす》を返した。

否定の言葉は追ってこなかった。

ならば、これでいい。このくらいでちょうどいい。

中央合同庁舎二号館の地下から通路で、警視庁本庁舎の駐車場に出る。

一度ＢＭＷに戻り、純也は助手席に置いた厚いファイリングケースを抱えた。

一階は通らず、地下からエレベータで十四階に上がる。

といって、そのまま桜田通り側の分室に向かうわけではない。

この日はやけに分室が遠いが、この〈下準備〉が分室の自由度を上げ、分室員の生命と矜持《きょうじ》を守るのだ。

純也が向かったのは、公安部長室だった。

アポイントなどは取っていない。純也にとっては取る必要を感じない。約束とは、互いに敬う気持ちがあってこそ成り立つものだろう。

別室の伊藤《いとう》警部補に来訪を告げる。伊藤は純也に対して常に無表情だ。

その態度は決して警視正に対するものではないが、階級に拠らずそれは、〈小日向純也〉という警視庁の異分子に向けるものとして受け止める。

つまり、いつものことだ。

伊藤がインターホンのスイッチを押す。

「小日向分室長、お見えです」

通せ、の声を待つのももどかしく、純也は公安部長室に入った。

執務デスクの向こうに、下っ腹の突き出たスダレ頭の短軀《たんく》がいた。

それが皆川道夫《みちお》という、現在の、それだけの、公安部長だった。

先ほどの長島に対したものと同じ礼など取るべくもない。

純也は無言で、部屋に充満する湿気《しけ》た整髪料の匂いを分けるように進んだ。

有無をいう暇も与えず、皆川の机の上にファイリングケースを置く。

捜索差押許可等の各種申請書から拳銃携帯等の命令書に至るまでの諸々《もろもろ》、様々。転ばぬ先の杖、動く前の準備、後出しの許可。

「まずはいつも通り、拳銃の許可申請はすぐに通しておいていただきましょうか」

冷ややかに見下ろす。

皆川はただ、純也とファイルを交互に見遣った。最初の頃は怒気も猜疑心《さいぎしん》も見え隠れしたものだが、最近では諦念の色だけが濃く、目の奥にあった。

よく働くマリオネットは、完成に近付きつつあった。

「拳銃の許可は全員分、ああ、当然、新人君の分もです。彼の分だけ、書類上は一月四日付ということをお忘れなく。もっとも、その前に発砲という事情になれば、公安第三課の扱いということで、そのような書類も用意してあります」

拳銃とは制式拳銃、シグ・ザウエルＰ２３９ＪＰのことだ。

「今度は、何をする気だ」

「さて。あなたには知る必要のないこと。――ああ。要約したイメージだけ、教えてあげましょうか」

顔を近付ける。

「血の通った人間の温かさを探る、宝探しのようなものです。わかりますか――」

あなたに、と言って顔を遠ざけ、純也はチェシャ猫の笑みを見せた。

三

火曜日の朝の、午前七時過ぎだった。

この時間になってようやく東の窓から差し込む朝陽を少し眩しく感じながら、鳥居は町屋の自宅で朝食の席についていた。

眩しいが、嫌ではない。これは冬場ならではだ。

夏はもうこの時間になると朝陽は眩しさを通り越して目に痛く、ガラス窓を通しても肌を焼くほどに暑い。

春と秋は似たような感じで、窓を開ければ外気は穏やかだが音が煩い。

四季折々の朝には、四季折々の不満がある。

いいこともあるが、人は贅沢《ぜいたく》な生き物だ。いいことばかりではないということに不満だけが募る。

そうしてなんだかんだと文句を言い、文句を言いながら飯を食う。

（へっ。それで結局よぉ）

シンクで洗い物をしている和子《かずこ》が手を拭いてテーブルを振り返る。

「お父さん。のんびりしてていいんですか。遅れますよ」

そんな忠告まで込みにして、おそらく十年変わらない。そのままだ。二世帯住宅の階下に住む鳥居の老いた母が毎朝、和子が作って運ぶ、上の階と同じ朝食を食う。それも変わらない。

ひとまとめにして、鳥居家の朝の風景だった。鳥居にとっては大切なものだ。

「あれか。愛美《まなみ》はまだ起きねえのか」

「ええ。冬休みに入りましたから」

「それにしたってよ。もう七時半に近《ちけ》えんじゃねえか」

「八時には目覚ましが鳴るみたいですよ」

ふうん、と返事をして、鳥居は急須に手を伸ばした。

自分で緑茶を注ぎ、飲む。

変わらない朝の風景も、こうして時々変わる。主にこうして、愛美の生活リズムが変わるときだ。

生まれてしばらくは同じだったものが、幼稚園に入って変わった。小学校に入っても変わった。低学年から高学年になって、もっと変わった。一人前の口を利くようにもなったし、ときには母親の料理を手伝うようにもなった。

それが来年からは中学校だ。もっと変わるだろう。勉強も部活も、忙しくなるに違いない。

馬鹿話をしながら一緒に食卓を囲む頻度はどのくらいになるか。会話の機会はどのくらいに――。

激減することはあっても、微増すらすることはないだろう。

「けっ。やだやだ」

「何がです？」

「ん？　まあ、色々」

まさか、愛美の進学にまで文句を言うわけにもいかない。曖昧にして濁す。

「そうよね。お母さんの具合も、このところあんまりよくないものね」

和子は勝手に、そっちの話で合点したようだ。

十二月に入って、風邪をひいた。それが長引いているようだ。

本人に言わせれば大したことないない、ということになるが、そのせいで毎朝の日課にしていた散歩から足は遠《とお》退《の》いていた。

歩くことそのものも、歩きながらする近所の爺さん婆《ばあ》さんとの会話も、ボケ予防というだけでなく、本来からすれば健康の糧であったはずだ。

それを和子は気にしていた。

七年前に亡くなった爺さんも風邪を甘く見た結果、肺炎を引き起こし、こじらせて死んだ。

ら、乗るって。

──来年。卒寿だろってうちの旦那が。お義兄《にい》さんの方でなんかお祝いを考えてくれるな

近所に住む弟の正樹《まさき》に、その女房を通じてそんなことを言われてもいたが。

「さてもさて、だ」

気が付けば、ガラス窓の外に朝の陽がだいぶ高くなり始めていた。

「ごっそうさん。──じゃ、行くか」

「今回は、すぐ帰ってくるんですよね」

「ああ。そうなる。さすがに、年の瀬だからよ」

「ご苦労様です」

「なぁに。ご苦労様は──」

お互い様だよ、という言葉は少し気恥ずかしく、席を立ちながらあらぬ方に言う。

それでも、言えるようになっただけでも進歩だろう、と思う。

猿丸に言わせれば老化の始まりだそうだが。

手早く身支度を整え、鳥居は玄関に向かった。

靴箱の上に、クリスマスの名残の三角帽子が置かれていた。

「へへっ。ジングルベェル、ジングルベェルってな」

四月以降の愛美を思えば気も滅入《めい》るが、近くの思い出はまだまだ楽しい。思い出しただ

けで笑顔にもなれる。

一昨日は久し振りに丸いケーキを切って食った。少し胸焼けしたが、それもいい。

愛美と和子と一緒に三角帽子をかぶってクラッカーを鳴らし、ジングルベルを歌って甘いシャンパンもどきを飲んだ。鶏モモの照り焼きも食った。

いい思い出だ。

いい思い出を抱いて、玄関を出る。

玄関を出て、表情を引き締める。

この玄関が、いい思い出と現実の境目になる。

家族の変わらない日常を守るために、非日常的な作業に赴く。

それが公安マンの日常、リアルな現状だ。

今回の出張はそう長くはならない。和子には二泊三日程度と話しておいた。それでもう、帰ってきたら桜田門の〈会社〉自体も御用納めとなる。

二泊で行って、いったん帰京する。たとえ何かがあっても、本格的な始動は年明けでいいと純也に言われていた。

何を馬鹿な、と撥ねつける気概はあるが、口に出して行動に起こすほどの燃えるものはない。

（まずは、さらっと触る程度。それからだ。全部は）

前週の金曜に、和知が来た。

その和知が意外にも、陸自の赤心を以てJ分室を頼ってきた。

頼られれば動く。

必死になって伸ばされる手は摑《つか》むものだと、分室の長である純也は平素からよく口にした。

摑んで、夢と希望へ導くのだと。

総じてつまり、これはJ分室のモットーでもある。

「決まりだね」

和知が去った後、純也はそう言って軽く指を鳴らした。

「J分室、始動といこうか」

動くことはこの一声で決まった。

次いで、誰がどう動こうかという話になった。

純也を入れても、分室の中には見渡す限り三人だ。

もっとも、そのうちの一人はまだ正式な辞令すら受けていない男だった。

「いずれにしろ、もう今年も終わるからね。本格的には年初からということになる」

そう前置きし、純也は三杯目のコーヒーを注いだ。

「じゃあ、まずはカブ君だけど」

富山に行ってもらおうか、と純也は言った。

「指原清三元陸将補が殺された件ですか。了解です」

「そう」

頷き、純也はコーヒーカップに口をつけた。

「さすがにカブ君は、干されていたといっても間違いなく現役の公安マンだからね。これは県警が捜査中の轢き逃げ事件だから、僕らが触るには細心の注意と素早い行動が必要になる。だから、僕としては自信をもってカブ君を指名したつもりだよ。ただし、気負いは厳禁だけど」

「はい。肝に銘じて」

「ああ。それと、動くときはシグを忘れないように。気負いは厳禁だけど、護身は必需だ。そういう場面では躊躇《ためら》わないように。これは僕がいつも、みんなに言うことだ」

「了解しました」

「うん。で、メイさんは」

香山一佐のことをお願いしようかな、と純也は口にした。

「一応、事故で終了してるみたいだし。まず管轄に話を聞く程度なら、長野はそう遠くないし」

「へへっ。色々、考慮してもらった感じですかね」

「そう。ただでさえ寒いしね」

鳥居は腕を組み、自分なりに方針を確認した。

まずは長野県警に行って、香山の代行検視をした警察官に話を聞き、死体検案書を確認するのが初手か。香山の自宅がある大阪は、年が明けてからでいいだろう。

そんなことを考えていると、

「ああ。これ」

と、純也からプラスチックの名刺ケースを渡された。

「皆川公安部長から、話は刑事部に通してもらってある。といって、いつも通り後出しで、説明は僕がして頼んできたんだけどね。それ、使うか使わないかは別にして、邪魔にはならないだろうから、持っておいて」

名刺には〈市村良治《いちむらりょうじ》〉という名前と〈警視庁刑事部捜査第二課第四知能犯捜査第五係〉の肩書が刷られていた。

中に入っている枚数からして、使いかけのようだった。

それだけでわかる。

捜査第二課第四知能犯捜査係は贈収賄等重要知能犯罪捜査及び特命事件の捜査を担当する。

滑落死に関するあれこれを見分するに当たり、全国に名高い警視庁捜査一課の肩書で出張っては、警察の捜査員のプライドを逆なですることにもなりかねない。

当然、情報収集をするには、殺人犯捜査係でない方がいい。

どういう説明と〈貸し借り〉をしたのかは知らないし、鳥居としては知る必要もないだろうが、つまりこの名刺は本物ということになる。

鳥居がどう動くのかを考慮した純也が先回りして話を通し、〈貰《もら》って〉きたものということは、考えなくとも明らかだ。

相変わらずピラミッド型の縦割り構造をものともせずに亀裂を入れ、素早いものだ。

「じゃあ、福岡へは分室長が」

鳥居が純也の段取りに感心していると、剣持がそんなことを口にした。

鳥居は思わず、噴き出した。

純也との能力の差、年齢差、いや、分室にまだ入ってもいない、その差か。

「何か」

「いや。カブはよ。まだうちの分室長にも分室にも慣れてねえな」

剣持は怪訝《けげん》な顔をした。

「長崎の病院によ。ちょうどいいのがいるじゃねえか」

「えっ。――ああ」

剣持は苦笑いだった。

「そういうことだよ」

純也が話を継いだ。

「セリさんの退院も年明けになる予定だしね。全員が足並みを揃えるのは年始からでいい。もっとも、仕事始めは全員揃っての顔合わせも、その辺の社寺への参拝も新年会も無しだろうけど」

と、そんな打ち合わせが金曜のことで、火曜日の今につながる。

玄関を出て斎場の前を通り、ガードを潜れば、駅はすぐそこだった。

鳥居の家は駅まで十分も掛からない、便利な場所にあった。

四

水曜日の午後になって、剣持は一人、富山市に入った。

厚手のジャンパーと滑らない靴は必須と思って来たが、富山は駅前の様子からしてすでに予想を裏切らなかった。

煙るように降る雪はジャンパーに張り付き、寒さはビブラムソールの靴底から足裏に立ち上るようだった。

ジャンパーの内側に、左肩から吊ったシグ・ザウエルはある。

——これ、使って。軽くて丈夫だから。

と、純也から支給された真新しい、難燃ケブラー製のショルダーホルスターとセットだ。ホルスターは通常の警察スタイルの、暴発と落下、盗難の防止に重きを置いたものではない。クイックドロウに特化した、少なくとも剣持は見たことがないものだった。

装着すると、いやが上にも身が引き締まる思いになった。

別働の鳥居は前日、長野に向かうと言っていた。そうして県警を回り、挨拶程度に話を聞きに行って戻り、年内はそこまでにするらしい。

が、剣持は違った。

鳥居と違って家庭も持たないし、現状で言えば仕事もない。所属はまだ公安部公安第三課〈閑職〉のままなのだ。

御用納めの警視庁内にいたところで、納めなければならない仕事もないし、大掃除と言ったところで、自分の居場所も机も公安第三課ではすでに整理されていてどこにもありはしない。

大掃除のことに限ってはJ分室でも同じことで、掃除しなければならないほどの使用も痕跡もない。分室内ではまだお客さんも同然だ。

だからこの日から、分室の正式な始動に先立って、剣持は作業を始めるつもりだった。

作業環境が驚くべき速さで、すでに整っていたということもある。

作業のための拠点は、清水中町三丁目のマンションということに決定していた。契約も済んでいた。

場所的には富山駅から東南に、直線距離で約二キロの辺りになる。交通手段としては、富山地方鉄道の不二越《ふじこし》駅が近い。電車はレトロな二両編成で本数も少ないが、たかが二キロと侮って徒歩を選択すると大変なことになる。

富山市内には、神通川に注ぐ掘割のような支流が何本も走っている。富山駅から拠点に至るには、曲がりくねったそれらに架かる橋を何度も渡らねばならず、直線の二キロは、道のりにして四キロでも足りなかった。

それでも、そのくらいでいい。そのくらいがいい。

そもそも、地方都市というのは大概が、駅前の狭いエリアに繁華街が集中し、その外にビジネス街が有ってすぐに住宅街になる。人の賑《にぎ》わいが住民の生活圏を外に押しやる都会と違って、生活圏が人の集まる場所を一点に押し込めるといった構図だ。

ならば拠点は木を隠すなら森の喩え通り、人々の暮らしの中に溶け込むのが得策であり、公安講習の鉄則だ。

拠点に決めたマンションは不二越駅で降りて約百メートルほどのところにあった。

駅の周辺自体がすでに、市民の生活圏だった。車通りも渋滞するほどではなく、人通りもそう多くはない。

点だった。

花水木《はなみずき》という小洒落《こじゃれ》た名を冠した静かな通りに面した、三階建てマンションの三階が拠点だった。

被害者である指原の家は、拠点のちょうど真北に当たるか。マンションのすぐ近くを走る県道一七二号・八幡田稲荷《はちまんだいなり》線を真っ直ぐ北上すれば、県道の右手に指原の注文住宅があるという。

約八キロの距離は作業に当たって決して遠くはなく、不注意に近くもなかった。

まさに、絶好の場所と言ってよかった。ここまで理想の拠点、アジトというものは剣持の感覚からすれば、そう何度も整えられるものではなかった。

作りたい場所にまずいい建物があるか、あったとして空きはあるか。

口には出さないが、これまでの公安作業中に作った拠点で納得がいく場所は剣持の場合、一カ所もなかった。

それをなんとかするのが〈腕〉だと先輩には教わりもした。

金曜の分室で純也に割り振られた富山だったが、その日の内にというか、正確には五時間余りで、なんとも絶好の距離感の場所に拠点が決まった。

この清水中町三丁目のマンションは、ＫＯＢＩＸエステートによって用意されたものだった。つまり、純也のひと声の賜物《たまもの》ということになる。契約の日時はこの前日の十二月二十六日だが、見せてもらった電子契約書に拠れば、契約は〈新規〉ではなく、便宜上〈更新〉だった。

長く住んでいるという設定なのだろうが、改めて、大したものだと思う。

公安第三課に所属した身として、拠点の設置や身分の詐称は作業の一環として慣れているつもりだったが、Ｊ分室の処理スピードは異質だ。特異といってもいい。

場所の決定だけでなく、調度品の類もすべて、剣持が入るこの日までに整えられているはずだという。

実際到着してみて確認してみて、苦笑いしか出なかった。

誰かがすでに住んでいるのかと見紛うほどの、２ＬＤＫの空間がそこにあった。テレビに電気ケトル、ハンディモップやピンチハンガーまでが〈きっとあるべき場所〉に置かれていた。

痒《かゆ》いところに手が届くとは、こういうことを言うのだろう。

「加えて、こういうことだよな」

ボストンバッグひとつにも満たない荷物を置き、剣持は右の内ポケットの財布にジャンパーの上から手を置いた。

――ああ。カブ君。これもさ、持っておいて。本当は年明けの正式配属後にって思ってたんだけど、事情が変わったからね。

と、純也から渡されたカードがそこに入っていた。剣持の名前が入った、〈サードウインド〉という会社の法人名義のゴールドカードだ。

Ｊ分室は、警視庁の組織図からも論功行賞からも切り離されている。どれほど優秀でも功績を上げても、通常の異動などもありはしないし、個人個人は最低限の昇給しかしない。だから当然、分室としての予算もない。

そんな隔離され隔絶された分室の運営経費のほとんどは、室長である小日向純也という男の莫大なポケットマネーらしいと、警視庁内に流布する都市伝説のような話が、剣持は初めて現実だということを知った。

カードの上限は月三千万、ということになっているが、電話連絡一本で一億でも落とせるらしい。

〈サードウインド〉は東証二部上場企業で、純也はその個人筆頭株主だという。

いやはや、あるところにはあるものだ、と思うしかない。溜息《ためいき》も出ない。

公安第三課で作業に就いていたとき、剣持も捜査費用の不足分を自腹で払うのは日常茶飯事だった。

少額で済んでいたということを、幸いだったというべきか。

部署によっては上司によっては、常に捜査費用に汲々《きゅうきゅう》とし、中には年百万を超える身銭を切らざるを得ない捜査員も結構な数でいる。そのままサラ金地獄に落ちて、闇に消えていった者も少なくない。

オズで同僚だった公安第二課の、漆原英介《うるしばらえいすけ》警部補は、剣持がJ分室に異動することになったと知ると、羨ましいと言った。

同僚と言っても、互いに相手の所属まで知る関係はオズの場合そう多くない。漆原の場合はペアで動いたマークスマンの事件で、二人とも強烈に小日向純也という理事官に惹かれたと言うのが大きい。それでどちらもがJ分室のスジとなり、ときおり連絡も取るようになった関係だ。

公安マンとして、ともに公安的正義の実践に邁進《まいしん》してきた。

どこにいてもすることは一緒だ、と口で言うのは簡単で、実際には先立つものと、先に立つ上司は必要だ。

それでこそ、命懸けで公共の安寧《あんねい》のために働けるというものだ。

今回の作業に当たり、分室から作業用の素性も新しいものが〈支給〉された。名刺上、富山市在住のフリーライターという設定で、名前は下平勇作《しもひらゆうさく》だった。

指原の事件を追うに当たり、やはり極力東京、警視庁から遠い存在に設定されたようだ。

本来の身分がバレてしまえば、指原の事件がどう転ぼうと角が立つのは自明の理だった。

特に剣持の場合、現状はJ分室ではなく公安第三課の所属だ。

名刺の裏側には太陽新聞社系の雑誌名が、堅いものから柔らかいものまで列記されていた。

太陽新聞に契約ライターというシステムがあるのかどうかは知らないが、そんなことを想起させる名刺裏だった。

——追々、俺の関係の幾つかはそっちに繋げるからよ。特に庁内のスジは、セリじゃ持て余すだろうしな。

と、そんなことを鳥居に言われた。この太陽新聞社関係も、本社・社会部に鳥居のスジがあり、そことはそもそも、情報屋というより持ちつ持たれつの関係らしい。

剣持が叩き込まれた公安のテクニック、というか、今のところでは、剣持が自分で作り上げてきたスジのネットワークには有り得ないものだった。

情報提供者や協力者を作ろうとする場合、通常の公安マンなら、金と脅しと懐柔がワンセットだ。

右翼あるいは右翼絡みのテロリスト担当の公安第三課だったということもあるが、剣持のスジは特に、猜疑心に満ちて卑屈な目をした者が多い。

——一度、全部捨ててもいいよ。

名刺を渡されるとき、純也にもそう言われている。

一から作り直してみるか、と思わないでもない。

潤沢な資金と柔軟な上司がいるなら、チョイス出来るスジの自由度は高い。

富山に入った初日は、まず身の回りを整えることに専念した。馴染ませると言ってもいいか。

　現地の空気に心身を馴染ませる。これも、公安マンにとっては大事な作業のひとつだ。土地勘や生活感といったものは、いくら頭で覚えても、生の感触には敵《かな》わない。

　遅い昼飯も近場で食い、徒歩圏内の居酒屋にも顔を出した。目的は存在のアピールでもあり、情報の収集でもあった。

　轢き逃げ事件などそう多くはないようで、少し話を振るだけで乗ってくる酔客は多かった。

　指原は自宅からほど近い、地元民の抜け道に近い市道で撥ねられたらしい。第三セクターのあいの風とやま鉄道沿いの小道らしく、目撃者どころか防犯カメラの類もないという。

　そんな話だけ小耳に挟み、翌日は所轄の周りをうろついてみた。

　すぐに何かの行動を起こそうというわけではない。これもまずは、下平勇作というライターの存在アピールだ。

　この日は曇天だったが、午前中はたまに雲間から弱々しいが陽射しが入った。

　事件のあった現場の所轄は、富山北警察署ということだった。捜査本部もこの署に立っていた。捜査の主体は県警本部からではなく、県の筆頭署である富山中央署からの人員だという。

　捜査の経過報告については、警務課長による定時報告があると聞いた。毎日、午後三時に一回らしい。事件発生から十二日目ということもあり、署員にもマスコミの連中にも、〈優しい〉時間だ。温《ぬる》いと言い換えることも出来るが。

十数人の報道陣が群がる警務課のカウンターから少し離れて、なんとなく全体を俯瞰《ふかん》しながら剣持も警務課長の話を聞いた。

目撃者探しと大通り沿いの防犯カメラの確認の範囲を現状からさらに一キロ広げたと、そんな話だった。

つまり、進展は無し、ということだ。

（さて、これからどうしたものか）

警察署の外に張って、捜査本部の目ぼしい人員を確認するか。

それとも、報道陣から懐柔出来そうな人間を探すか。

そんなことを考えながら、一人で署の玄関から出ると、

「下平さん、ですよね」

と、剣持の偽名を口にしながら寄ってくる男がいた。小柄だが細身で、快活そうな若者だった。

差し出された名刺に拠れば、太陽新聞富山支社の記者らしい。細川和夫《ほそかわかずお》という名前だった。

細川はかすかに笑いながら、剣持に顔を寄せてきた。

「内緒ですけどね。片桐《かたぎり》さんに言われてますから」

小声でそんなことを告げられた。

なるほど。

潤沢な資金と柔軟な上司がいるなら、チョイス出来るスジの自由度は高いのではなく、スジ自体の自由度が高く、きめ細かにして有能なのかもしれない。

（本当に、一から作り直してみるか）

剣持は夕空を見上げた。

いつの間にか、雪が降り出していた。

五

御用納めの、午後二時過ぎだった。

「ただいま戻りました」

丸めた身体を前に伸ばすようにして、鳥居は分室のドアを開けた。

上着をコートハンガーに掛け、窓際の一番奥に回る。そこが鳥居の定位置だ。

外が寒い分、分室の明るさと暖かさが染みる。

ジャケットを脱いでガンホルスターをテーブルに置き、肩を回した。

「ご苦労様。はい。コーヒー」

椅子に座ると、すぐに純也からコーヒーが渡された。

「有難うございます」

香り高い湯気の立つコーヒーを飲む。

マシンが淹れると言ってしまえば味気ないが、分室長手ずからのコーヒーは、コーヒー豆に対する情愛を込みにする分、味が違う、と思う。

ひと息ついて視線を回す。

そういえば、剣持の姿がない。

「カブ君なら、昨日から向こうだよ」

視線を読んでか、純也がそう言った。

「そうっすか」

上手《うま》く富山に馴染んでいるだろうか。気負いは大敵だが。

「心配かい?」

「あ、いえね。心配ってほどじゃないんですが」

苦笑いしつつ、コーヒーを啜《すす》る。

「ここの分室は、少しばっかり異質な部署ですから。真っ当が異質に馴染むには、ときに無理を通さなきゃならないいんじゃないですかね。通せる無理、通せねえ無理。肩に力が入ってると、全部を通そうなんて。へへっ。老婆心っすかね」

「いいや。大事なことさ。でも、それは人に教わることじゃなく、自分で覚えることだろうね」

「まあ。——そうですね。さて、じゃあ報告といきますか。忘れねえうちに」

コーヒーカップを置き、鳥居は口角に手をやった。外気の寒さによる強張《こわば》りは、だいぶ解《ほぐ》れていた。

「県警に顔を出したら、ちょうど山岳安全対策課に救助隊の隊長らがいましてね。これが夏だと、向こうに常駐らしいっすけど」

「向こうって。ああ。長野だと、涸沢《からさわ》山岳総合相談所かな」

「ええ」

長野県警では、山岳安全対策課課長補佐が山岳遭難救助隊隊長を兼ねる。夏は班長共々涸沢山岳総合相談所に常駐で詰め、登山者の安全に留意しているという。

——来ることは聞いてましたけど、なんの捜査ですか。警視庁から本庁二課さんが出張ってくるなら、やっぱり天下りの、陸自とキング・ガードの癒着とか。

隊長は課内の打ち合わせがあるとかですぐにいなくなったが、担当してくれた班長がなかなか闊達《かったつ》だった。

滑落死の検視調書、死体検案書、遺族調書などを閲覧させてもらう。

特にこの遺族調書はマル害の事故前の行動や生活状況を書き記したもので、鳥居にとっては重要だった。

山に入った登山パーティーは十人。山小屋にきちんと登山の届け出も出されていて、このパーティーのリーダーが、死んだ香山元陸自一佐ということだった。事前の調べで、香山は北部方面隊在籍時に、現在の冬季レンジャー資格の前身となる〈冬季遊撃行動集合教育〉を終了したことはわかっていた。

いわゆる、雪中戦の猛者で、誰よりも雪山に精通した男だった。それもあって退官後も登山を趣味とし、特に雪山を愛したということらしい。

登山パーティーの他の九人も、名簿で見る限りは香山と同じ大阪在住の男性ばかりだった。

内三人は外国人だが、年齢は香山が最年長で以下バラバラだ。

共通点は今のところ、大阪の〈山男〉、という以外にはない。

全員が大阪で、登山倶楽部に入っていたようだ。倶楽部はホームページも持っていて、創設からすでに二十年は経っている、趣味の倶楽部だった。

「それで？　解剖は、なかったんだね？」

「ええ。私も一応、聞いてはみたんですけどね。そもそも目撃者が九人もいて、全員が香山が足を踏み外したってことで供述が一致してまして。事件性は無しってことですし。滑落死体ってのは、なんてぇか、長い距離を滑落するとですね。人の原形なんかなくなって、ただの塊になるそうです。解剖もへったくれもないって。まあ、今回がまさにそうみてぇで」

「へえ。まあ、考えればそれが道理か」

「それと、これですがね。ユーチューバーってんですか」

離れて登った登山系の配信者が、安全な場所で撮影を行っていたようだ。

「五十メートルくらい離れてはいるんです。その上、高低差も五メートルくらいありましてね。ですが、一応ちゃんと映ってんです。滑落の瞬間が」

そのデータですと言いつつ、鳥居は一本のＵＳＢをテーブルの上に置いた。

「ふうん。よくくれたね」

「まあ、撮影した奴のチャンネルにはもうアップされてるらしいですしね。ただ、こっちは編集もダウンサイズもなしの生データですが」

純也は手を伸ばし、テーブルのＵＳＢを手に取った。

そのまま、自分のＷＳのスロットに差し込み、再生を開始する。

ユーチューバーの顔、一人語り、一人燥《はしゃ》ぎ。

動画は、すでに鳥居が飽きるほど見た、お世辞にも流暢《りゅうちょう》とは言えないしゃべりから始まった。

「背中側でのことなんで、この撮影時はまったくわからなかったそうです。後日編集を始めてみてわかったとか。それで県警に、アップしてもいいかの確認もあって聞いてきたようです」

そこまで話したところで、鳥居は動画を見つめる純也の様子を見て黙った。

映像には、長い隊列を組んで登る、登山パーティーの遠景があった。その先頭が香山だ。だいたい三メートル間隔で、隊列は全体で三十メートルくらいの長さで、全員がフードを被っている。後ろの三人が、間隔を見ると少し遅れているようだったが、救助隊の班長の説明に拠れば最後尾はリーダーの次に慣れた人間がつくらしいから、実際に遅れているのはその前二人ということになるという。

最後尾の男が、ときどき立ち止まって全体を俯瞰するようにしていた。

その後、ユーチューバーの男が水分補給のために固定カメラをしばらく放置した。

香山の滑落シーンは、そのすぐ後だった。

「この後です」

鳥居は純也に注意を強《し》いた。

ルートは狭く、一人ずつでなければ通れない辺りだった。左側が谷底に向かって崖になっていて、雪はこびりつく程度で岩場が剝《む》き出しになっている場所だ。

先頭の香山が注意深くゆっくり進む分、後ろが詰まってくる。

ただし、詰まってくるのは緩やかな方にいる後列の何人かで、その狭い崖の上のルートにまで詰めてはこない。

そのルートの手前では、やはり三メートル程度の間隔を空けるように、待ってから順に入っている。

やがて右手で岩を掴み、左足を踏み出した香山が、左手を出そうとして岩を掴み損ねたようだ。それで慌てたのか、大げさに両手を振り上げるようにしてバタつき、氷の上を踏んで香山が大きくバランスを崩す様子が映っていた。

そのまま十メートルほど直下の岩場でバウンドし、それでまったく動かなくなった〈個体〉が箇所箇所で跳ねながら崖下に落ちてゆくが、映像はその落下を最後までは追い切れていない。

香山はすぐに、固定された配信者のカメラからフレームアウトした。

「へえ」

見終わった純也の第一声がそれだった。

短いが、それが純也の場合、単に無意味無関心を表すものでないことを鳥居は弁《わきま》えていた。

純也は自らの意思で、もう一度再生した。

さらにもう一度。

そこで、香山が岩を摑み損ねた瞬間、そのときだった。

「これ、科捜研に回そうか」

純也は目を細めてそう言った。

「なんか見つけましたか？」

「そうだねえ。まあ、見つけたってわけじゃないけど。――これ」

動画を少し戻し、純也はポーズを掛けて指を差した。

「はあ。後ろから三番目、ですか？」

「そう。滑落の前に二回。しかも一回は滑落直前っていうか、ほぼ同時くらいなのが、なんとなくね」

一回目は、被っていたフードを上げながら、空を見上げるような仕草。

二回目は崖というか、後ろを振り返るような仕草。

鳥居も覗《のぞ》き込んで眉根を寄せる。

意味はわからないが、不自然と言えば不自然か。ただ、何があったのかは不明で、それが香山の滑落に関係するかと言えばどうだろう。遠い気がするが、ここから先は洞察力と考察力の世界か。

「なんすかね」

率直に聞いてみた。

純也は画面から顔を話し、首を左右に振った。

わからない、とそう言ったが、口調はどこか楽しげに聞こえた。

「わからないからこそ回す。まあ、なんでもなければそれに越したことはないし。本格始動までには時間があるし」

「てことは、休ませないってことですね」

「どう取るかは向こう次第。正月の餅代を稼ぐ気なら乗るでしょ」

「はあ。でも、乗ったら餅は食えねえんじゃ」

「餅を食べる気ならね」

「そうですか。よくわかりませんが、好きにしてください」

「うん。そうする」

頷き、純也は壁の時計を見た。

時刻は午後四時に近かった。

「メイさん。適当にその辺片付けたら、もういいよ」

「はい？」

「御用納めくらいはさ。定時でいいんじゃない。ということで」

答えも待たず、純也はまた動画の再生を始めた。ここからは音声も確認したいようで、イヤホンも装着だ。

鳥居は、空《から》になっていた純也のカップにコーヒーを注いだ。集中しているようで、純也からの反応はなかった。反応はないが、手だけがカップに伸びてきた。

（へへっ。集中すると子供みてえだね）

苦笑交じりに離れ、言われた通りに自分の定位置の回りを片付ける。

といって、大して物も置いてはいないので、右から左に動かすくらいだ。後は〈後釜の席〉や〈怪我人の席〉の辺りでも、下を掃いて上を拭くか。

気がつけば、純也のカップがまた空になっていた。

空になっては注ぎ、掃いて拭いて、また注ぎを何度か繰り返すと、時刻はすぐに五時を過ぎた。

純也のカップにコーヒーを注ぐと、サーバー自体が空になった。

（そろそろ行ってくるか）

行くのは総務部装備課装備第三係で、目的はシグ・ザウエルの返却だ。

年末年始まで背負っていては、初夢で宝船まで撃ち抜きそうだ。

鳥居がそんなことを考えたとき、

「ん？」

一瞬の発声とともに、純也の眉根が寄った。

「どうしました」

反射的に聞いてみたが、イヤホンの純也から答えはなかった。

窓辺に寄り、純也の後ろを通って自分の席に向かった。

シグがそちらに置いてあったからだが、見れば純也はマウスのボタンを忙しくスクロールし、雪面と岩場ばかりの映像を色々な大きさで見ようとしていた。

よくはわからなかったが、純也のすることだ。意味は大いにあるのだろう。

ならば邪魔をしないよう、まずは拳銃の返却だ。

目立たないようにもう一度ホルスターを吊ったジャケットを着て、分室を出る。

どこもかしこも大掃除で御用納めで、戻るまでには二十分近く掛かった。

「遅くなりま、した」

戻ると、すっかり陽が落ちた窓辺に、桜田通りを見下ろすようにして純也が立っていた。

言い淀《よど》んだのは、純也が一瞬、闇に同化しているように見えたからだ。

「何か、見つけたんすね」

もう疑問形ではなかった。

「うん。そうだねえ」

振り返った純也はいつものもの、はにかんだような笑みを見せた。その笑みがそのまま向こう側に戻り、もう一度、桜田通りに落ちてゆく。

「離れた小さな雪煙。泣くような風の中の不穏。これは、科捜研よりあっちの方が打って付けかな。餅は餅屋の方針で行こうか」

よくはわからないが、自分が出る幕ではない感じがした。

幸いなことに、コートハンガーが近かった。

自分のコートを取れば、帰り支度はそれだけだ。

「あの」

「ん？　なんだい」

「良いお年を」

「――ああ。そうだね。うん。良いお年を」

本当に良い年が来るのだろうか。

そんな言葉がただの記号にしか過ぎないようなうそ寒さを感じながら、鳥居はJ分室のドアを開け、そして、閉めた。

【やあ、Ｊボーイ。そちらからの連絡はいつでも歓迎さ。嬉しいよ。ただ、君の方が、クリスマスプレゼントに静かな年末とカウントダウンをお望みではなかったかな。こちらとしてはその望みを叶えるべく、息を殺してひっそりとしていたのに。やはり、あれかな？　そちらの分業制の神々は、どうしようもなくお役所仕事なのかな。君から連絡があるということは、結局、私が言ったように、君には静かな年末など訪れようもないということなのだね。

もっとも、君から連絡があったと言って、それで望みが叶わなかったとするのは、私が君にとっての厄災であり騒音の一端を担うと私自らが認めるようで、これはこれでなんとも切ない気分だが。

え、違うって。何が違うんだい？　少し負け惜しみにも聞こえるけど。

何？　頼みがあるって？　データの分析？　餅は餅屋？

ううん。まったくわからないね。それと君の叶わなかった望みとどういう関係があるのだね。

――ほう。

君が静かな年末とカウントダウンを迎えられるかは、この頼みを私が受け入れるかどうかに懸かっているだって。

まあ、Ｊボーイ。他ならぬ君の頼みだ。聞いてあげたいところだが、データを扱うならプロフェッショナルを揃えなければならない。私が言ったとしても、どこまで聞いてくれるものか。それに、私もこれからバカンスでね。傷心のノーノとオーストラリアに渡って、シドニーのハーバーブリッジでカウントダウンだ。

Jボーイ。申し訳ないが、クリスマスはもうとっくに過ぎた。特に今年のプレゼントは、私なりには心を込めたつもりだよ。これ以上は――。

えっ。そこまで急がないって?

お年玉? 年が改まってから、新年の寿《ことほ》ぎを込めて年長者が子供たちに渡すものだって。

ほう。たしかに聞いたことはあるが。あの小さな袋、ああ、ポチ袋に入れるとか。

そう。年長者がね。ふうん。

そうなのか。ならば仕方ない。私も考えようか。

なんだい。自分で言っておいて驚くことはないだろう。Jボーイ。私はたしかに、サーティサタンの年長者だ。君だけじゃなく、サーティサタンのメンバー全員にお年玉を渡そうじゃないか。

ふふっ。そう決めただけで、何やら心が躍るようだよ。ノーノには何をあげよう。リーには。コナーズには。

Jボーイ。考えればなるほど、たしかに君の頼みこそ、ポチ袋に入る大きさだ。――いいだろう。引き受けてあげようじゃないか。その代わりと言ってはなんだが、私の頼みも聞いて欲しい。

バーターかって。まあ、そうとも言えるが大したことじゃない。

ねえ、Jボーイ。見た目のいいポチ袋を二千枚ほど、私が今から告げるニューヨークの住所に送っておいてくれないか。

もちろん、君の頼みもいずれ、その袋に入れて送り返すから】

第三章　初作業

一

一月四日は、御用始めに相応しい、朝から晴天の一日になった。三が日は少しぐずついた空模様だったが、一転した格好だ。その分、朝は随分冷え込んだが風がなく、一年の始まりとしてはまずまずだっただろう。

この二〇一八年は曜日の関係で、普通の会社はたいがい五日の金曜日が仕事始めになるはずだった。

働き方改革を叫ぶ昨今、公官庁は民間に右へ倣って欲しいところだが、そういうわけにはいかないらしい。

御用納めは十二月二十八日で、御用始めは一月四日と固定されたまま、梃子《てこ》でも動く気配はなかった。

そんな関係で、純也が愛車を走らせる都内の道路は、比較的どころか、どこを通ってもかなり空いていた。

宮仕えであることをつくづくと思い知る事象のひとつだが、無数にあり過ぎて列挙は出来ない。その時々で思う、風物詩のようなものだ。いつの季節にもある。

この日、純也はほぼ定時に近い時間で、本庁舎の地下駐車場に到着した。

本庁舎の一階には、登庁する職員が大勢いた。

エレベータホールへ向かう人の流れがあり、新年を寿ぐ挨拶の声があちこちで反響していた。

受付も外部から新年の挨拶に訪れる者たちが多いようで、珍しく列を成していた。

遠目に眺めるだけで純也は通り過ぎた。

これもまた、警視庁本庁舎の新年の風物詩であり、一月四日の純也の吉例であったかもしれない。

取り敢えず、この日の花がカラフルなダッチアイリスとカスミソウのアレンジメントだということだけを記憶に留める。

久し振りに、混雑するエレベータに乗って十四階に上がる。

一階の喧騒が嘘のように静まり返っているが、主に公安部がフロアの大半を占める十四階は、それが常態だった。

公安部にはそもそも、盆も正月もあったものではないのだ。一年三百六十五日、どこかに潜み、誰かを騙《だま》し、あるいは陥れ、そんな汚れ仕事が人々に盆や正月の笑顔を作る。

分室に上がると、ダッチアイリスの色彩がまず純也を迎えた。

「おめでとうございます」

「明けまして、おめでとうございます」

分室にはすでに鳥居がいて、剣持もいた。

「うん。おめでとう。今年も宜《よろ》しく」

そんな挨拶で、J分室の一年は始まった。

コーヒーのいい香りがしていた。

純也が定位置の席に着くと、すぐにコーヒーが剣持の手によって運ばれる。

この日から正式に、剣持はJ分室の一員だった。

「ありがとう。それはそうと、カブ君は富山から戻ってきたんだね」

「ええ。まあ」

純也が問い掛けると、剣持は苦笑しながら頷いた。

剣持はそもそも、年末年始もなく富山に居続けることを希望したようだが、鳥居が強い言葉で戻したようだ。

——手前ぇのことばっか考えて気負ってんじゃねえよ。死にかけただろ。こっちぁ、死なせかけてよ。一体どれくらい、お前ぇのことを祈ったと思ってんだ。なあ。勝手すんなよ。若いうちの勝手ってのは、無茶って言うんだ。無謀って言うんだぜ。勝手ってなあ、自分の命の大切さを知って、知ったうえで覚悟を決めることなんだ。今のお前にゃ、死んでも出来ねえよ。

そんな言葉で諭したらしい。

「まあ、こたえましたよ。それで、年内には戻ってきました」

それから剣持は、年末年始は主に鳥居と鳥居の家族と過ごしたようだ。年越し蕎麦《そば》を食って、初詣でに行って、雑煮を食べて。

「久し振りでしたけど、いいもんですね」

言われてみれば、話をする剣持の顔つきからどこか、棘《とげ》のようなものが取れている気がした。

それでいい。

それくらいでなければ弱い者の心、その無明に差すひと筋の光を、夢や希望に変える手伝いは出来ない。

縁の下の力持ちは、怖い顔に案外、柔らかな表情を見せるものだ。

本来なら公安マンは、そうあるべきだと純也は思う。汚れ仕事だからこそ、高貴でなければならない。

ノブレス・オブリージュはどんな立場、どんな仕事であれ、誇りを持つ者に通底する心の構えだ。

話を聞き、鳥居が笑顔で、背中を丸めて首根を叩いた。

「いや。カブには愛美の面倒ばっか見てもらっちまいました。初詣で行っても、あいつぁちょろちょろしてばっかで。まあ、俺は大助かりだったんですけど」

「そんな」

剣持は軽く恐縮しながら頭を下げた。

「正月だからって田舎に帰るなんてのは、三課の頃はついぞしたことがなかったもので。もっとも、田舎に帰ったところで兄貴夫婦が跡を取ってますから。その子供らもいて、俺の居場所はありませんけど」

「へえ。そうなんだ。ちなみに、カブ君の田舎はどこだっけ」

「福島です。桃農家でして」

でも、と言って剣持は頭を掻いた。

そういう仕草を見ると、まだまだ若く見える。このままいけば、いずれ犬塚啓太《けいた》を任せるに足る。

「分室長。メイさんに言われて、帰ってきてよかったです。独身寮に戻ってみたら、一月一杯での退去の指示が届いてました。こういうところも、さすがにJ分室ですね。組織図にない部署の人間に貸す部屋はないってとこですか」

「なんだと」

鳥居がいきなり気色《けしき》ばんだ。

「独身寮ってこたぁ、警務の厚生課だな」

腕をまくり、今にも怒鳴り込んでいきそうな気配だ。

「メイさん。血圧が上がるよ。カブ君。こっちで部屋は探させよう。近日中には、三物件くらい提案させるようにしておくから」

鳥居を諫《いさ》め、剣持を安心させる。

正月から、所属長は忙しいものだ。

その後、剣持の富山での話になった。

まだ数日間分だったが、聞くべき情報はあった。

まず太陽新聞富山支社の細川の紹介で、警察署のいわゆる番記者連中とは親交を得たという。

「メイさん。片桐さん、ですか。よろしく言っておいてください」

「おう。へへっ。あいつも気が利くじゃねえか」

いきなり鳥居の機嫌が良くなる。なるほど、持つべきものは使えるスジだ。

剣持は他に、指原の自宅を訪ね、妻の淑子にも話を聞いたという。もちろんライターとしての訪問で、指原の仮位牌に冥福を祈った後の話だ。

「マル害は生前、十一月の下旬だそうですが、誰かから連絡があったようです。ただ、これがマル害の死に関係するかどうかはまだわかりません。テレビドラマではないですけど、何か変わったことはありませんでしたか。例えば、最近ご主人が普段にない行動をしたとか、言ったとか。不機嫌になったとか、上機嫌になったとか。そんな私の質問に、そういえばと答えてくれたものですから」

——お前も会ったらびっくりするぞ。

「そのときは上機嫌だったと奥さんは言ってました。で、十二月に入ってどこかで会ったらしいんですが、帰ってきたときには顔を真っ赤にして、機嫌が凄く悪かったそうです。それで、私が聞いたときに思い出してくれたようで」

——あら。お連れするって仰《おっしゃ》ってませんでした？

——もういい。言うな。売国奴の話は、もういい。

そんな会話があったきり、その話は夫婦の会話に出なくなったようだ。

「ふうん。売国奴ね。気になるワードだ」

純也の呟きに、剣持は小さく頷いた。

「来週から、本格的に入ります」

「ああ。それまでに、寮の片付けも忘れないようにね」

「了解です。まあ、それほど物持ちでもなかったですから。始めたらすぐに済みます」

「そう。じゃあ、よろしく」

剣持の話が終わると、鳥居が膝を叩いて立ち上がった。

「私も、来週に入ったら行きますよ。さぁて、じゃあ、今週のうちに、庁内の挨拶回りはちゃちゃっと済ませときますか。おい、カブ。来週から入るなら、お前ぇもだぞ」

言いながら純也の後ろから窓辺を回り、動き出す。

「えっ。あの、メイさん。俺は特には」

剣持は言い淀んだ。

鳥居はふと近付き、馬ぁ鹿と言って肩を叩いた。

「卑屈になんじゃねぇよ。胸ぇ張って堂々と、古巣でもどこでも行って来い。おいカブ。間違えんなよ。お前ぇは、流れ着いたんじゃねぇ。俺らに請われて、このJ分室に来たんだぜ」

「――ああ。そうですね。そうだった」

崩れた笑顔で、剣持が頭を下げる。

「何から何まで――。すいません」

じゃあ、と言って剣持も席を立つ。

そうして両者がふたたび分室に顔を揃えたのは、十一時過ぎだった。当然、年配でもあり付き合いの広い鳥居の方が遅かった。

昼はどうするという話になり、

「じゃあ、鰻屋《うなぎや》にしますかい。へへっ。セリの野郎はまぁたいませんけど」

という鳥居の揉《も》み手の提案があり、三人揃って日比谷《ひびや》に出る。

向かったのはJ分室ではお馴染みの、晴海《はるみ》通りに面した場所にある老舗の鰻屋だった。

四日の日比谷は、行き交うビジネスマンこそさほど多くないが、その割に鰻屋の店内には客が多かった。公官庁の、御用始めの面々だろうか。

奥の小上がりも、この日に限っては空いていないようだった。四人掛けのテーブル席になった。

「へへっ。正月から繁盛。いいこった」

鳥居が特上御膳を三人分注文しつつ、挨拶に出てきた店主に言う。

「有難いことで。これ、皆さんにサービスです。今年もご贔屓《ひいき》に」

腰を深く折る店主の後ろから、瓶ビールを一本、三角巾の店内係が持ってきた。グラスも人数分あった。

剣持が注ぎ分け、簡単な乾杯になった。

「さて、J分室、始動だよ。来週中には、セリさんも向こうで始動するって言ってたし。めでたいね。――乾杯」

純也の音頭で、三人のグラスを触れ合わせる。

すると待っていたかのように、

——何がめでたいって。

——誰がめでたいって。

組対の大河原《おおがわら》部長と警務部の道重《みちしげ》部長が、小上がりから順繰りに顔を出した。

どちらも赤ら顔だ。

「いえ」

純也は立って、グラスを掲げた。

「今年もよろしくと、そういう話です。お二方に置かれましても、本年もよろしくお願い致します」

——おう。よろしくなあ。

両部長は揃って、清水焼《きよみずやき》だという店自慢のぐい飲みを高く掲げた。

二

一月十日の長崎は、よく晴れていた。

猿丸はこの日、午後イチで長崎市内の大学病院を退院した。約一カ月半の入院生活だった。

病院のエントランスを出た瞬間の解放感は、なんとも言葉に出来なかった。

空気は冷たかったが、それがまたいい。澄んだ空気は、リフレッシュ感に富んでいる。

〈元気〉という意味では、精神は近年になく元気だった。

なんといっても、普段の生活では考えられない量の睡眠は得た。

もっとも、眠れば悪夢にうなされ、ときに叫び声を上げるのは変わらない。変わることがない。それが自身でわかっているから、たとえ二十四時間体制の病棟でも迷惑だろうと、夜に起きて昼に寝た。昼夜逆転の患者など、いかに病院でも普通なら大いに問題のはずだが、そこには誰も触らないでくれた。

純也が先に病院側に申し入れてくれたものかもしれない。

誰にも邪魔されることなく、しっかりとした睡眠をとることが出来た。

思えば、眠ろうとして得る眠りなど、かれこれ十五年振りくらいになるだろうか。

そういった意味で、精神は〈元気〉だ。

もっとも、晴れての退院ではあるが、物理的にはまだ身体の各所に違和感があった。

本来ならリハビリは必要なのだろうが、その辺は今回はパスにした。

猿丸が警視庁の人間だということは、大学病院側でも間違いなくわかっている。そこに付け込んで、紹介状を書いてもらうことでお茶を濁す。

といって、実際に都内の病院に通うつもりはない。通えるわけもない。

猿丸はこれから、和知の高校の同級生が死んだ事件の捜査で、福岡に潜るのだ。

リハビリは福岡で拠点を決め、落ち着いたら自主的にやる。もちろん真剣にやる。リハビリならたいがいの箇所のリハビリを幾通りも心得ている。そういう知識が必要な場面に生き、生き抜いてきた自負も実績もある。

公安作業に取り掛かる以上、誰にも弱みは見せられない。いや、取り掛かる以上は、常に万全なのだ。だから、外に出たらいつもの、自分なりの男伊達を貫く。

そうして今日の万全を、明日の万全にレベルアップしてゆく。

それが公安作業と同じくらいに大事なことだと、猿丸は誰に言われなくともわかっていた。

「へっ。娑婆《しゃば》の空気は美味《うま》いねぇ」

病院の駐車場で白い息を吐き、猿丸は一度薄青く高い空を見上げてから、前方に向けて目を細めた。

「しかもお迎えがこうも武骨だと、自分でも退院じゃなく、本当に出所なんじゃねえかと勘違いしそうだけどな」

「ははっ。詰まらないですけど、冗談が出るくらいなら本調子ですね」

濃い顔、いいガタイ。ジャンパーの下に迷彩服、半長靴で、七三式小型トラック、通称

〈自衛隊パジェロ〉を背にして笑うのは、大村《おおむら》駐屯地司令の滝田光明《たきたみつあき》一佐だった。

頼んだわけではないが、猿丸の退院を聞きつけた駐屯地司令自らの運転で、駅まで送ってくれることになっていた。

猿丸が入院した当初からの、矢崎の配慮だったろう。

滝田はそれだけでなく、猿丸と因縁のある地場のヤクザ、陣幕会の動きにも常に注意してくれていたようだ。

病院から長崎駅までは二キロ足らずだが、そんな色々な心配りの産物なら、断るわけにもいかない。

約十分間、黙って自衛隊パジェロに揺られる。

小刻みな振動でも身体が軋むようだとわかったのは、大きな収穫だった。

「気をつけてくださいね」

駅で降りると、滝田はそんな気遣いを口にした。

「おう。ありがとうな」

礼を言って別れ、長崎駅から特急かもめ号の博多行きに乗る。

それで、福岡までは約二時間で着く。

猿丸の席は、二人掛けの窓側の席だった。

グリーン席以外はすべて二人掛けだが、窓側が空いている指定席はその一席だけだった。

静かに列車が動き出す。

――食べるかい。

そんな声が聞こえるような気がした。

テトラ型の透明な小さなパッケージが差し出されるような気も。

米菓の老舗、とよす〈かきたねキッチン〉の柿の種。

(まさかな)

苦笑が出た。

この場にまた、矢崎がいるわけもない。

いたとしたら、九州にかれこれ二か月近くもいる計算になる。

防衛大臣政策参与に、そんな長期休暇があるわけもない。

博多駅に着くと、博多口へ向かう。駅前広場から左手に進むとすぐに駅前警部交番がある。

その角で、白心《はくしん》ライフパートナーズの社長、堀川良一《ほりかわりょういち》が待っていた。

退院が決まった日、その後の様子を見に行くと堀川に伝えておいた。これは自発的に、猿丸の方からだ。

長崎で猿丸が揉めた陣幕会は、この福岡に根を張る金獅子会《きんじしかい》の下部組織だ。

金獅子会は関西の広域指定暴力団、竜神会《りゅうじんかい》の二次団体で、九州一円に睨みを利かす、竜神会九州閥にあってはまず不動の筆頭組織だった。

そもそもは白心ライフパートナーズの堀川が、ブラックチェインに関わる素性を以てこの金獅子会に脅されたというのが一連の発端となる。

「大丈夫だったかい」

「お蔭様で」

白川は丁寧に腰を折った。

自分のせいで猿丸が重傷を負ったということは当然わかっている。

だからこそ、重荷にせぬよう、気に掛けさせないよう、猿丸は極限まで明るく元気に振る舞う。それが猿丸なりの、男伊達というものだった。

ただし――。

堀川の周辺の警戒を頼んでおいた、陸自の連中までもが聞きつけて集ったこの夜の、〈快気祝い〉大宴会はさすがにきつかった。

福岡と小郡《おごおり》、二駐屯地の司令部から有志が集った。それぞれの司令の吉村《よしむら》や水田《みずた》もいた。

約二カ月前、福岡に最初に入ったときの、体調になんら問題のない猿丸でもきつかった宴会の再現だ。

病み上がりの身に、陸自のガロン呑みは見るだけでなんというか、胸焼けがした。

――うぉおっ。快気祝いだぁ。

――そうだぁ。陸自舐《な》めるなよぉ。

――了解でぇす。吉村司令。

「なんなんだかなぁ。俺とどう関係があるんだか」

「ははっ。私はもう慣れましたけど」

そんな堀川に、今回の捜査の手始めとしてそれとなく、死んだ西方肇の事故のことを聞く。

言い方があっているかどうかはわからないが、堀川の白心ライフパートナーズは、福岡でも大手の葬儀社だ。

「ああ。あの事故ですか。現場は知ってますよ。中洲《なかす》の方ですから。後で教えます。でもまた、なんで」

「いや。死んだ西方ってのが、知り合いの高校時代の同級生なんだと。和知っていう、仙台の陸自にいる男なんだが」

堀川の疑問には空っ惚けたが、何か場の雰囲気が罅割《ひびわ》れた感じになった。

ふと気が付くと、水田や吉村がこちらを見ていた。

一瞬だったが、刺すような目だった。

（ふうん。場合に拠っちゃ手伝って貰おうかと思ったが。こいつぁ）

やめておいた方が無難かも知れない、と猿丸の嗅覚が働く。

「あれっすかね。金獅子会、どうっすか」

吉村たちに、連中のその後の動向を聞いてみる。

実際、堀川にもいつまた、金獅子会からの触手が伸びないとも限らない。

「ああ。大人しいもんだよ。我ら陸自に恐れをなしたと見える」

見えますかね、と吉村に聞いた連隊長が額《ひたい》を弾《はじ》かれた。

それはそれとして、金獅子会では新組長に決まった平橋快二《ひらはしかいじ》の、その襲名披露が警察関係の隙を突くように、御用始めの四日に挙行されたらしい。

猿丸が思うに、陸自を恐れてというより、福岡県警の暴対部に気を使ってということは明白だったが、まあ、その辺は特にはどうでもいい。

気持ちがいい陸自の隊員たちには気持ちよく呑んで騒いで、気持ちよく依頼を遂行してくれればいい。

「堀川さんのこと、これからもよろしくお願いしますよ」

「おう。任せておけ」

小郡の水田司令が胸を叩いた。

「ただ、あんたも危険ではないのか。大村の滝田から、そんな話は聞いているが」

水田は滝田の、防大の三期先輩になるらしい。

猿丸は一度、息を整えた。

ネットワークはこういう場合、用心しなければならない。

何が伝わっているのか。何が伝わっていないのか。

「あんたにも陸自から警護を出そうか」

「そんな、悪いっすよ」

「なぁに。矢崎先輩の関係なら、私らの仲間のようなものだ」

「でも、税金っすから」

「うむ。それもそうか。無理強いはよくないな」

意外に引き際はあっさりだ。

それ以降は他愛もない話に終始しつつ、深夜まで呑んだ。いや、呑んだというか、付き合わされた。

そうして翌日は、晴れてはいたが少し風の強い一日だった。

猿丸はビジネスホテルを八時過ぎに出て、まずは堀川に教えてもらった場所に行ってみた。

中洲中央通りとロマン通りの交差点から一本道を入った辺りだ。ゴチャゴチャとしたテナントビルが建ち並ぶ辺りだったが、道幅はそう狭くはない。

現場は十棟は並ぶテナントビルの、国体道路から三番目の、少し古いビルだった。レインボービルというサインが光っていた。

真正面に立つと、向かって右手に、今はカラーコーンが置かれ、立ち入り禁止の札が出されているが、レインボービルの非常階段があった。

ビル内各階からその非常階段に出たところに、喫煙スペースが設けられていたらしい。昨今の健康増進法の煽《あお》りを受けた結果だろう。各テナントの店内での喫煙は、このビルでは全体の総意として、早々に禁止にしたようだ。

その七階の外の喫煙スペースが、事件の現場ということになる。

猿丸は現場を目視すべく、エレベータで七階に上がった。

午前九時過ぎの中洲のテナントビルは、開いている店の方が稀《まれ》だろう。レインボービルもご多分に漏れず、七階は眠るように静まり返っていた。スタンド看板が出ている店は一軒もなかった。

通路の突き当たりの、赤い三角マークがついた鉄製のドアを開け、猿丸は外階段に出てみた。

そこは、ビル前の道路から見当を付けたよりも広かった。鉄製の手摺に縛り付けられるようにして、何台ものスタンド灰皿が置かれていた。

そのせいで、何もなければ十人以上、十五人くらいは立てる広さが、肩を寄せ合っても十人は立てないくらいに狭まっていた。

死亡事故のあった辺りだが、検証はとうに終わって、この喫煙スペースまでは誰でも出ることが出来るようだった。

そこから見下ろす、下階へと続く階段の折り返し部分の踊り場が、開示された情報に拠れば、実際の事故現場だ。

表通りに面したその踊り場の手摺が錆《さ》びていたというが、今は階段の途中にカラーコーンが置かれ、立ち入り禁止の黄色いテープが乱雑に張り巡らされ、現場の手摺に触るどころか、下に降りることも出来ない。

首を伸ばして見下ろせば同様に、六階からも上がることは出来なくなっているようだった。

ただ、目視は出来た。

（なるほど。錆《さび》が酷《ひで》ぇや）

非常階段に出たスペースは、喫煙場所に使うためか、全体的に塗装も補強もなされていたが、上下の階に向かう階段や踊り場には手が入れられた形跡はなかった。どこもかしこも錆だらけで、踏板や手摺には穴が開いているところさえあった。

これでは、勢いよく人が激突したら保《も》たないだろう。

ビル側ではそもそも、見たらわかることで、誰もそんなところに行かないだろうと踏んでいたようだ。予算の削減も大きかったと、そんなところまでは新聞の記事にもあり、ビルのオーナーが糾弾されているところだ。

消防法上の避難路としての在り方としてはまったく不適当で、近々、是正措置命令が出されるという。それほど経年劣化の著しい階段だった。

西方は夜に、酔って、そんな危ない非常階段の喫煙スペースでタバコを吸い、混雑にバランスを崩して踊り場に落ち、不運にも手摺ごと地上に落ちたようだが――。

(不運、なのかい)

考えつつ、エレベータで一階に降り、通りに出る。

これからの方針としては、一緒に呑んでいたという人間を調べなければならない。どこからどう攻めるか。

「さぁて」

思わず右の腕を回す。

「おっと」

病院のベッドに縛り付けられていた分、気が逸《はや》ったか。力が入ったか。

肋骨が軋むようだった。

胸を押さえつつ、視線を走らせる。

遠くに誰かの影があった。

陸自か、金獅子会か、それとも――。

(ふん。どれでもいいぜ。どれだろうと、何も変わらねえ)

すべてはこれから。

猿丸は、押さえた胸を軽く叩いた。

三

鳥居はその翌日、金曜の午後になって大阪に入った。

十日間程度は手始めのつもりで、北浜辺りのビジネスホテルを予約した。何らかのアクシデントが起こった場合でも、そのままキャンセルして気軽に東京に帰ることが出来るのがビジネスホテルのメリットだ。

作業に入ると言うことは、実際の案件に触れると言うことだ。闇の中に素手を突っ込むと言うことに等しい。

どこで誰が見ているかわからない。どこから何で狙われるかわからない。細心の注意は公安マンとしての必須事項だ。

北浜にしたのは、梅田や心斎橋《しんさいばし》、難波《なんば》辺りに比べて幾分リーズナブルだからだ。

ほぼ無制限に等しいカードは持っているが、それはいざというときの〈護符〉のようなものだ。華美と奢侈《しゃし》に走れば際限はなく、公安マンとしてという前に、人間として絶対に緩みが出る。それが死を招くこともあるのだ。

生活感と緊張感は、常に心になければならない。

大阪に着いた足でそのままホテルに向かえば、もうチェックインも可能な時間だったが、鳥居はそちらには向かわなかった。

といって、捜査第二課の名刺でどこかの警察署に顔を出すわけでもない。

それ以前に今回、鳥居は特には、府警関係に直接触るつもりはなかった。

なぜなら――。

大阪駅北口から阪急線の梅田駅を抜け、茶屋町《ちゃやまち》に入った鳥居は、保存メールから地図を呼び出し、確認した。

向かったのはコンビニの脇を狭い一方通行に入ったところにある、昔ながらの鄙《ひな》びた喫茶店だった。〈ハミングバード〉という店だった。

どうもこれから会う予定の男は、こういうレトロな店が好きなようだった。似合ってもいた。

カウベルを鳴らし、鳥居は磨りガラスの入った木製のドアを押し開けた。

〈ハミングバード〉は四人掛けの席とカウンターで、ざっと見に定員は四十人前後だろうか。ベルベット地の椅子や大理石模様のテーブルなど、店は昔ながらの純喫茶の佇《たたず》まいだった。

店内は若者やサラリーマンで埋まり、空席はほぼなかった。梅田駅に近いということもあり、繁盛しているようだ。

そんな中、一番奥の窓際の席から立ち上がる男がいた。

半白の頭髪を七三に分け、百八十はある肉厚の身体を、光沢のあるダブルのスーツに包んだ男だった。四角い顔に目も鼻も口も大きく、ひと言で言えば貫禄があった。

それが、鳥居が会う予定にしていたアップタウン警備保障の、紀藤雄三《きとうゆうぞう》だった。元警視庁刑事部捜査第三課第四係の係長まで務めた男だ。

警視庁を依願退職した後、アップタウン警備保障の横浜営業所長を務めていたとき、多分に個人的な事情があって、鳥居のスジになった。

金銭や脅しや、公安的強引な懐柔でもないが、もしかしたらそれ以上に物悲しいスジだった。

だからこそ、無情の非情のような顔で、ときに生死も厭《いと》わず使役する。

そうしなければ、本人が本人の罪悪感と自暴自棄から、破滅への道へ踏み出そうことは火を見るより明らかだった。

鵜《う》を飼い、扱う鵜飼い。

紀藤本人にもそう言って憚らないが、鳥居の無情と非情は、実は有情から滲《にじ》む冷たさだと、おそらくどちらもがわかっている。

頭を下げる紀藤に軽く手を上げつつ近付き、席に着く。

紀藤はホットコーヒーを飲んでいるようだった。

鳥居はアイスコーヒーを頼んだ。

「へへっ。レイコーってんだっけか」

どっちでも、と言って、紀藤は自分のコーヒーをひと口飲んだ。

「鳥居さんから離れられて、ホッとしていたんですがね。まさかこんなに早く、しかも本人が直々に追い掛けてくるとは思いもしませんでした」

紀藤はこの一月から横浜を離れ、大阪営業所に赴任していた。

近畿ブロック統括という役職らしい。

栄転だという。

「で、今回は何を」

近況報告もなく、紀藤は鳥居のコーヒーが運ばれるなり、そう言った。

さすがに業界トップをキング・ガードと争う警備会社の近畿ブロック統括ともなると、なかなか忙しいようだ。

周囲をたしかめ、鳥居は今回の作業の概要を掻い摘《つま》んで話した。

今のところは、特に多くは語らない。周囲が混雑しているからではなく、どこまで絡ませるかがまだ曖昧だからだ。

紀藤に限らずスジは、話せば話すほど案件の深くに関わることになり、深く話さなければばならないほどの闇は、懸けて貰うものが比例して大きくなる。

今回の現状で頼んだのは、主にはキング・ガード大阪本社での、香山義徳の仕事振りと人間関係の調査だ。

「ああ。あの件ですか」

頷くだけで、紀藤は疑問を口にしなかった。さすがに元本庁刑事部の刑事だけあって、この辺は弁えている。

「それとな」

鳥居は紀藤に、今回の雪山登山のパーティに参加していた九人のリストを渡した。

参加者の住所は全体的に、大阪市内に広く散らばっていた。市外在住者も二人ばかりいた。

その参加者らの前科の有無、現在の仕事、収入、家族構成etc.。

「前科のことはさて。お門違《かどちが》いでは」

「わかってんだろ。府警にルートがないとは言わせねえよ。それに、直接聞くよりあんたに頼む方が正確で早そうだ」

「なんでしょう。それは、褒められてるんですかね」

「どうだかな。警備屋なら当たり前ぇって気もするが。とにかく、頼むぜ」

「仕方ありませんね。了解しました。来週中には」

「おいおい」

　鳥居は口を尖らせた。

「少しよ、長くねぇかい」

　紀藤は苦笑した。

「勘弁して下さい。こちらも異動してきたばかりなもので。まだ大阪営業所に、馴染んだと言えるほどにはなっていないんです。しかも私は、曲がりなりにも近畿の統括ですから、一日のスケジュールがまあ、分刻みとは言いませんが、一時間、二時間刻みでは決まっているもので」

「けっ。使えねえ」

「すいません。それより、鳥居さんはこちらで、一人で大丈夫ですか。なんでしたら、うちから道案内くらいは付けますが」

「要らねえよ。今んところはな。俺もまずは、こっちに馴染まなきゃなんねえし。ま、ボチボチやるわ。けどよ、そっちはあんまりノンビリ構えねえでくれよ」

「わかってます」

　では、とオーダー伝票を手に、紀藤は席を立った。

　鳥居は特に何も言わなかった。スジにたかるつもりはないが、どちらが支払うかはその場の雰囲気とタイミングだ。出す額にも拠るだろう。

依頼も支払いも、どちらか一方が重い片持ちになれば、持ちつ持たれつのやじろべえは転ぶ。

この辺は互いの経験と関係から来る、呼吸だろう。

香山の登山仲間のリストは、鳥居もコピーを押さえてあった。

(ほんじゃ、俺も少しずつ動くかい)

紀藤と別れた後、鳥居はまず、香山の家に向かった。

故人とその関係者の住居や居住地域の確認は、鳥居が自分ですべきことだった。印象や匂いと言ったものは感性だ。他人任せには出来ない。

香山の家は住吉区の帝塚山《てづかやま》にあった。南海帝塚山の駅から南港通りに向かって百メートルほど入った辺りだ。

関西を代表する高級住宅街と聞くが、なるほど、庭に松の戸建てと低層の小洒落たマンションがたしかに多かった。

そんなマンションとマンションの間にひっそりと、香山の家はあった。

そもそもの生まれ育った家なのだろう。そんな匂いと印象がある、古い佇まいの家だった。

「さて」

訪ねるにしても、本庁捜査第二課の名刺はまずい。

長野県警でも名刺一枚で、

――やっぱり天下りの、陸自とキング・ガードの癒着とか。

そんなことを勘繰られた。

警察の組織に詳しくなくとも、最近ではネットで警視庁捜査第二課と入力すれば、知能犯やら贈収賄やらの担当区分が簡単に出てくる。

現状、故人の何を疑うわけでもない。

作業の繋がりではあるが、まずは線香を手向《たむ》け、弔う。それだけでいい。

伊達眼鏡くらいなら持っている。

――旦那さんが朝霞や市ケ谷《いちがや》にいらっしゃった頃、何度かお世話になりました。

そんな挨拶で通じるだろう。

迷うことなくインターホンを押す。

「はぁい」

出てきたのは、後で聞けば同居の息子の嫁ということだった。

線香の一本を、と告げて家に上がらせてもらう。

古い家だけあって仏壇の間があった。

香山の妻と、生後間もない子を抱いた嫁を背にし、線香を手向ける。

その後、鳥居は茶の一杯を振る舞ってもらった。断ることはしない。弔いは相手の動きに合わせ、作業も兼ねる。

　妻は美紀子《みきこ》、嫁は麻美《あさみ》、幼子は将太《しょうた》と言った。

「だから、もう雪山なんてやめてくださいて、何度も言うたのに。まだ五十代て。あれもこれもて、これからやのに。やっとやのに」

　涙とともに、繰り言が続く。

　鳥居はただ聞き、茶で飲み下す。

　やがて吐き出す言葉から悔いが消える。クリアになる。

　そうすると初めて、人は他人の言葉が本当の意味で〈聞こえ〉るようになる。

　そうなれば、聞きたい方向に誘導するのは鳥居には容易《たやす》い。と言って、まだ口に出来る、釣り針ともいうべきワードは少ない。

　指原清三、西方肇。

　西方でヒットしたのはまず、ラッキーだった。鳥居の運だ。

「そういえば何度か、その西方なんたらいう人なら訪ねてきはりましたわ」

　美紀子は涙を枯らし、すっきりとした顔でそう言った。

「うちの人は、あんまり仕事のことは言わへんのやけど。なんでも、キング・ガードの九州の営業所に、定期検診や主治の契約を頼みたいとか。お医者さんの関係の方やったのかしら」

「ああ。私も、朝霞で会ったことがあります。元は自衛隊の医官だった人だ」

「そうそう。うちの人もそないなこと言うてました」

「その西方さんが訪ねてきたと」

「はい。でも何度目かの後で、うちの人、ずいぶん怒ってましたわ。同じ班の誼《よしみ》でとかって、それは禁句やとか、口にするんは絶対アウトやとか」

「おや。班、ですか」

「ええ」

「ご主人、班に所属なさってましたか？　私は存じませんが」

美紀子は首を左右に振った。

「私はよう知りません。先ほども言いましたけど、あの人は仕事のことは、私に何も言わんのです」

「そうですか。まあ、自衛隊の方って、そういう人が多いですから。でも、あのご主人を怒らすって、西方さんもいったい、何を言ったもんだか」

「そうですね。お相手も大変だったんやないですか？　ああ。せやからか、あの人が怒って帰ってきた後しばらくして、お詫びだとか言うてきたって。なんでも、今回の登山前に、無料診断してくれるとかで、わざわざ検診の道具まで運ばせて福岡から来やはるとか。あの人は、酔狂なことや言うてましたっけ。あそこまで営業に熱心な男だとは思わんかったとも」

「へえ。じゃあ、西方さんは登山のお仲間たちとも、その検診で顔見知りになったんですね」

「そうなりますか。でも検診の後、あの人はまた怒ってました。もう二度と会わんて」

「ほう。それは」

「また昔の話を持ち出しんさったそうです。あの班は普通の隊じゃないでしょう、とかって。それ以降、あの人の口から西方さんの名前が出ることは、本当にありませんでしたけど」

十分だった。

これで香山と西方がなんとなく繋がった。

年初にしては、上々だ。

丁寧に挨拶をし、鳥居は香山の家を辞した。

四

一月十八日の、木曜日だった。

福岡の一月半ばは、東京よりやや暖かいだろうか。

翌週になれば太宰府《だざいふ》天満宮で、早咲きの飛梅《とびうめ》が開花し、境内の梅は徐々に見頃を迎えてゆく。そんな時期だ。

そんな飛梅より少し早めに動き出した猿丸は、まずは西方が外科医として勤務していたという、医療法人天地会〈碧《みどり》の風総合病院〉を回ることにした。

これが十五日だったが、事務長である西方の父、真一《しんいち》にアポイントが取れたのが十八日だった。

さすがに総合病院の月曜日は、事務長は忙しいらしい。午前は外来業務が慌ただしく、午後も外来はもちろんのこと、加えて病棟で入退院の手続きや会計が煩雑なようだ。

木曜の十一時くらいならという了解を得た。

月曜日はその代わりに、西方の実家に向かうことにした。実家にはこの日、母親の京子《きょうこ》がいると、電話口で真一が教えてくれた。

その家は福岡市の南東、筑紫野《ちくしの》市にあった。割と大きな一軒家だった。

インターホンを押し、出た京子に堂々と、警視庁の人間だと名乗った。

今回、猿丸は福岡入りに当たって素性や身分をどうするかと一度は考え、すぐに小細工を放棄した。

長崎では大村の連隊も佐世保《させぼ》警察署の高井《たかい》巡査長以下の捜査陣も、この十日まで入院していた病院の面々も陣幕会の連中も、猿丸が警視庁の人間だということを知っている。

この福岡でも、小郡や福岡の駐屯地の大勢や、白心ライフパートナーズの堀川が知っている。警察や竜神会関係では、佐世保署や陣幕会の連中が知っているのだから、福岡県警や金獅子会に面が割れていてもおかしくない。

下手の考え休むに似たり。

だから、策を弄することをやめ、堂々と警視庁の人間と名乗ることにした。

身を捨ててこそ浮かぶ瀬もあれ、ともいう。

和知という男が高校の同級生の死を悼み、その事故に和知しか知り得ない小さな疑念を持ち、警視庁の、組織図にも乗らないゴミのような部署を頼ったというだけのことだ。

猿丸が動けば福岡県警で、特に管轄の博多署では目くじらを立てる者もいるだろうが、情を汲《く》み取り、あるいは疑念を共有し、何某かのアシストをしてくれる者もいるかもしれない。

（まあ、何かあってもな）

警察関係なら、純也がなんとでもしてくれるだろう。

そういう摩訶《まか》不思議な信頼が、小日向純也という上司にはあった。

（そういえば去年のあれ、返したんかな）

十二月に純也が公安部長を動かし、福岡県警から強引に借り出したアサルトライフル、アキュラシーＬ９６Ａ１は無事、ＳＡＴに返却されたのだろうか。

そう思うと心は軽くなる。

猿丸の多少の無謀など、純也に比べれば児戯だ。

西方の実家では、だから堂々と警視庁と名乗った。

ただ、和知の知り合い、と告げることも忘れない。

「まあ。あの和知君の」

どの、あのなのかは多少気になるが、どうせいい話ではないと決め、放っておく。

来る途中で求めた、白百合のアレンジメントを仏壇に供え、手を合わせる。

「あまり、外でんこつば話さん子やったけど、私らには、優しか子やったんですよ」

手を合わせる猿丸の背中に、抑えた母の声が聞こえた。

仏壇の回りには、色取り取りの花が飾られていた。

「多くの人に、送られたんですね」

猿丸は仏壇の前を空け、少し下がって座りなおした。

京子は手のハンカチを、目に当てた。

「お葬式が済んだ後も、ここに自衛隊時代のお友達ば何人か来んしゃって。お気落としのないようにって。それだけで嬉しくて。涙ば出ました」

「そうですか。良い仲間がいたんですね」

「ええ」

頷き、京子は遺影に目をやった。

「学生時代から、家に友達ば呼ぶこつは、なんもなくて。結婚もまだやったし。そういう子かと、親としては、ばり気にしとうたんやけど。――、そがいなこつばなかったって。――でも、亡くなってわかるって、悲しかですね。――こっちでは、博多ん方で一人暮らしばしよったけど、こげなことになるなら、せめて、自衛隊ば辞めた後、一緒に――。一緒に――」

京子の気丈さは、そこで力尽きたようだ。泣き崩れた。

一人息子だと聞いていた。猿丸に、京子に掛ける言葉は見つけられなかった。

親になったことなどない。鳥居なら何か、親を慰める言葉を知っているのだろうか。

私はこれで――。

それしか言えなかった。それが月曜日だった。

真一との約束の日、猿丸は寒風吹き荒《すさ》ぶ中、博多からJRの電車に乗った。

医療法人天地会〈碧の風総合病院〉は、福岡市西区の、筑肥《ちくひ》線姪浜《めいのはま》駅の近くにあった。国道五六〇号線沿いで、西区役所のすぐ近くだ。

病院は十階建ての本館の他に、敷地内に外部薬局とリハビリテーションセンターを併設する大きな病院だった。

なるほど、大学の医局に医師の派遣を頼りたくない病院は、個別に医師をスカウトする場合もあると聞くが、そのくらいのことはやりそうな病院だった。

逆に言えば、優秀な医師をアピールしなければ、民間の総合病院こそ経営は厳しいともいえる。眼科や脳神経外科は医療点数が高いが、小児科や内科は低い。総合病院は地域医療に対するプライドで総合医療を続けるが、経営はどこも苦しいのが実情らしい。

そんなことを白心ライフパートナーズの堀川に聞いた。

堀川は横浜にある、藍誠会《あいせいかい》横浜総合病院の理事長、桂木徹《かつらぎとおる》という男と昵懇《じっこん》だった。とある時期まで、〈ビジネスパートナー〉でもあった。

病院にはエントランスから堂々と入り、初診と事務のふたつに分かれた受付の、事務の方に向かった。

「ご用件をどうぞ」

カウンター上の文字通り、事務的に言う女性に警視庁の証票を見せる。

「昨日、事務長に面会のアポを取ったものですが」

「えっ。あ、警視庁の」

受付の女性は周りを慮ってか、警視庁という言葉のトーンは落とした。

碧の凪総合病院では、証票を見せると猿丸への態度が変わった。別に偉いわけではないが、普段見ない人種だからか、腫物扱い、ではあるのだろう。

事務の女性に案内され、エレベータで上がったのは四階だった。そこが事務のエリアのようだ。

　上がってすぐの、左手の奥が応接室だった。ドアに、第一応接室と明記されていた。

「こちらでお待ち下さい。西方はすぐ参りますので」

　別の女性が緑茶を運んでくれた。

　西方真一は、すぐにやってきた。

「お待たせしました」

　入ってきたのは、髪を七三に分けた、小柄な男だった。度の強いセルロイドフレームの黒縁眼鏡を掛けていた。年齢は五十九歳になるはずだが、だいぶ老けて見えるのはその眼鏡のせいか、それとも、心労か。

　名刺を渡すと眼鏡を額に上げ、視線を下に落とした。

「東京、警視庁とか」

「はい」

　真一は名刺を仕舞い、眼鏡を戻した。

「私ね。雨の日も風の日も、ここに通ってきたとですよ。一時間半、具合によっては二時間ばい。東京の人には、普通かも知れんけど、ここいらじゃ、遠かよ。ばってん、食うためじゃし、食わせるためじゃしね、仕方なかて、思うてきたけど」

「ご愁傷様です」

頭を下げ、上げてからは西方の仕事振りについて聞いた。

「肇ば、最初は張り切っとったよ。引き抜きじゃしね。ああ。肇に口利いたのは私ばい。ばってん、私は、息子が防衛医大出じゃ言うただけばい。理事長が、引けるんなら引っこ抜け言うたけんね。事務長て、なんの力があるわけでもなかよ。ばってん、肇が働き始めたら、外来で患者さん診とるだけじゃ、足らんち、理事長がね。こんところば不景気やし。途中から、気にし出しとったんよ。引き抜きは、生え抜きと違《ちご》うてね。防衛医大なら、自衛隊に知り合い多いじゃろて、理事長がね。引き抜きのムダ金は、親父の退職金から引こうかち、まあ、これは口の悪い理事長の冗談じゃけんど、肇ば真に受けよっとかいね。

──若いばい。若いけん」

真一の長い溜息を聞き流す。

「なんもかんも、これからやったろうに。──バカ息子が、酒呑んでタバコ吸うて、ビルから落ちよってて」

それから、茶の一杯分、話をした。

特に目ぼしい情報は出なかった。

この後はさて、病院の関係者を紹介してもらうか。

そんなことを考えつつ茶を飲み干したとき、

「まあ。肇ん事故の担当の刑事さんは、ほんなこつ、しっくり来んとは言うてくれたばってん。一人だけじゃどげんもならんち」

いきなり、光が見える話だった。

身分を明かしている以上、光に伸ばす手に躊躇はない。

たとえ光が暖かさを通り越す灼熱《しゃくねつ》でも、ただ猿丸が身を焦がすだけのこと、病院に逆戻りすればいいだけのことだ。

「西方さん。その刑事さんてのは」

猿丸は身を乗り出した。

「え、ああ。名刺があったばい。ちょっと待っとってくれんですか」

そうして紹介されたのは、博多署刑事第一課の徳田《とくだ》という巡査部長だった。

刑事が協力してくれれば、病院内の事情聴取は省ける。

そもそも警視庁の人間では、関係者から話を聞くにも限界はある。

西方から電話を掛けてもらった。徳田とはすぐにアポイントが取れた。この日の午後イチだった。

西方に礼を言い、病院を辞した。待ち合わせの時間にさほど余裕はなかった。

博多に戻り、立ち食いで丸天《まるてん》の博多うどんを掻き込んで目的地に向かった。

――中洲警部交番前に、来てくれんね。

徳田はそう言ったらしい。

中洲警部交番は中洲中央通り沿いで、事故現場から百メートルと離れていない場所にあった。

時間ちょうどに行くと、交番の中から一人の男が出てきた。

無精髭《ぶしょうひげ》は猿丸と大して変わらないが、痩せぎすで角刈りの男だった。

歳は猿丸より十歳は若そうだが、ぎらついた眼が荒んで見えた。署内で、あまりいい立場にいないのかもしれない。そんな印象を受けた。

「猿丸さん？」

そうだと言うと、後で名刺くれんね、と言うだけで挨拶もなしに歩き出した。

「歩きながらが時間も取らんし、誰にも聞かれんし、便利ばい」

と、身体つきに似ず、野太い声で言った。

「ああ。猿丸さん。先に言うとくったい。ガイ者と呑んでたのは二人の外国人ばい。素性は後で教えるばってん、事故の処理やけん。担当らが聞いとることは少なかよ。香港系中国人とイラン人。イラン人は日本語が不得意で、話の通訳ば、全部香港系中国人がしよったばい」

徳田の後ろを歩きながら、猿丸は苦笑を漏らした。

この徳田という男は、せかせかとした歩き方といい、言動といい、その思考といい、どうにも性急な男のようだった。

手摺が錆びていたのはわかる。昨今、中ではタバコを吸えないのはわかる。

「ばってん。ガイ者も含め、三人とも喫煙スペースにも出たとばい。ガイ者がバランスを崩したとき、慌てて手を伸ばしたが間に合わなかったと言うとるたい。そこまでは、普通ばい。そのままなら不慮の事故ばい」

ばってん――。

「イラン人の方が、初めて入った店だち言うとったばい。多分とも言うた。不慣れなもんでともな。ばってん、これはどうかち思うんよ。いや、言うてるって、中国人の方たい。まあ、本当じゃった。店に裏は取った。けんど、通りのな、大きい声でん言えんが、客引きにな。まあ、おいが面倒見とるのが何人かおるたい。その中の何人もが、見たっちゅうて。外国人は滅多に来んで、目立ったて言うとるばい」

「何がです?」

「このビルの前でん」

気がつけば事故の現場、レインボービルの前にいた。

「見上げてたち、おいは客引き連中に聞いたったけん」

非常階段の方を。

「それも一度じゃなか。日にちも時間も覚えとるのがいたばい。怪しかこつじゃち、その他の連中にも聞いたばい。したら、こんビルの前だけでんなか、言いより始めたったたい。

あっちんビルこっちんビル、色々見て歩いとるようじゃ言うて。それもビルそのものじゃなかて。外階段やら、脇の狭かとこやら。後で思えば、まるで何かを探しとったようじゃち言うとるばい」

だからよ。

「通りの防犯カメラ、片っ端から当たったとよ。じゃっどん」

どちらも一回も映っていない。事件の当日以外、一度も。

「普通ならそげなことあらせんじゃろ。なんの手品かの。あるいは、技かいの。警視庁さん。猿丸さん。そげんこと、あんた、どう思う？」

徳田は、ここで初めて猿丸に話を振り、意見を求めた。

「そうだなあ」

猿丸は上着のポケットを探った。

「あんた、タバコは」

「禁煙中。――ばってん、恵んでくれるなら、昨日までたい」

そう言って笑った。

笑うとなかなか、愛嬌《あいきょう》がある。

「じゃ、上で一服しながら考えるか。あの喫煙スペースでよ」

猿丸はくしゃくしゃになったタバコのパッケージを取り出して見せ、徳田に合わせるように笑った。

五

大阪に入った鳥居は、十五日の月曜日になってから、リストの九人それぞれの自宅周辺を広く、円を描くように歩いて回った。居住地域にも必ず、その住んでいる人の特性や人となりが出るからだ。

山の手と下町、都心と郊外、海側と山側、東と西、北と南、マンションと戸建て、もっと言えば、公団とタワー。

紀藤からの資料が上がる前に、自分の肌身でまず感じる。焦ることはしない。ストップアンドゴーで公安作業に集中出来るほど、もう若くはない。

というか、作業を舐めてはいない。じっくり、煮物に味が染み込むように、大阪を身体に馴染ませる。

最後はこの労力の有無が、生死を分けることとさえある。

だから、土、日は動かなかった。賑わう商業地と違い、ビジネス街や住宅地は休日ほど、そのコミュニティーに独自のセンサーが働く。異物の侵入には敏感だ。

福島区福島、住吉区安孫子《あびこ》、東淀川区上新庄《かみしんじょう》、北区大淀、尼崎《あまがさき》、東大阪。

もちろん、平日は自宅周辺の観察を主にしたが、夕方にはホテルの近場から対象者の職場にも、不在も織り込んでダメ元で顔を出した。このダメ元が一番自然なのだ。

月曜には、北浜から目と鼻の先の淀屋橋にある、証券会社に向かった。

登山パーティの、隊列の後ろから三番目にいた、安岡《やすおか》という男が勤める会社だった。

安岡は四十代の男で、法人営業部の人間だった。

ちょうど在席で、話を聞くことが出来た。後ろから三番目のこの男は、特に純也が気にしていた男だ。幸先がいい感じがした。

安岡は、同僚のデービッド・スコットに誘われて倶楽部に入ったという。スコットはパーティの前から四番目にいた男の名前だ。

安岡自身はこの倶楽部に入会してまだ二年ほどで、最終的には西穂高クラスの単独登頂を目標にしているが、まだなかなか、と言った。

その同僚、スコットはこの時間、会社にはいなかった。午前中は直行の外回りが通常だという。特に朝は毎日、主要な顧客とのブレックファーストミーティングに当てているらしい。

そちらは後に回すとしても、安岡からそれなりの証言は取れた。事故当時の話だ。

——ああ。はっきりとは覚えてませんけど、最初は、なんかわからないけど、聞こえたみたいな気がしたんですよ。それで少しフード上げてたら、ははっ。そっちの方がガサガサ煩くなっちゃったんですけど、またすぐに後ろから呼ばれたような気がして。振り返って、呼びましたかって聞いたんですけど、後ろの上西《うえにし》さんはきっちりフード被って一生懸命みたいで。そのときにはもう、最後尾のガイスさんが前方を指さして慌ててて。結局、聞こえたのは私の空耳だったみたいですけど。

というとことだった。

そんな話も含め、純也にはこの日のうちに報告した。

翌日も同じような行動を取るが、勤務先関係はやめておいた。天気予報が、水曜からの荒天を諄《くど》いほどに伝えていたからだ。

この火曜と水曜の午前で、全員分の自宅周辺の見取りは終えた。

午後に入ると予報通り、関西一帯には翌朝まで降りやまないほどの大雪が降った。夕方からは新幹線が止まるほどの雪だった。

紀藤からの連絡があったのは、この大雪の最中だった。

鳥居のホテルの窓から見えるのは、降りしきる雪ばかりの頃だ。

――揃いましたが、大雪ですね。私も今晩は会社泊まりです。

「だろうな。さっき降りてみたら、ここのホテルもパンパンだってよ。そんなフロントの声と電話が賑やかだったぜ」

――こういう事態です。私は明日はおそらく、諸々の対応で社外には出られませんが。

「仕方ねえよ。俺だって革靴で凍った道に出る勇気はねえや」

そんな会話で、資料の受け渡しは木曜日をスルーして金曜日になった。

場所は前回同様の〈ハミングバード〉にした。時間は紀藤の出社前の八時だ。

鳥居は交通事情を考慮して早めにホテルを出たが、思うほど雪の爪痕は残っていなかった。

それで、七時過ぎには店に着いた。

早すぎかと思ったが、すでに紀藤は前と同じ席にいて、同じように立ち上がった。

さすがに、客は鳥居たちの他に数えるほどしかいない。

「どうも」

「よう」

席について、鳥居はモーニングのAを頼んだ。一番簡単なトーストとサラダとゆで卵に、ブレンドコーヒーのセットだ。紀藤の前には、ホットコーヒーだけがあった。

モーニングが運ばれてから、紀藤は茶封筒を差し出してきた。厚みはそれほどでもなかった。

前科の有無、現在の仕事、収入、家族構成etc.。ざっと見だが、資料はたしかに全員分あった。

その一ページ目が、香山の職場での仕事振りと人間関係だった。愚直、という言葉が目についた。登山倶楽部のことも付記してあったが、そちらは見るべきものがなかった。

というか、会員が二百人以上いて、主にはホームページ上での情報交換がこの登山倶楽部の活動のようだった。そこから都度、有志が計画した登山に、希望者が登録するのだという。

「ふうん。ま、細かいとこは後で、じっくり見らあ」

「急いだんですが、結局、金曜になってしまったお詫びに言っておきますが、特に変わったことは何も。まあ、それが鳥居さんの目と勘に掛かるとどう変化するのかはわかりませんが」

「ありがとよ」

「いえいえ」

それからはさほどの会話もなく、鳥居がモーニングを食っている最中に、紀藤はまた伝票を持って先に席を立った。

その後、鳥居はこの日の午前に、淀川区十三《じゅうそう》を回って、登山パーティの前から六番目の男性と接触した。近かったからだ。

喫茶店を出て阪急線に乗れば、十三駅は淀川の川向こうだ。

向かったのは川辺という男の家だった。自営業の塗装屋だ。自宅兼会社の周辺は、月曜に歩いて回った場所だった。

雪の翌日ならと当たりを付けて向かうと案の定、川辺は、会社兼自宅の、作業場の方にいた。

――雪山で亡くなった香山さんのことについて、少しお伺い出来ませんかね。

証券マンの安岡もそうだったが、ここでも捜査第二課の名刺は効く。ネット社会になってから、警察組織の構成などは誰でも気軽に閲覧出来る。オープンだ。公になっている、表のものに関しては。

それを以て、人はさもそれだけが真実かのように思い込む。

――ああ。第二課って言うと、あの。

川辺は、多くを口にしなくとも勝手に合点した。それで多くを語ってくれたが、情報は月曜の安岡以下だった。

午後になって尼崎の、隊列では先頭から三番目の男の家に向かった。平日だが大学生ということで回ってみた。

今回の登山に参加したメンバーは、死んだ香山が最年長で、最年少は高校のときにワンダーフォーゲル部に所属していたという山好きの、この奈良林《ならばやし》という大学生だった。そして、この奈良林が今回の登山計画を立て、倶楽部のホームページで参加を募った男だ。

が、こちらはあいにく、川辺と違って不在だった。

インターホンを押して家族が不在なら出直すことにして、家族がいれば伝言くらいは残すつもりでいた。母親が在宅だった。

名刺を渡して連絡を頼み、一応、学籍番号を教えてもらった。

学部までは紀藤の資料にあったが、伝言に対する反応によっては、そちらも回ることになる。

その後、時間的にこの日最後になる接触相手として、証券会社の安岡にも聞いた、最後尾の男性宅に向かった。福島区福島三丁目の自宅へは、尼崎からは阪神本線で一本だった。

男は四十五歳のドイツ人で、ロベルト・ガイスという名前だった。

塗装屋の川辺が、ガイスは日本語が出来ると言っていた。

距離が近いという以外に、それも回る理由の一つだった。

鳥居も一流の公安マンとして、ある程度の英語と中国語はわかるが、ドイツ語になるとまったくだった。

新福島駅で降り、真西に見える幾つかのマンションのうち、三十階建ての高層マンションに向かう。

〈リバーグランシティ〉と冠づけるだけあって、なるほど、堂島川《どうじまがわ》が目の前だ。その五階は、謳《うた》い文句のような高層ではないが、家賃は間違いなく高いはずだ。紀藤の資料でも相場は2LDKで三十万円程度となっていた。長く住み着くことが出来るかと言えばどうだろう。鳥居の〈俸給〉では無理だ。

ガイスはドイツ車メーカーの日本法人に、本社から長期出張でやってきた営業企画部の人間らしい。マンションは社宅で、長期の出張者に貸し出されるようだ。

ガイスは十二月から住んでいると紀藤の資料にはあったが、情報はそこまで止まりだ。それ以上の話を引っ張るには、勤務先か本国の本社、あるいは本人にダイレクトに当たるしかない。

(手っ取り早いのは直接だが、吉と出るか凶と出るか。さてもさてだ)

そんなことを考えながら、オートロックに部屋番号を入れる。

――はい。どなたですか。

ロベルト・ガイスは、在宅だった。

身分を告げるとさして疑問に思う風もなく、マンションの玄関ドアを開けてくれた。エントランスホールの応接コーナーで待っていれば、ガイスが降りてくるという。

「お待たせしました」

ほどなく降りてきたガイスは大柄な、いかにもドイツ人という男だった。ブロンドに高い頬骨、青い目にスクエアジョー。大柄な身体は、ジャケットとスラックスの上からでもわかるほど、無駄な肉はついていないようだ。よほど鍛えているのだろう。

名刺を交換し、応接コーナーに座って話を聞く。

身体つきのことも話題にすれば、

「オー。山登りで鍛えました。本場のアルプスです」

と、ガイスは大げさに胸を張った。

その後、十分ほども話をしたが、当たり障りのないことばかりだった。

「それで、日本のアルプスも登りたいと、ホームページ見て、登山倶楽部に入りました。日本の山も綺麗《きれい》ですね。でも、本場と同じように危ない。どれだけ注意しても起こるときは起こるけど、不幸な事故、痛ましいね」

事故との関わりもその程度だ。

全体的に、長野県警の話とも、紀藤の調べた内容とも合致する。

だが。

だが――。

「また何か、お伺いすることがあるかもしれません」

「オー。私で役立つことがあるなら、いつでもどうぞ」

「助かります。そのときは」

よろしくと言ってマンションを後にする。

少し足早になった。振り返ることは出来なかった。

（あれぇ）

気が付けば、背筋のうすら寒さから鳥肌が立っていた。

勘でしかない。

勘でしかないが。

(冗談じゃねえ。こいつぁ、素人なんかじゃねえ)

笑って笑いの形だけを作る口元。親し気に話して、話の最後で断ち切れるような情感。

そして、反応を常に見定めるような、爬虫類《はちゅうるい》の眼。その圧力。

離れていれば、母国語で話せば、サングラスを掛ければ、顕現されて普通になるのか。

勘でしかないが。

(それこそ冗談じゃねえ)

鳥居は思わず、携帯に手を伸ばした。

紀藤に掛ける。

すぐに出た。

——どうしました?

すぐに出た紀藤に、怖さも吐き出すようにして一気に捲し立てた。

「わからねえが、だからよ、他人は巻き込みたくねえ。いや、巻き込んじゃいけねえ気がする。お前ぇ、なんとか手伝えねえかっ」

最後は叫ぶようになった。

すると、紀藤が電話の向こうで笑った気がした。

「おい。俺ぁ、真剣だぜ」

――いえ。私だと土、日くらいしか手伝えませんが、ちょうどいいタイミングのが来ますよ。

「なんだよ」

それから紀藤の言葉を聞いて、少し心が落ち着く。いや、思わず笑いさえ出た。

「そいつぁいいや。了解だ」

電話を切った。

夕空が茜《あかね》に染まっていた。

恐怖はいつの間にか、消えていた。

六

一月下旬、二十四日の福岡は、天気はいいが一日中風の吹く寒い一日だった。

ちょうど一週間前の水曜に、特に関西圏に大雪をもたらした寒気に近い気圧配置らしいが、今回は積雪には至らなかったようだ。

その代わり、北西からの風がやけに強かった。

「けっ。こん畜生」

ダウンコートのフードをかぶり、猿丸は中洲の、煌《きら》びやかな風俗ビルに挟まれた路地の暗がりで身を震わせた。

それでも厳寒の一月の夜に、二時間近くを忍んでも耐えられるくらいには体力も気力も戻り始めていた。

戻り始めれば、酒もある程度というか、適当には呑んだ。

長崎の病院からの退院と同時に、昼夜逆転の生活は終わりを告げた。

以降すっかりとそれまで通りの日常なのだから、酒浸りの夜もまた、取り戻したそれまで通りの日常の一部ということになる。

呑んで眠る。

呑まなければ眠れない夜が、また始まったということだ。

(これもある意味、リハビリだな)

医学的には真逆だろうが、生きるために必要だと思えば、寒風吹き荒ぶ中でも知らず苦笑も出る。

それにしても、福岡の夜に、ただ呑み歩いて彷徨《さまよ》うことはしない。

居酒屋、ショットバー、スナックetc.

この場合は多分に、公安作業としての意味も含まれる。

リハビリ兼公安作業。

そんな滅多にない一石二鳥のうちにも、快二が跡目を継いだ金獅子会について、拾えるだけの情報を拾う。

何がどこでどう繋がるかわからない。特に闇の中の動きは手探りだ。

繋がらなかったとしても、堀川の周辺に平橋の〈虫〉がついていないかの確認くらいは出来る。

堀川は公に出来ない素性の黒孩子《ヘイハイツ》で、J分室でなければ守ることが出来ない民間人の一人だ。

夜に酒を浴びて、昼に浅く眠り、重い身体で這《は》いずり回る。

そんな、猿丸にとっての日常を積み重ね、泥の中に咲く心身を研ぎ澄ます。

すると、全部が元通りとまではいかないだろうが、いつの間にか肋骨は何をしても平気になっていた。

両腕を目一杯広げようが軋まないし、思いっきり深呼吸しようが響かない。

それで作業に集中出来るというか、本格的な作業に間に合った格好になった。

月曜日には、西方と一緒に呑んだ二人の男にも、猿丸の感覚としては〈堂々〉と接触した。

博多署の徳田が手を貸してくれたからだ。

「なぁに。そもそもいっつも勝手に動くちゅうて、課内じゃよく思われとらんけん。だから、あの事故ばおかしか言うてん、相手にされよらんかったばい。今さら、何をしようと変わらんばい」

という本人なりの理屈になるようだ。

これは身分を明らかにした猿丸にとって、願ってもないことだった。いや、願ったり叶ったりだ。

だから〈堂々〉と、二人の男に博多署刑事課の証票を見せる徳田の後ろについた。

少なくとも、警察の人間であることに嘘はない。

二人は早良《さわら》区室見《むろみ》にある、単身者用マンスリーマンションの九階にそれぞれで住んでいた。

契約は昨年十一月の下旬からだという。正確には二十六日からの契約者は二部屋とも、日本語が出来るという香港系中国人の方だった。

マンションは室見公園に近く、九階の部屋からなら、金屑川《かなくずかわ》と室見川と博多湾を三方に見渡せる場所だった。天神《てんじん》や博多近くから比べれば賃料は安いだろうが、ロケーションは絶好といえた。

朝イチに押し掛けるようにして、インターホンを押したのがよかったようだ。二人とも在室だった。

猿丸とさほど歳の変わらなそうな、痩身中背の香港系中国人はアーロン・ユンファとい
い、おっとりとして見える大柄なイラン人は、ミラド・アフマディといった。
それぞれ香港とイランにそれなりのネットワークを持つ、個人貿易商のコンビらしい。
日本で一点物の商品を仕入れ、互いの国のネットオークションで売り買い〈し合ったり〉
するという。
「まさか、空売りでもしようとかいね。そいで、売値ば釣り上ぐっとか」
徳田が聞いてみた。
日本語のわかるユンファが口元を綻ばせた。
「日本で買っても、安いのはダメ。偽物だと思われるから。私たちの商売、高いものほど
よく売れる。だから、一番受けるのは、日本で買った値段の張るもの。あるいは値の跳ね
上がったもの。わかる？」
「ああ。わかるよ。あんまり、褒められねえってこともな」
猿丸は口を挟み、挑発の積もりもあってそんなことを言ってみたが、ユンファは軽く肩
を竦めるだけだった。
「私たちなんて、可愛いもの。転売ヤーに比べたらね」
なるほど。ユンファの日本語理解力は相当なもので、それ以前に頭の回転は悪くないよ
うだ。

もっとも、そうでなければ個人貿易商など出来ないだろう。

西方と会っていたのは、警察にも話したというが、碧の風総合病院の理事長に紹介して欲しいという依頼を頼むためだったという。

理事長は好事家《こうずか》で、書画骨董のコレクターだということは、調べるまでもなく徳田が知っていた。

西方と知り合ったのは、碧の風総合病院の救急治療室のようだ。

マンスリーマンションへの入居日、荷物を入れていたアフマディが誤ってカッターで腕を切ったという。

その処置で訪れた病院の救急当番が、西方だった。七針縫ったらしいが、それは病院の記録からも間違いは無かった。

碧の風総合病院の救急に行ったのは単に、室見のマンションから近かったから、ということだった。

すべてにおいて、齟齬《そご》はなにもない。

「それがあの日、理事長への話、まとまってね。紹介よ。商談？　そんなものね。だから祝杯。それがね。後は警察さんも知っている通りね。酔ってバランスを崩して、それでお終《しま》い。私たちの商売も、そこでお終いね。飲んだ分、損々ね」

事件当夜の話も、筋は通り過ぎるほどに通っている。

博多署の現場検証でも、ユンファの話を崩すほどの証拠はなく、喫煙場所にいた他の五人の酔客も、狭くて暗くて酔っていて、西方がどこに立ってどう動いたかすら、よく覚えていないと言う。

完璧だった。

とはいえ、とはいえ、だ。

猿丸の公安マンとしての勘に、大いに触るものがあった。どうにも、きな臭い二人だった。

それにしても勘のレベルだ。その場は礼すら言って引き下がった。

これが月曜日だ。

翌日からは猿丸一人で、行確に入った。

徳田は、所轄の業務が入ったようで不在だった。師走の繁華街を抱える署は、猫の手も借りたいはずだ。そもそもから、見ず知らずの警視庁を手伝う暇など無かったのかもしれない。

火曜日はマンションを先に一人で出てきたユンファを行確したが、どうにも、その動きにはついていけなかった。

これは、猿丸の体力が落ちているからという理由では、悔しいがまったくない。たとえ入院前に戻ったとしてさえ、おそらく全神経を傾けて、果たして。

それくらい、ユンファの動きが慎重で素早かった。

きな臭さは、それだけで今や猿丸の中で大炎上となった。

この水曜日もユンファが先にマンションを出たが、そちらは諦め、アフマディの方に対象を切り替えた。

大柄なイラン人というだけでも、痩身中背の香港系中国人より日本国内では遥かに目立つ。

それでも、猿丸の体力の現状から言えば、そんなイラン人の行確でも精一杯だった。動きはゆっくりだったが、アフマディも周囲を執拗に窺《うかが》うような油断のなさを見せた。

この夜、中洲の風俗ビルに挟まれた路地で身を震わせるのは、そんな行確の結果というか、成果だ。

アフマディは通りの向かい側に立つテナントビルの、ハラルフードの店に入った。それから二時間が過ぎようとしていた。

この日のアフマディは有料スポーツジムに向かい、百貨店でいくつかの買い物をしただけで、その行動に不審な点は見いだせなかったが。

さて、この日の残り数時間で、何かが起こるか、否か。

そんなことを考え、吹く寒風にふたたび身を震わせたときだった。

ふと、背後に人の気配が湧いた。恐ろしいほど近くだった。

太い腕が右の脇の下から入って猿丸の腕を引き上げ、その腕ごと首に巻かれた。三角絞めの要領だったか。

顎下に回った相手の腕が、万力となって猿丸の首根を絞めた。

声を上げる暇もなかった。

視界にネオンライトではない、オレンジの靄《もや》が掛かり始めた。

「ぐ、おぉっ」

渾身《こんしん》の力を右腕に掛けてみた。何も変わらなかった。

そのとき、首筋にかすかに息が掛かった。左耳にくぐもった声が聞こえた。

「危ないことをするな。これは警告だ。これ以降は、知らないぞ」

この感じ、この匂い。

沖縄のバラクラバの、風間を思い出す。

(んの、野郎っ。またかよ)

必死に解こうと左手で掴んだ相手の右腕に、細く硬い盛り上がりの感触があった。

手術、その縫合の跡だったろうか。

解こうとして解けない鋼の腕が、おそらく微妙に腕を捻《ひね》った。

それだけで猿丸の意識は飛んだ。

気がついたとき、路地には大の字に寝そべった自分しかいなかった。

寒さも風の強さも、先ほどまでと何も変わらなかった。どのくらい気を失っていたものか。

一分、五分、まさか十分。

通りを行き交う人の数も、さほど変わってはいないが。

「いけねえ」

ハラルフード店のアフマディはどうしたかと、慌てて通りに顔を出す。

すると、右側のビルの壁に、寄り掛かるようにして見慣れた顔があった。

「やあ。起きたかい」

黒いロングコートを羽織った、純也だった。

「どうも」

「元気そうだね」

「落ちましたが」

「みたいだね」

「俺、どのくらい落ちてたんすかね」

「三分くらいかな」

「――見てたんすか」

「うん。裏通りの方からね。遠かったから、助けるにはシグを撃たなきゃならなかったけど、まあ、問題なさそうだったんでね。そっちは見てるだけ。ただ問題は――」

純也の目がふと、猿丸の意識を誘うように動く。

そちらに一瞬だが、細い人影があった。大型のスタンドサインの向こうにすぐに消えた。

そちらに据えた目を動かすことなく、

「はい。これ」

純也は無造作に、コンビニのレジ袋を差し出してきた。

透けて見えるだけでも猿丸にはわかった。ショルダーホルスターに入った、シグ・ザウエル239JPだ。

「おっとっと」

こんなところで、と思わなくもない。

いや、こんなところだからこそ、か。

「セリさんだけ携帯してなかったからね」

レジ袋越しでも、手にすれば身が引き締まる感覚があった。

「必要ですか」

「そうね。必要だよ。それだけは決まりだ。だから持ってきた。ああ。これって快気祝い、かな」

「――物騒っすね」

「そう？」

すれ違う会話が、どこか懐かしい。

これがJ分室だ。

猿丸はそれで、全快だった。骨折も損傷も、何ほどのこともない。

「なんか、わかったんすか」

「わかったよ。フランス人のおじさんから連絡があってね。お年玉として頼んだ分の正式なデータは、後で届くらしいけど。簡単に言うとね」

鳥居が作業に入った香山は、滑落の寸前、撃たれたようだ。

というか、撃たれたことによってバランスを崩し、滑落した。

それだけは僕の見立てで間違いないってさ、と純也は言った。

それだけだったが、十分だった。

それ以上は、福岡の作業には関係ない。

「でも、じゃあ俺なんかよりメイさんの方が危険なんじゃ」

「うん。まあね。でも最悪の場合のシグは携帯させたし。大丈夫だろう。凸凹《でこぼこ》コンビでやってるみたいだし」

「なんすか？　凸凹コンビ？」

「そう。でも、音はね、雪山とかジャングルとか、ある特殊な条件を満たしたところで威力を発揮するんだ。都会の人通りの多いところでは、さすがにそう簡単には無謀なことは出来ないだろうし。しかも、外国人はね。日本って国は、外国人ってだけで目立つんだ。それが国家的セキュリティになってる。珍しい国だよ。まあ、その珍しさに胡坐《あぐら》を掻いて、サイバーな方はユルユルだけどね」

「はあ」

「わかった？」

「いえ。でも、いいんす」

会話が走る。会話が飛ぶ。理解は追いつかないが、これもまたJ分室の日常だ。

身体の底から湧き上がる思いがある。それがエネルギーになる。生きがいと同義だ。

ああ、俺は――。

俺はこの人の、部下なのだ。

第四章　各地戦

一

金曜の昼前だった。

この朝、鳥居は出勤前の最後の一人を東大阪に訪ね、確認を終えた。

実証と鳥居の勘を重ね合わせ、登山パーティのリストを掻き混ぜれば、自ずと浮かび上がってくる結果があった。

ロベルト・ガイス。

怪しいのは、あのドイツ人一択で間違いないということが確認出来た。

確証はないが、

(それをこれから、摑むんだ)

と、幾通りもの公安的手練《てれん》手管《てくだ》を思考しながら、鳥居は拠点として運用し始めたビルの一室に戻った。

ビジネスホテルを引き払い、この週に入ってから使っている拠点だ。

「帰ったぜ」

言ったところで、お帰りなさい、と答える声などあるわけもない。

鳥居にしても言ったのは、世帯を持つ者の習慣のようなものだ。

ガイスのことを考えながらドアを開け、つい生活感が口を衝《つ》いて出てしまった。

だから当然のこととして、なんの返答もなくて構わなかったが、

「おう」

鳥居の意に反して、思いっきり野太い声が返ってきた。

「なんだよ。わざわざ答えなくていいのによ。あんた、独り者だろ」

「だったら言うなよ。俺だって子分を持つ身だ。帰ってきたら労《ねぎら》うってもんよ。つい反応しちまったぜ」

拠点にいたのは、千目連の竹中《たけなか》だった。

――いえ。私だと土、日くらいしか手伝えませんが、ちょうどいいタイミングのが来ますよ。

ガイスをマンションに訪ねた後、鳥居はすぐにアップタウン警備保障の紀藤に連絡を入れた。

そのエマージェンシーコールの結果が、この千目連の組長、竹中富雄《とみお》だった。

先週の土曜から日曜に掛けて、京都をシマにする竜神会の二次団体、祇園狸《ぎおんだぬき》の新会長襲名披露があった。

もちろん、この襲名披露自体は鳥居も知っていたし、祇園狸のことも知っていた。

祇園狸は二代目の伊奈丸宗左《いなまるそうざ》がとある事件に絡んで殺された後、初代会長の伊奈丸甚五《じんご》が会長代行を務めていた。

甚五は竜神会初代、五条源太郎《ごじょうげんたろう》と兄弟盃《きょうだいさかずき》という間柄で、組自体はさほど大きくはないが竜神会二次団体の中でも群を抜いて、由緒正しい組織だった。

祇園狸には元々、跡目相続の筆頭たる若頭《わかがしら》という地位の人間がいなかった。それで四人いる若頭補佐の中から新会長を選ぶことになるのだが、これがどれをとっても帯に短し襷《たすき》に長しで、決め手に欠けたようだ。

だからこそ二代目の宗左が亡くなった後、隠居の甚五が会長代行という立場で返り咲いたのだが――。

その会長、伊奈丸甚五も前年九月、これもとある事件に絡んで殺され、それで祇園狸は組織のはっきりとした相続人が絶えてしまった。

結局、甚五が存命中には新しい会長は決まらなかった。

だが自分の身に何かを感じたものか、死ぬ以前に甚五は、遺言のように、現竜神会会長・五条宗忠《むねただ》に祇園狸の向後を託していた。故五条源太郎を送る会の際、居並ぶ親分衆の前で、自分の身に不測の禍《わざわい》があった折には、五条宗忠に一任だと言い切ったらしい。

五条宗忠は四人の若頭補佐の中から、即座に杉本晃《すぎもとあきら》を指名した。

これらは特に、警察関係者には周知の事実だった。

ただし、なぜ杉本が選ばれたのかは定かではない。親である甚五でさえ決めかねた四人だった。

口さがない大阪雀《すずめ》の間では、

――どれでもええんちゃうかて、ジャイケンでもさせたんやないか。

――アミダくじやろ。アミダくじ。

――ま、裏取引でも、なんちゅうことを本気で口にでもしたら、こっちの首が飛ぶわいなあ。

などという話がまことしやかに流布したという。

そんな祇園狸の、新会長襲名披露が京都で挙行された。竜神会二次団体中の格式の高さで全国から関係各位が集まり、盛大だったようだ。

バツ二で独り者だった杉本は、伊奈丸一族に残った娘に請われ、婿養子で伊奈丸の名も継ぐらしい。

祇園狸三代目会長、伊奈丸晃。

——けっ。何が、今後ともよろしゅうに、だ。馬鹿臭ぇ。

そんな話を鳥居は、文句を言いながらやってきた竹中から聞いた。

竹中は東京竜神会代表・五条国光《くにみつ》の何人かの取り巻きの一人として、先週の金曜から京都に入っていたという。

鳥居が紀藤に手伝いを頼んだとき、すでに竹中は京都にいて、そのことを紀藤は知っていた。

——竹中が来てますよ。京都に。月曜の朝にはお役御免になります。え、なんで知ってるかって？　そりゃ、一昨日でしたか。それで暇になるから、京都で湯豆腐食わねえかって誘われたものですから。月曜は朝から会議もありますし、そもそも平日は無理だと断りましたが。

ということだった。

それですぐに、竹中に連絡を入れた。五条の目もあると思い、メールにした。

〈湯豆腐なら大阪で好きなだけ食わせてやる。大阪に来い〉

特に返信はなかったが、その後、拠点を決めて住所を入れた。

竹中は月曜日に、拠点にやってきた。

「おい。本当に美味《うめ》ぇんだろうな。その湯豆腐はよ」

「知らねえよ。自分で探せ」

「んだよ。そりゃ」

「ああ。カップうどんの麻婆《マーボー》ってのなら、その辺に転がってるぜ」

「けっ。要らねえよ」

返信はなくとも、竹中が来ることはわかっていた。

文句を言いながらも、鳥居に頼まれて竹中が断ることはない。

紀藤同様、竹中も鳥居の悲しいスジだ。

現在の職業こそ違え、紀藤も竹中も元を正せば警視庁の――。

いや、古い話だ。話の上に苔《こけ》が生えるほどで、苔を毟《むし》れば話ごと剝がれて血を吹くほどで――。

そんなことも知る鳥居に、二人は逆らわない。

知られているのではなく、知っていてくれると、言わないまでも思っているやもしれない。

いずれにせよ手ぶらで、肩で風を切るようにして竹中はやってきた。

スキンヘッドで眉毛もなく、堅太りの大男のヤクザは、少なくとも用心棒として頼りになる。それだけでもいい。安心材料だ。

鳥居たち二人の拠点はガイスのマンションから、東に面した片側一車線の道路を挟んでほぼ真向かいにあった。一般的な雑居ビルの六階の一室だ。

ガイスの部屋からはやや斜めに振った辺りで、高さ的には古いビルなので、この七階で向こうの五階とほぼ同じだった。

元はカラオケバーだったものを、ＫＯＢＩＸエステートを通して多少強引に、その代わり居抜きで借りた。

広過ぎるほどに広いが、監視にこれ以上最適なポイントはなかった。

前面の窓という窓に、〈カラオケ＆パブ　近日オープン予定〉の張り紙をして短期で借りた。

その窓の一カ所に小さな穴をあけ、レーザーマイクロホンを設置し、望遠のビデオカメラを設置する。もちろん、カメラのレンズは反射防止処置を施したものだ。それで最初は十分だろう。

持ち込んだものは他に、連絡通信用にノートＰＣが一台。それがバーカウンターに乗っている。

テーブル席もバーカウンターもスツールも元からあったもので、冷蔵庫もそのまま使用した。寝るのはその辺のソファで、飯を食うのはバーカウンターだ。

「ほらよ」

鳥居は、手にしたコンビニのレジ袋を竹中に差し出した。一瞥《いちべつ》するだけで、カメラのモニタを置いたテーブル席に陣取った竹中は動かなかった。

「けっ。またカップうどんかよ。芸がねえにもほどがあるぜ」

「馬ぁ鹿。大阪ったらうどんだろうが。いやなら食うな」

「要らねえよ。後で駅前の立ち食いにでも行かあ」

「んだよ。結局うどんかよ」

「カレーだよ。カレー」

そんな会話があって後、鳥居は電子ケトルで湯を沸かし、カップうどんに注いだ。

三分待つ間に、と思い立って純也に定時連絡を入れる。

伝えるべきは生存確認のみで、まだ取り立てて伝えるべき情報はなかった。

電話はすぐに繋がったが、純也からの返事はなかった。

その代わり、近くに小田垣管理官の声が聞こえた。

――鳥居主任に、連絡を下さいって伝えてもらえますか。

ああ。そういえば何度か掛かってきていたな、と漠然と思う。

公安作業中は、他の多くのことが些事《さじ》に思えてしまう。例えば、家族のこともだ。

純也と小田垣管理官の話をなんとなく聞くと、三分が過ぎた。

食べ始めると、

――待ち人来るだ。繋がってる、かな。日本語は難しい。

そんな純也の振りで、電話口が小田垣管理官に代わった。

——もしもし。

「ああ。何度も電話もらったみてぇだな。悪かったねえ」

大して悪びれもせず、鳥居はうどんを啜った。

——では用件を端的に。ラーメンが伸びるでしょうから。

「助かるよ。ちなみに、うどんで、もう伸び加減だけどな」

——竹中はどこですか。

「言えねえ」

言えるわけもない。現状は公安マンとヤクザだ。呉越同舟は笑えない。

——連絡を取りたいんですが。

「引き受けるよ」

——いつまでにくれますか。

「わからねえ。けど、そう遠くはしねえよ。こっちもあっちも忙しい身だ」

小田垣管理官との会話は、取り敢えずそこまでだった。

終えると、通話はそのまま純也に代わった。

「分室長。監察の姉ちゃんは？」

「帰ったよ。それよりメイさん。ようやくお年玉が来たから、必要事項と要点だけ掻い摘んで送るよ」

「はあ。お年玉ですか」

「そう。セリさんには口頭で伝えたけど、正式なデータが手元に来たから、メイさんにも送る。全体、メイさんにこそ必要なものだからね」

「了解です」

「じゃあ、切るよ。ラーメンが伸びたら申し訳ないからね」

純也との通話もそれで終了だった。

通話を終えた携帯をじっと見る。

「ラーメンじゃなくてうどんなんですけどね。――おい。竹中」

「ああ？」

終始面倒臭そうな竹中に、小田垣管理官のことを振る。

「んだって。面倒臭ぇなあ」

竹中が自分の携帯を取り出そうとする。

と、ノートＰＣに着信があった。

竹中と小田垣の遣り取りを耳にしながら、メールの内容を確認する。

〈僕が不審に思った後ろから三番目の彼の反応は、思う通りだったみたいだ。香山さんの頭上に突き出た岩にほんの小さな爆裂。試射だろう。それで照準を合わせ、香山さんの岩を摑む指先を撃った。これが手の甲でも構わなかったとは思う。滑落したら最後、肉の塊

になり果てるのだから。なんにしても、いい腕だよ〉

という本文に続き、添付のフォルダを開くと、いくつかのタイトルに続き何やらの数式がずらずらと並んでいた。

雪煙の拡大。角度。サイレンサー。サブソニック弾。デシベル計算。フード。風。64db。音響計算。

それにしても文字が細かい。

「ふうん。で、HK45TあるいはFNX－45タクティカルか。まあ、よくはわからねえが」

メールを閉じると、背中に竹中の視線を感じた。スツールごと振り返る。

「なんだよ」

「今、口にしてたのはよ。ヘッケラー&コッホとFNのセミオートじゃねえのか」

「そうだがよ。なんだ？　買おうとしたってか」

「違わあ。とある一時期よ。売ろうとしたんだよ」

「けっ。売ろうが買おうが、結局ヤクザはヤクザだな」

「――これぁ、危ねえ橋かい」

さすがに現役のヤクザだ。銃の名が出た途端、言わなくてもわかっているようだ。

映画やドラマなどではないリアルに、声が硬い。

「だったらどうする。尻尾巻いて降りるかい？」

一瞬の間があり、竹中は笑った。

「望むところだ」

「望むなよ。まあ、それもヤクザか」

「カレー、食ってくる」

「おう」

気を付けてな、と言おうかどうか、一瞬だけ鳥居は迷った。

二

一月の富山は、どうやら例年に比べて雪が少なく終わると、この三十日の朝のニュースでやっていた。

（本当かよ）

剣持は地吹雪の中に立ち、暗い空を見上げた。

轢き逃げの犯人を追うという、刑事事件に過ぎないからこそ、今回の案件は剣持が手掛けてきた公安作業からどこか遠かった。

動いたことの結果にしても、事件の捜査本部が把握する情報がすべてで、剣持にもそれ以上の手持ちはなかった。

逆に言えば捜査本部と同等の情報を持ち得るくらい、地元の刑事や記者連中とは顔馴染みにも懇意にもなった。端緒を作ってくれたのは太陽新聞社富山支社の細川だが、それを広げたのは剣持の公安的手腕だ。

これは自負するところではあるし、その広がりが今のところ、この案件に関する一番の成果ではある。

(現場百遍って、本物の一課の刑事みたいだな)

雪空を見上げ、剣持は笑った。時刻はもうすぐ、午後三時になる頃合いだった。

剣持が立つのは、私立高朋高の南東の人気《ひとけ》のない五差路だ。

右手に、あいの風とやま鉄道線が走り、左手後方には住宅も立つが、左手前方には一面の、真っ白な田畑しか見えない。

真正面には、村川から引かれたささやかな用水路と、乗用車二台が行き交えば一杯の細い市道だけが走る。

地元民の抜け道だという市道は現在、除雪車が通った跡こそ残るが、四本の轍《わだち》がうっすらと出来始めていた。

その先、約八百メートルほどのところで左手の農道に入り、二百メートルくらい先から脇道を入った辺りにある小さな神明社でひと休みして折り返すのが、指原の毎朝のルートだという。排ガスを吸わないのはいいが、途中で体調を崩しでもしたらどうするつもりだったのだろう。

体力自慢で現状認識に甘い輩《やから》は、警視庁や消防庁、自衛隊上がりに多いようだ。

農繁期でもなければ、特に朝晩は通るものは極端に少ないはずだ。

何も考えずに走ることが出来るという意味ではジョギング向きのコースだが、何かあった場合には始末に負えない道だということに間違いはない。

(さぁて。どうするか)

考えながら、剣持も神明社までの雪道を歩いてみた。

厚い雪雲が掛かり、次第に暗くなってゆく時間帯ということもあり、神明社に着くまで剣持は誰とも出会わず、そして、擦れ違う車も五台に満たなかった。

周囲こそ杉や欅《けやき》で覆われていたが、神明社は小さな納屋のような、いやそれ以下の、ただの小屋だった。

(鈴もないのか)

さほど近づかなくとも、寂れているのがわかった。

神明社は、それだけだった。

来た道を戻ろうとすると、農道に一台の車が入ってくるのが見えた。ライトがついていた。

った。

農道には、車二台が擦れ違えるほどの幅はない。

左側に避《よ》けて立っていると、入ってきた車は剣持に寄るように近付いてきて真横で停まった。

濃い色の窓の中に、かろうじて運転席の人間が見えた。

目出し帽を被った、おそらく男だった。

剣持が見るのと同時に、ギラついた目で向こうも見ていた。

そうしていきなり、運転席の男は思いっきりドアを開けた。

「ぐわっ」

警戒していなかったわけではないが、その行動は予想外だった。

ドアにど突かれた格好だ。

たまらずバランスを崩し、剣持は一段下がった田んぼの雪の中に転げ落ちた。

うつ伏せで藻掻《もが》くが、新雪が思うより深く、すぐには立ち上がれなかった。

そのうちに、何かが剣持の背中を強く圧迫した。

間違いなく、田んぼに飛び降りてきた目出し帽の男だったろう。

嫌な予感がし、咄嗟《とっさ》に右手を外向きにして、剣持は自分の顎下に差し込んだ。

男が何も言わず、剣持の首に腕を巻き付けてきたのはその直後だった。

かろうじて右掌《みぎてのひら》で巻きつく腕を掴むが、男は意に介さず、剣持の右手ごと強い力で締め上げてきた。

「んの、やろっ」

　それでなんとか、新雪のある程度のスペースが硬くなった。

　暴れて暴れて、暴れて暴れて。

　二人分の体重で圧《お》すことが出来たのが幸運だったかもしれない。

　後は剣持が立つのが先か、落ちるのが先かの勝負だった。

　相手が多分、背は高いようだったがさほど重くないのが、この場合は剣持に天の助けだった。

「んんっ。ごぉっ」

　雪塗《ゆきまみ》れになりながら、剣持は渾身の力で両膝を引き付け、太腿の力で丸めた身体を一気に立ち上げた。

　雪の中から、久し振りに顔が出た感じがした。

　冷たいが新鮮な、雪混じりの大気を大きく吸った。

　それで闘志が燃え上がるようだった。

　差し込んだ右の掌で、男の右腕を摑んだ。

　それで十分だった。

　いや、立ち上がった段階で体勢は出来上がっていた。

「りゃあっ」

そのまま相手の身体を右腰に乗せ、くの字に折った自分の右足で撥ね上げるように投げを打つ。

下が硬かったら必殺となる、跳ね腰だ。

「オウッ」

剣持の首から驚愕《きょうがく》とともに、男の腕が離れた。

宙に舞った男が落ちる寸前、両手で身体を支えようとするが、それでは先ほどの剣持の二の舞だった。

新雪の中に男は両手から突っ込んだ。

そのまま雪塗れに一回転すれば、座り込むような姿勢の男の背中が真正面にあった。

逃すことなく飛び寄り、されたことをやり返す。

右腕を男の首に回し、渾身の力で締め上げる。

と、そのときだった。

男の左肩越しに、何かが剣持に向けて突き出された。

それが銃口、しかもサイレンサーと認識しえたのは僥倖《ぎょうこう》というか、不幸中の幸いだったろう。反射的に顔を背けることが出来たのは日頃の鍛錬と若さと、少なくともこれまで、公安第三課に所属していたことが無駄ではなかったことの証か。

それでも――。

それにしても――。

至近距離でダンボール箱を強く叩くような音がして、耳に燃えるような灼熱を感じた。至近距離から撃たれた感じがあった。

左耳の中に、五寸釘を突き刺されたような衝撃もあった。

突如、耐え難いほどの眩暈《めまい》に襲われた。上下左右の感覚すら失われ、立っていられなかった。

銃弾の衝撃に、耳石《じせき》が剝がれて三半規管に入ったようだ。よく聞く眩暈の原因だが、だからといってすぐにどうにか出来るものではなかった。

「ぐあっ」

戦わなければ死ぬと、危機感はマックスだったが、なす術はなかった。

大波に翻弄される感じで、危機感以上に吐き気が募った。

歯を喰《く》いしばって、せめて頭を上げる。

男を確認しようと目を向けると、目の前にあったのは黒い革の靴先だった。

重い衝撃が顎から脳天に突き抜け、剣持の意識はブラックアウトした。

気を失ったのだとわかったのは、地面の感触が変わっていたからだ。

土でも雪でもなく、地面は硬く冷たいコンクリートだった。

どこかの廃工場のようだ。饐《す》えたような油の臭いがした。真四角の工場の一辺は、およそ二十メートルくらいか。あまり大きくはない工場だった。

古いタイプのフライス盤は残っていたが、機械類はそれくらいだ。後は、天井に錆びたホイストクレーンが一台、ぶら下がっているだけだった。

ライトは梁《はり》に三列で三基ずつ据え付けられていたが、故障か間引いたものか、まばらに三基が古びた明かりを落としていた。

時刻は、夜ということがわかるだけで判然とはしなかった。

工場の三方には窓が並び、出入り口は換気でも考えてか、残る一面の両端辺りにそれぞれ、アルミ製のドアがあった。

そんな工場のほぼど真ん中に、剣持は一人で転がっていた。

気が付いたときから、あまり身動きは取れなかった。

背後に回された両手足は、それぞれ手首と足首が結束バンドで固定されていた。

そのせいか寒さのせいか、手足の先にあまり感覚はなかった。

身体を揺すると、胸にショルダーホルスターの感触はあったが、軽かった。

シグは抜き取られたのだろう。考えなくともそれはセオリーだ。

左胸に携帯の感触もない。

「くっ」

歯嚙《はが》みしたが、どうすることも出来なかった。

凍るような夜気だけでなく、絶望感が津々《しんしん》と募った。

静けさも募る。

そこへ、剣持に近い方のドアが開き、乾いた足音が近づいてきた。

余裕を見せるつもりなのか、やけにゆっくりだ。

パイプ椅子を持っていた。

剣持の脇で開き、男は座った。

目出し帽は被っていなかったが、すぐにわかった。

ギラついた目が、同じだった。

『自分で戦うのは、あまり得意ではないんだが。この国はどうにも、緊張感が足りないのかな。誰もが寝惚けた感じだったのでね』

ブロンドで彫りが深い顔をした男だった。口にするのは英語だったが、コーカソイド、ヨーロッパの人間か。

黒い防寒ジャケットを着込み、ダークグレーのダウンパンツを穿《は》いていた。

男が剣持の前に何かを放った。

乾いた音を立てて転がるのは、潰《つぶ》された携帯とマガジンの抜かれたシグだった。

望みを断ち切るためのアクションか。

男はこういう場面に、ずいぶんと慣れているようだ。

『取ってきた魚には、必ず聞くことにしている。お前は、どこの何者だ。今回の目的から言えば、ミストか。それとも警察か。自衛隊か。何故、指原の死を探る』

剣持も、英語ならある程度は分かった。簡単になら会話も出来る。

だが、その（ある程度）以上には、男の言っていることの意味がわからなかった。

『なんだと。なんの話だ』

『ふん。まったく、この国は』

男は腕を組み、足を組んだ。

パイプ椅子が悲鳴のように軋む。

『聞いてはいたが、想像以上だ。言葉はあまり通じない。歩いているだけで、私に向ける目は、まるで全員がセキュリティポリスかヒットマンだ。どこからでも、盗むようにこちらを見ている』

その後、男は大仰な身振り手振りを交え、早口で何かを捲し立てた。

内容はわからなかったが、直前の会話から推察すれば、日本人の国民性に対し、罵詈《ばり》雑言を浴びせているに違いなかった。

聞き取れない、降る雨のような言葉をただ浴びた。

『どうして、指原を殺した』

　やがて、雲間のような隙間を捉え、聞いてみた。

『簡単に言うぞ。そうしないと、お前にはわからないだろうからな。――ミストのことを教えて欲しかった。リーダーが接触した。嫌だと言われた。他で情報が得られた。必要なくなった。だから排除した。排除は、わかるか。そういうことだ』

　英語の雨は止まなかったが、わかるようになった。

『俺に聞く前に、お前こそ何者だ。リーダーというからには、グループということか』

　すると――。

　一瞬にして雨が止んだ。止んだ後に、部屋全体に冷気が漂う感じになった。

　男は冷ややかな目で剣持を見下ろした。

『ふうん。それも知らないのか。お前は』

　まるで実験動物を見る、ドクターのような目だった。

(しまった)

　踏んではいけないものを、踏んでしまったことを剣持は悟った。

　三基しかないライトの一基が、息絶えるようにして消えた。

　部屋に少し、闇が増えた。

　剣持に迫る、何かの暗示のようだった。

三

『私が話したことに見合う情報は、どうやらお前からは得られそうにないな。ということは――』

男はゆらりと立ち上がった。パイプ椅子が倒れたが、気にした様子はなかった。

音の響きと男の動作が、シンクロしなかった。

降り積む冷気に、はっきりとした殺意が混じった。

『ということは、生かしてここに置くだけで、無駄ということだ。電気すらが無駄ということだ。そして、銃弾の一発も、だが』

男はおもむろに、防寒ジャケットのジッパーを鳩尾《みぞおち》の辺りまで降ろした。

（南無）

ぎりぎりまで足掻く闘志はあった。だが、怯《おび》えを排除するための覚悟も練る。

無駄に騒いで喚《わめ》いて、素性を悟られることをこそ、死ぬことよりも一番に忌避すべきことと教わったからだ。

公安ならば。

公安第三課ならば、こういう場合、覚悟せよと。

だが今は違った。

今の剣持の所属は、J分室だ。

男がジャケットの内側に無言で手を入れた。

そのとき、遠い方のドアが勢いよく開いた。そんな軋みが上がった。

「カブ君っ。目を閉じてっ」

有無を言わせぬ日本語が響いた。

純也の声だった。

指示に従う。

理由はわからなかったが、思いっきり目を瞑《つぶ》った。

次の瞬間、

「ジーザスッ」

男の驚愕と、目を閉じてさえ剣持の瞼裏《まなうら》に消え残る光の炸裂はほぼ同時だったか。

それで理解した。分室で鳥居に見せられたことがあった。

——何年か前のだが、うちの分室長に、フランスからのクリスマス・プレゼントだわ。あと九発しかねえが。

超高圧キセノン二連灯の、ハンドメイドのハンドライト。

なるほど、百万カンデラの威力とは凄いもので、他の部署には絶対にないものだ。

ゆっくりとした足取りで、誰かが近付いてきた。
「ここを動かないように」
純也の声は、J分室でコーヒーでも飲んでいるときとまるで変わらなかった。
（ああ）
凄い人の下についたものだ。改めて思う。
「ガッデムッ」
男の怒気が爆発したようだ。それくらいは剣持にも気配でわかった。
薄目を開けてみた。
網膜に消え残るオレンジ色の残像の向こうで、男と純也の影絵のような戦いがあった。
リズミカルな足音と、引きずるような足音が交差した。
剣持の近くで、風が唸《うな》るようだった。
やがて男がくぐもった呻《うめ》きを発し、砂袋を叩くような音がした。
それで全体が静かになった。
目を瞬いて顔を左右に振り、剣持はようやく正常な視力を取り戻した。
純也が床に伏す男の傍らに片膝をつき、携帯で男の写真を撮るところだった。
見慣れない携帯だった。作業用だろう。
「た、助か、りました」

剣持はそう言ったつもりだったが、言葉になったかどうか。自分の声は思う以上に震えていた。

「そうね。今回は運がよかった、かな。まあ、運だけでもないけど」

「――と、は」

「カブ君の型のホルスターさ。ハンドメイドでね。ベルトの中に超小型のGPSが仕込んであるんだ」

「えっ」

「でも小さい分、バッテリーがね。待ち受けで三十日。だからそろそろ替えようと思って、ほら」

純也は自身の防寒ジャケットの前を開いてみせた。

おそらく、剣持と同じホルスターを吊っていた。

「これと交換しようと思ってさ。一昨日、富山に入ったんだ」

純也は写真を撮り終えると、さらに何か携帯で操作し、ポケットに仕舞った。

「一昨日、ですか」

「そう。一昨日。でも、迂闊《うかつ》に近寄ることはしなかったよ。遠くからまず、さ。基本だからね。でも、今日辺り接触しようと思ってたら、吹雪くしスマホは繋がらなくなるし。GPS様々だ」

事も無げに言って、それから純也は、男の上着のポケットを探った。剣持にはよく見えなかったが、おそらく国際免許か何かのカードだ。

「ふうん。ジャック・ジェラールね。偽名かな」

カードを自分のポケットに入れ、それから純也はジェラールの懐中に手を差し込んだ。

取り出したのは、サイレンサーが付いた銃だった。セミオートマの拳銃のようだ。

それにしても、プラスチック感の強い上下二色の淡い色彩は、剣持の知る銃の知識にはなかった。

「ふうん」

さして興味もなさそうに持ち、純也は剣持に近寄ってきた。

ジェラールの銃を剣持の脇に置き、まず足首の縛《いまし》めを切り、背後に回って手首の縛めを切る。

自由になった手首を擦り、剣持は床に置かれた銃を見た。

プラスチックと思ったフレームは、ポリマー加工だろうか。

「それ、なんですか」

と聞けば、

「ああ。これ？　ＦＮＸ－４５タクティカル。ＵＳＳＯＣＯＭ ＪＣＰ。アメリカ陸軍の特殊部隊用次世代型拳銃として開発されたものだよ。結局、予算の関係で部隊全体への配備は見送られたって話だけど。まあ、こうやって出回るものは出回るってね」

と、ただの警察官なら知らないような知識を披露した。

「後学のために、カブ君。シグに代わって使ってみるかい」

「えっ。いえ」

知らないものを使うのは、怖いことだ。

怖いとは、畏れることでもある。

「うん。それがいい。こんなもの、どんなに進んだサイレンサーが付いていたところで、街中で使用出来るわけじゃない。そもそも銃も外国人も規制している日本には、無用の長物だよ」

「はい」

教えが心に染み入る。特にこういう場面では、だ。

そのとき、純也の携帯が振動したようだった。

「はい」

すぐに出て、

「えっ」

すぐに表情が変わった。

剣持は初めて見る、上司の悲しげな表情だった。

「そう。わかった」

通話を終え、消えた液晶画面に目を落とし、純也はしばし動かなかった。

窓の外をトラックが通ったようだ。

そんな通り沿いだということを剣持は初めて知った。

ライトの薄明かりが、純也の表情に影を強く作った。

「分室長。悪い知らせですか」

聞いてみた。

「そうね」

和知君からでね、と純也は言った。

「陸自で、また一人が亡くなったそうだ。女性でね。近い将来を嘱望されていた、一佐だってさ」

言いながら、純也が声を静めていった。

純也がそこにいて、そこにいない。

いや、そこにいるのは誰か。

いや、そこにいるのは何者か。

『そのまま泳がそうかと思った。でも、やめた。平和に暮らす人の命は、戦う者の何倍も重いということを、監獄で知るといい』

その何者かが、ゆらりと立ち上がりながら床の銃を取った。

その刹那。

──。

モーションは剣持にはわからなかった。

だが確実に、純也の手のＦＮＸ－４５タクティカルは、かすかに耳障りな音を発して銃火を放った。

ただし、銃口が向くのは床に伏したまま動かないジェラールではなかった。

『ぐっ』

先ほど純也が入ってきた戸口の方で苦鳴が上がった。

アルミ製のドア枠に寄り掛かるようにして、別の男が右の肩口を押さえていた。

『ノールック、ノーモーションか』

垂らした手に、男はおそらく純也が構える物と同じ、サイレンサー付きのＦＮＸ－４５タクティカルを握っていた。

濃紺のフライトジャケットにジーンズを穿いた、アフリカ系と思われる男だった。

『日本人のくせに、やるなあ。あんたこそ、ミストかい』

男の厚い唇が笑みの形に動いた。

けれど余裕はあるものではないだろう。震えるような英語は、間違いなく痛みに耐えるものだった。

無視して、純也はそちらに歩こうとした。

そのとき、男はゆっくり、ドアを支えに身体を外に動かそうとした。

『けど、真似くらいなら俺も出来るぜ』

そんなことを言いながら背中をドアで滑らせるようにして、男はそのまま銃を左手に持ち替えた。

隠そうとしない殺気と銃口が純也に向かった。

と、思われた。

が、その前にステップを踏むようにして、純也はいるはずの場所にいなかった。

だが、躊躇いのない男の銃の動きは止まらなかった。

まさしく純也のノールック、ノーモーションに近かった。

「カブっ。転がれっ」

純也は何かを察したようだ。自身もさらにステップを踏みつつ、こちらに向かって叫んだ。

剣持は冷え切った手足で藻掻くように転がった。

次の瞬間だった。

男の銃が、短く切れるような銃声で火を噴いた。

血と脳漿《のうしょう》の花を咲かせたのは、床に転がるジャック・ジェラールだった。

一瞬だけ生を示すように全身を撥ね上げ、それで床のジェラールは、もう二度と動かない軀《からだ》になった。

(これは、なんだ)

顔を上げた剣持の視線の先に、アフリカ系の男はもういなかった。

そちらを見ながら佇む、純也に戻った純也だけがいた。

「やられたね」

頭を掻きながら寄ってきた。

純也の顔に浮かぶはにかんだような笑みが、現実の中に剣持の心身を連れ戻す。

「はい」

もう一度、剣持は床の軀を見た。

見て、戦闘の跡を焼き付ける。

やおら、純也は携帯を取り出し、どこかに掛けた。

「今年初となりますが、一時間以内でよろしく」

皆川公安部長へのそんな後始末の依頼が、剣持の現実感をふたたび、遠く淡いものにした。

四

二月の初日は、冬晴れの一日だった。

その分、乾燥してやけに寒さを感じた。

純也はこの朝、ディープ・シー・ブルーに輝くＢＭＷ Ｍ６の車体を帝都ホテル正面の車寄せに停めた。

八時になろうとする頃だった。多くの宿泊客のチェックアウトラッシュが始まる、少し前だ。

サングラスを取り、車から降りる。

いつものことだが、国立からの出勤は東の空に朝陽を見る場合が多い。晴れた朝はサングラスが必需品だ。

近寄ってきたポーターに、お早うと挨拶してＢＭＷのキーを差し出す。

「お早う御座います。お預かりします」

慣れたポーターは笑顔で頭を下げた。これが配属になったばかりの新人だったりすると、まず間違いなく純也の容姿に戸惑う。

銀幕の大スター、芦名ヒュリア香織の血を色濃く受け継いだクウォータの容姿はどこにいても目立つ。

特に日本では、言うならば悪目立ちだ。常に人々の奇異と好奇の目に晒されるのは、好むと好まざるとに拘らず純也にとって日常ではあったが、あまり気持ちのいいものではなかった。相手が純也に慣れることはあっても、純也が不特定多数の目に慣れることはない。

ポーターによろしく、と言って純也はその場を離れた。

メインエントランスに入り、足触りのいい絨毯を踏む。この日はチェックインカウンターにフロント・マネージャーである大澤昌男《おおさわまさお》の姿はなかった。代わりに、見慣れた女性フロントマンがいて、丁寧に腰を折って挨拶してくれた。この辺はさすがに、帝都ホテルは行き届いている。

軽く手を上げて応え、純也は足をラウンジに向けた。

この朝の目的は、そちらで人と会うことだった。

朝のラウンジは帝都ホテルと言えどさすがに満席には程遠かったが、集う客は誰もが陽射しを求めるかのように、窓際の席だけは埋まっていた。

多くの客が入ってきた純也を見て、一瞬だけにしろ目を留める。ある意味、正しい反応だ。

そんな中から、目的の相手はすぐにわかった。よれたスーツを着て一番目付きの悪い、短髪の男だ。

「よう」

角の席から手を挙げたのは本庁捜一、第二強行犯捜査第一係の斉藤誠《さいとうまこと》警部補だった。

斉藤は純也にとって、警察学校時代の同期にして、数少ない庁内エスだ。

斉藤とある意味、〈需給〉の関係で会う場合、朝の帝都ホテルはほぼ定番だった。

斉藤が先にいて、先に食べている。

厚切りトーストに卵料理、サラダとスープ、それに食後のコーヒーか紅茶がつくAモーニングで、スクランブルエッグ。

それも定番だ。

定番過ぎて、苦笑が出た。

「なんだ」

トーストを齧《かじ》りながら斉藤が上目遣いに睨んだ。さすがに捜一で鍛えられた目だ。全体に貫禄も出てきたか。

「いや」

純也はフロア係を呼び、ブレンドコーヒーを頼んで座った。

「食わないのか」

と、斉藤が食いながら聞いてきた。

「食えない。食ってきたからね」

「家でか。――ああ。婆さんと一緒だったな。老人は朝が早いってか」

「そうね。作ってくれるのは婆ちゃんに違いないけど。歳を取ったからじゃなくて、より好奇心が旺盛になったから、かな」

「相変わらず、わからないな。まあ、わかったところで嬉しくもないが」

斉藤はトーストの残りを口中に放り込んだ。

さて、と言ってパン屑のついた手を叩き、上着の内ポケットから使い古した手帳を取り出した。

最近ではスマホの機能やタブレットを使う者も多くなってきたようだが、斉藤は昔から手帳を使う。

というか、本庁の捜査一課には圧倒的に手帳派が多い。

「お待たせしました」

先ほどのフロア係が、純也のコーヒーを運んできた。ブレンドコーヒーの深い香りが、テーブルの上を漂う。

「で、帳場の内容だが」

フロア係の背を見送り、斉藤は周りを気にしつつ、手帳を見ながら声を落とした。

「マル害の氏名は千秋明日香、年齢は四十二歳。市ヶ谷の陸上幕僚監部に勤務する副法務官、一佐。防大卒。幹部自衛官ってやつだな。で、二十六歳で結婚。相手は高校の同級生で商社マン。その後、十年前に男児を出産。翌年離婚。その後は結婚歴は無し。両親と一人息子と、足立区千住宮元町《せんじゅみやもとちょう》の実家暮らしだ。別れた旦那は離婚の年に渡米してニューヨーク勤務になり、現在もそのままだ」

斉藤はこの日の用件に関して、そう切り出した。

千住署に帳場が立ったこの事件の、本庁からのチームが、斉藤の所属する第二強行犯捜査第一係だった。

「ただ、くれぐれも言っておくが」

斉藤は一旦、話を切って顔を上げ、革のソファに座り直した。

「銃撃事件だが、殺人事件じゃない。これは傷害事件だ。最終的に、マル害の死因は自殺だってことは判明してる。相手は防犯カメラの死角だが、本人の服毒は間違いない。間違いないくらいな、はっきり映ってんだ。人が、ゆっくり死んでくとこがよ」

斉藤は吐き捨てるように言って下を向き、コーヒーをひと口、苦そうに飲んだ。

救えなかった悔しさも飲むか。

斉藤誠という警部補は警察学校時代から正義感の塊で、それが今も変わらない好漢だった。

「事件は北千住の駅から駅前通りを百メートルくらい行って、旧日光街道を渡った先の、テナントビルや個人商店やらスナックやらがやけにごちゃごちゃした辺りで起こった。マル害はその辺に、実家だからな、長年通い慣れた、自分なりのルートを持っていたようだ。近道ってやつだ。それで、鉛筆みたいな細長い同系列のな、A館とB館の間の路地を通った。建築確認はどうなってんのか知らないが、路地は本当に狭く、そこからさらに建物と建物の間になるとこれはもう、言いたくはないが、見事な死角だった。そこにマル被は潜んでいたってことだ」

「へえ。見事な死角、ね」

ただし、同時間帯の近隣の防犯カメラに、かろうじて映った瞬間はあったようだと斉藤は続けた。

「路地の真ん中辺りで、おそらく声でも掛けられたのかな。マル害は立ち止まった。遠くて暗かったが、かろうじて街灯の光が当たってた。様子からして強く何かを言ったようだ。髪を振り乱してな。そうして、振り返って走って逃げようとして、足首を撃たれたようだ。派手に転がって、ショルダーバッグの中身が散乱して。その中からな。小さな香水瓶のようなものを手に取り、咄嗟にマル害は呷《あお》った」

もう一度手帳を見て、斉藤はバトラコトキシン、とさらに声を落とした。

「モウドクフキヤガエルやら、なんとかって鳥類から採れる猛毒だってよ。一ミリグラムで二十人分の致死量ってなんだよ。いやその前に、なんだってそんなもの持ってんだよ。だから自衛隊ってとこは――」

斉藤は頭を掻き、

「やめとこう。不毛だ」

そう言って窓の外に目を遣った。一点を見詰める。揺れず、ブレない目だった。

「あと、映っていたのは別角度からもう一カ所。まあ、大して代わり映えもせずそれだけだ。路地前後のすべてのカメラの、最大録画時間内でな」

「ふうん。それだけ」

さして興味なさげに言って、純也はブレンドコーヒーに口をつけた。

捜一の関わる帳場の立った事件の話なら、そもそも斉藤の領分だ。聞くことは多かろうとも、こちらから話すことはない。

コーヒーカップをソーサに戻すと、テーブルの上を、後で見て見ろという斉藤の言葉とともに、黒いUSBが滑ってきた。

「カメラの画像処理、銃弾の特定。科捜研が分析したものが入ってる。銃はサイレンサー付きだったんだろうってな。これは科捜研の見解でもあるし、機捜も地取り班も同じことを言ってる」

「音がしなかったって?」

そこは曖昧だ、と斉藤は言った。

「生の銃声だったら誰だって気付くだろう。けどな、高度なサイレンサーがついてたら。

いや、それだって、まったく音がしないわけはないんだ。適度には聞こえるだろう。ただ、日本人は銃声に、言ってみれば音痴だ。耳が慣れてない。慣れてない音は、ただ一瞬の騒音さ。あれって思った次の瞬間には、環境音にすべてが紛れる」

「なるほど」

「ま、感想はそんなとこだ。解剖所見も、その他の資料も中に網羅した。全部ぶっ込んだ。愚図愚図《ぐずぐず》してると、うちの親玉に睨まれるからな」

親玉とは強行犯捜査第一係の真部《まなべ》係長のことだ。公安嫌いの、特に純也嫌いで通っている。

「了解。助かる」

「そっちの案件か？　やっぱり陸自の」

純也は黙ってコーヒーを飲んだ。

斉藤は肩を竦めた。

「ま、聞かぬが花か。聞いちまったら地獄行き。いや、極楽行きかな。J分室絡みの案件は」

「どうだろう。みんなそんなに張り詰めてやってるわけじゃないけど」

「それが怖いんだ。俺は慣れたくはないな。そんな環境。じゃ、さて」

斉藤は時計を見て、時間だと呟いた。

「斉藤。じゃあ、そっちの帳場の領収書はいつも通り、後で持ってこいよ」

「ああ。すまんな。けど、今回は半分でいい」

「なんだよ」

「陸自絡みって聞くとな」

根本《ねもと》の一件じゃあ、世話になったからな、と斉藤は言った。

根本泰久《やすひさ》というのは外務省経済局経済安全保障課長だった男で、ダブルジェイ事件のガイシャの一人だ。

「気にするなよ。俺もお前も動いてるのは、〈この国〉の事件だ。私情と私憤は、領収書に書いていいと思うけどな」

純也がそう言うと、斉藤は軽く手刀を切る仕草を見せた。

「じゃ、ここも含め、そういうことで諸々、よろしくな」

大きく膝を叩いて席を立ち、斉藤は隣の椅子からつかみ上げたコートを、振るようにして肩に掛けた。

五

千秋一佐の告別式は、二月五日の月曜になった。六曜で言う先勝だ。

現役の陸自の、しかも女性佐官のホープの死に、通夜の段階から町屋斎場を訪れる防衛省及び自衛隊関係者は多かったらしい。マスコミもだ。

テレビを始めとするマス媒体も、平昌《ピョンチャン》での冬季オリンピックを四日後に控える程度で、国内的にこれといった話題が乏しいからか、この千秋一佐の銃撃事件には食いついた。

少しばかり度が過ぎるほど、と言ってよかったかもしれない。

遺族にとってはその心中は、いかばかりだったろう。

湿っぽくするのは嫌いだという人もいるだろうが、故人に手向ける言葉と心の代わりに、興味本位の言葉をマイクに乗せ、突き付けてくる輩はやはり鬱陶《うっとう》しいに違いない。

そうして線香の煙を掻き消して差し出され、焚《た》かれるフラッシュは目にも胸にも痛いものだ。

ただ、世の中にはそういう場面に食指が動く人間も、いるにはいた。

政治家などは、いい例だ。

他人の冠婚葬祭等の、集めなくとも人が集まってくる場所は、政治家にとって自分をアピールする、絶好の場面だったろう。

当然、そういうまたとない場面を知って、鎌形幸彦という政治家の嗅覚が働かないわけはなかった。

ましてや故人は、自分が大臣を務める防衛省管轄の、陸上自衛隊の上級幹部だ。

この告別式の日、鎌形は黒のスーツに身を包み、本当にいそいそと、大臣公用車に乗り込んだ。

そんな鎌形を苦々しく見遣りながらも、矢崎も行きは鎌形と大臣公用車に同乗した。

矢崎は湯島の自宅から直接向かうことも出来たし、その方が利便性はよかったが、一旦は防衛省に顔を出した。

前日の夕方に、執務室のテレビで千秋一佐の通夜の様子を伝える報道を見た鎌形に、同行を打診されていたからだ。

告別式に向かう自分の立場を考えていたところではあった。

防大の遥かな先輩、あるいは遠い昔の上司、はたまた、富山でのほんのわずかな邂逅《かいこう》を多生の縁に捉えて――。

それが、鎌形に命じられれば考えるまでもなく、矢崎は正式に、防衛大臣政策参与としての参列になる。

そのことを明確にする意味でも、鎌形との公用車での同行について、矢崎には特に異論はなかった。

町屋斎場は荒川区町屋にある斎場で、民間の運営だが歴史は古く、十二基の火葬炉と十室の式場を持つ、大きな斎場だった。その分、駐車場も広く、斎場はコの字型の大きな建屋の、内懐に抱くような形で五十台のスペースを備えていた。

片側一車線の場内道路も、建屋の内側に添うような形で通り、左右のどちら側からも出入りが可能だった。

建屋から駐車場側に渡る横断歩道が、コの字三辺の場内道路の、それぞれの真ん中に通っていた。

つまり横断歩道は計三カ所だ。一カ所ではたしかに、車道を渡る者が多く出るだろう。酔客などはなおさらだ。

そのくらいに、町屋斎場は全体的に広い斎場だった。

千秋家の告別式会場は、斎場の左側から入って真正面の、建屋がコの字に曲がる角に設けられていた。

鎌形と矢崎を乗せた大臣公用車は、斎場前のサンパール通りから左折して式場に乗り入れた。

そのまま大臣公用車は、鎌形の指示で千秋家告別式会場のスタンドサインのすぐ近くに横付けされた。

それでまず、人の意識を寄せるつもりなのだろう。

鎌形らしいと言えば、らしい。

公用車が停まるとすぐに、矢崎は降りた。降りて一旦ドアを閉めた。

鎌形が勿体を付けながら降りるのが目に見えていたからだ。

鎌形の露払い、ＳＰのつもりになれば、先に降りて周囲を窺うことに特に問題も不自然さもないだろう。

告別式場の外には陸海空の三自衛隊の制服組の他に、千秋の十歳になる息子の学校関係者や近所の住民、友人たちなどが沈鬱な面持ちで列をなしていた。斎場内を回る道路の方にまで延びるほどの長い列だった。

時折、そんな列の間から啜り泣きが漏れ聞こえた。

公用車にマスコミと制服組の面々が集まり始めてようやく、鎌形が降りてきた。

「やあ、諸君。ご苦労様」

鎌形が話をし始めたのを切っ掛けに、矢崎は一足先に式場に入った。

喪主の席に千秋一佐の老いた両親が座り、次いで一人息子が座り、親戚関係が遺族席にひと塊になって座っていた。

遺影の千秋一佐は陸自の制服を着込んで胸を張る、凜とした立ち姿が見事だった。

その姿を前に、誰一人として、涙にくれない者はいなかった。

いや――。

一人息子だけは真っ直ぐに、祭壇の母の遺影を見上げていた。

焼き付けるように。

忘れないように。

——これからは少しは、息子の色々なことに向き合ってやりたいと思います。

千秋の言葉が、矢崎の胸に痛かった。

一人息子の名前は、颯太《そうた》と言った。

矢崎は、見知らぬ二人と一緒に、香炉が三基並んだ焼香台の前に静かに立った。

息を吸う。思いを丹田《たんでん》に落とす。

強くなれ。強くしなやかに、風のように生きろ。

手を合わせ、祭壇にではなく、子に願う。そして、祈る。

この子に幸せが、訪れますように。

遺影の一佐に一礼し、焼香台の前を次に譲る。

矢崎の後ろの列に、鎌形がいた。

ど真ん中の香炉を前に鎌形は、喪主の席に向かって、声を張った。よく響いた。

「さぞ、お心落としのことでしょう。犯人は、この鎌形が各所に発破を掛け、防衛省の威信に懸けて必ず見つけ出します。何かありましたらどうぞ、ご遠慮なく、いつでもこの鎌形にお申し付けください」

などと言っていた。

最初は喪主に向かっても、最後は周囲にも広く聞かせるための弁舌だ。

舌鋒はどれほど鋭くても丸くても、こんな場合の悲しみを微塵《みじん》に切ることも、温かく包むこともない。

心が伴わなければ。

鎌形はいったい、どこに発破を掛けるというのだ。防衛省の威信を懸けたところで、捜査するのは警視庁だ。自衛隊の警務隊に捜査権はない。

何かあったら、遠慮なく。

鎌形はそれで、遺族の何を請け負うというのだ。

そもそも千秋は、これからの警視庁の捜査結果次第だが、今のところは任務中の殉職として扱われていない。二階級特進どころか、防衛省の管轄外だ。

矢崎は式場の端に立って、鎌形の動きをまず目で追った。一緒には動かない。

鎌形が焼香を終えてロビーに出てきたとき、どうなるかは目に見えていた。

――鎌形大臣。

――大臣。一言。

待ち構えたマスコミのカメラから、鎌形にフラッシュが当たる。

百八十を超える上背に、六十五歳にしてなお、筋肉質とわかるシェイプされた身体つきに、よく陽に焼けた若々しい顔立ち。

ロマンス・グレーの髪をオールバックに固めた鎌形の出《い》で立ちは、どこに行ってもマスコミの格好の餌食だった。

鎌形の辞書に、おそらく自粛だの粛々だのという文字はない。

だが――。

告別の席で、本当に光を差し掛けるべきは何。

最愛の娘、最愛の母を亡くした者たちの悲しみの、如何《いか》ばかり。

鎌形を追って波のように動くフラッシュの行方が、矢崎には辛《つら》かった。

鎌形とマスコミの塊から離れて式場を出ると、ロビーの遠くに藤平《ふじひら》の姿が見えた。

場所としては建屋の中央、場内道路を駐車場へ渡る、横断歩道の前だった。今、来たところだろうか。

一緒にいる男には見覚えがあった。東部方面総監部の、岩国《いわくに》だ。

藤平に少し、話したいことがあった。

そちらに足を向けようとすると、

「おい。矢崎君。どうした。行くぞ」

上機嫌の鎌形に呼ばれた。

見れば、公用車が告別式場を出てロビーの外の、降りた場所と同じところにつけられていた。

ちょうど、霊柩車《れいきゅうしゃ》と共に出てゆく何台かの車列があって、記者たちと一緒にその流れを見送っていたようだ。

矢崎は小走りに後を追った。

「ああ。いいよいいよ」

運転手である衆院事務局自動車課の職員を制し、鎌形は自分でドアを開けた。

それから、

「では、諸君」

と、記者たちをもう一度振り返って顔を見せようとでもしたものか。

そんな動きの途中で、鎌形はふと立ち止まった。

その口が、矢崎には小さく動いたように見えた。

「どうしました」

矢崎はマスコミの記者たちを掻き分け、鎌形に寄った。

そのまま背後につき、鎌形の視線の先を追った。

矢崎たちの位置からはほぼ真正面、左側の出入り口から入って、右手に駐車場を見る辺りに、生成りのスーツに同色のパナマ帽を被った男がいた。

小麦色に焼けた肌が、スーツとパナマ帽の色に、これ以上ないくらい健康的に合っているが――。

通り掛かりならまだしも、死を悼む斎場の敷地内に立つ以上、場にはあまりにそぐわない格好だ。しかも、名前の入っていない告別式場の大きなスタンドサインに寄り掛かるようにして立っている。それも、不謹慎の謗《そし》りを免れるものではないだろう。

それで鎌形も気になったか。

と――。

男が明らかに、こちらに向けて片手を上げた。

矢崎は目を凝らした。

目を凝らして、一瞬だが固まった。

背筋を電撃に打たれた感じだった。

「あ、あいつは」

そこにいたのは、約四十二年振りに見る、防衛大学校第二十期学生代表・朝比奈光一郎、その人の姿だった。

六

遥かな時を経ても、矢崎は見間違えはしない。見間違えるわけもない。

それこそ、朝から晩までの四年間、千四百日以上、すべての生活を共にし、苦楽を共にした。

思い出せなくとも、会えば一気に昔の時を今に繋ぐ。そうして、笑い合える。

防大の同期生とは、そういう仲間なのだ。「あ、朝比奈」

思わず矢崎は、その名前を口にした。

「ん？　なんだ、矢崎」

鎌形がそんな呟きを聞き咎《とが》めた。

「お前、あの男を知っているのか」

百七十三センチの矢崎より少し高い位置から、鎌形が見下ろしてきた。潜めた声は、マスコミに向けるものより格段に低く、感情に乏しいものだった。

「いえ。——いや。おそらく」

「なんだ。煮え切らないな。お前らしくもない」

鎌形はその後の矢崎の反応も待たず、公用車に乗り込んだ。

後部座席の真ん中辺りに座り、それから外を覗くような格好で、どうする、と聞いてきた。

矢崎の答えは決まっていた。

——さらば同期っ。戦場でまた会おう。

耳に、防大二十期学生代表の朗とした声が蘇った。

だから知らず、鎌形の質問には考える前から首を横に振っていた。

「いえ。公共交通機関を使って戻ることにします」

「ふん。言い様が杓子定規《しゃくしじょうぎ》だな。まあ、勝手にしろ」

許可を得たことに一礼し、矢崎は目で職員に運転席につくことを促した。

そのまま後部座席のドアを閉めようとすると、

「ああ。そうだ。矢崎」

また鎌形は車内から矢崎を見上げるようにして、

「もし、お前があの男を知っているなら言っておけ。あんな格好で入ってくるなと。場違いだと」

と、吐き捨てるように言った。

答える代わりに、矢崎は公用車のドアを外から閉めた。

閉めるだけで発進は待たず、矢崎は朝比奈の方に向かった。

近付きながら、自分が知る若かりし頃を、今に摺り合わせる。

昔よりずいぶん、皺が増えた。

そんなことを口にすれば、お互い様だと言われるだろうか。

それに朝比奈は、昔よりずいぶん肌が焼けている。

それもまあ、お互い様だろう。

(馬鹿な。だからどうしたという話だ)

我ながら下らない考察だと、思わず苦笑が漏れた。

「矢崎。何を笑ってる」

朝比奈の声は、矢崎の知る朝比奈のままだった。

少し低いような気もするが、年月の前には誤差の範囲だろう。

「いや。別に」

対する自分の声は果たして、往時のままだろうか。

そんなことを考えながら朝比奈に近付くと、そのすぐ脇を、公用車が滑るように通り抜けていった。

後部座席から鎌形が手を上げた。

矢崎が小さく黙礼した。礼儀だ。

朝比奈も帽子を取って軽く会釈をした。それもまた、礼儀だろう。

矢崎は朝比奈に正対した。

「久し振りだな」

どうでもいいと思いつつ、すぐにはそんな言葉しか出なかった。

「そうだな」

朝比奈の答えも同じようなものだった。

時間を縮めるように、矢崎はもう一歩前に出た。

「どこで、何をしていた」

詰問のようになってしまったが、朝比奈は意に介した風もなかった。

色んなとこで色んなことをしている、と事も無げに言った。

「防大のあの卒業式の後は、世界に飛び出してな。世界の色んなとこで、色んなことだ。それで今回、日本には久し振りに帰った。今日はその足で来たからな。実家に顔を出すのもこれからだ」

「商社にでも入ったのか」

「まあ、似たようなものだ。似てるってことは、遠いってことでもあるが」

「わかりづらいが。で、そんなお前が、ここで何をしている」

「ちょっととな」

「ちょっととは」

「まあ、そんなに急《せ》かすなよ。ちょっとって言うのはこっちの用事だ。俺は今、外務省を通じて防衛省とも商売をしていてな。で、その関係でこっちに来たら、お前の姿が見えた。まったくな。背筋が伸びて、大股で真正面を見据えて。幾つになっても、どこでも課業行進のままかよ。相変わらず、全身で武骨を絵に描いたような男だな。お前は」

防大は警察学校同様、授業教室ではなく教場と呼ぶ。

授業も授業ではなく、学生は特別職国家公務員であるからそれは課業だ。

防大時代、午前と午後の二回、それぞれの課業棟へ班ごとに隊列を組んで整然と行進して向かうのが決まりだった。それが課業行進だ。

面倒だの疲れるだのと言う輩もいたが、矢崎は嫌いではなかった。

足を高く上げ、腕を大きく振り、毅然とした態度で行進すると、課業への意欲が湧いてきたものだ。

たしかに当時、お前は歩く防衛庁だな、などと同期だけでなく先輩から言われることもしばしばだった。

「課業行進か。懐かしいな」

「懐かしがるなよ。こっちは揶揄《からか》ってるんだぜ」

朝比奈は呆れたようにそう言い、式場から陸続《りくぞく》と退出してくる参列者の流れに目をやった。

「なあ、矢崎。お前は、あの亡くなった一佐と関係があるのか」

「いや。それほどでもないが」

嘘ではない。

嘘ではないが、本当でもない。

朝比奈はフン、と鼻を鳴らした。

「まあ、いい。そうだと思った。堅物だからな」

「堅物か」

「堅物だろう」

　朝比奈は片目を瞑ってみせた。

――おい。お前にとって正義とはなんだ。

　若き日、朝比奈がそんなことを同期に聞いて回っていたことを思い出す。

　さて、自分はそのとき、なんと答えたのだったか。

「外敵から国民を守ること。その一点張りだったな」

　そうだった。

――国が間違った方向に向かっていてもか。その国を国民が支持してもか。

　そう畳み掛けてきた朝比奈に、

――決まっている。

　と、そう言ったはずだ。

　国が間違っているのなら、いずれ国民が正す。正す日が来るまで、国民を守る。守りきれば、国民が必ず国を正すと。

　泰然自若と、そんなことを。

「いっそ清々しかった。課業行進の先頭を歩くお前そのものだったよ。濁りのないお前の答えは」

　朝比奈は笑った。

「そうだな。だから矢崎、お前は陸自の表にはぴったりだが、霧の中にはな。というか、お前には似合わない。似合わないから、納得だ。よかったな。生きていられる」

「どういうことだ」

「他意はない。言葉通りだよ」

朝比奈は言いたいことだけを言って、矢崎に背を向けた。

「おい。連絡先くらい教えたっていいんじゃないか」

それには答えず、朝比奈は、

「焦るなよ。こっちは、今のお前には用はない。またな」

と言って手を振った。

追おうか、とも矢崎は考えた。

すると、

「師団長」

と、聞き馴染みのある声が近くから聞こえた。

顔を回せば、駐車場の一番近いところに、深い海の色のＢＭＷが停まっていた。

その深い海から、黒の濃いスーツに身を包んだ、純也が降りてくるところだった。

いつ来たものか。

気が付かなかった。

いや、どうにも、集中を乱すことが多過ぎた。

朝比奈が少し行った先で振り向き、暫時、立ち止まって純也を見ていた。

細めた目が白く光るようだった。

純也が動き出すと、朝比奈は目を瞬いて光を消し、パナマ帽の縁に手をやって動き出した。

朝比奈が斎場の外へ歩き、代わって純也が今まで朝比奈がいた位置に来た。

矢崎がするように、純也も朝比奈の背に目を遣った。

「師団長。今の人は？　お知合いのようですが」

「ああ。知り合いと言えば、そうかな。さっき大臣にも聞かれたが」

「へえ。大臣にも。で」

「奴は、朝比奈光一郎。私の防大の同期でね。代表学生を務めた男だ」

「ふうん。優秀な人だったんですね。――中南米、いや、アフリカかな」

「なんだって？　アフリカ？」

「いえ。そんな印象を受けたものですから。肌の色の黒さ、その質は太陽に起因しますし、土の匂いとか、そう、熱砂の匂いもするような」

朝比奈がサンパール通りに出て、姿を消した。

純也が式場の方に顔を向けた。

「じゃあ、お焼香を済ませてきますか。師団長はもうお済みのようですね」

「ああ」

返事をしながら矢崎も斎場内を振り返り、建屋の奥や駐車場の方に藤平や岩国の姿を探した。

二人はすでに、焼香を済ませ帰隊したようで、姿はどこにも見られなかった。

「何か色々、気になりますか」

純也が聞いてきた。

「気になるなら、お手伝いしますが」

いつものチェシャ猫の笑みが浮かんでいた。

「純也君。君、いつからあそこに」

「さて」

純也は肩を竦め、式場内に歩を進めた。

第五章　攻防者

一

　二月に入って福岡は、底冷えのする日が目に見えて少なくなった。

　猿丸の身体も、そんな気候に合わせるかのように、本来の調子にだいぶ近づいてきた。もちろんまだまだリハビリは必要だが、寒い日が続かないのが有難かった。骨と腱、筋肉の負傷には、寒暖で希望を言うならまず暖かさより、絶対に寒くないことだろう。

　猿丸が厳寒の福岡に入って、間もなく一カ月が過ぎようとする頃だった。

　約一週間前からは、ふたたび博多署の徳田の助力が得られたので、イラン人のアフマディが一人で動くときには徳田に任せた。猿丸はと言えば、もう一度アーロン・ユンファの行確にリベンジした。

一週間前こそ途中で巻かれたが、一昨日辺りからはなんとか、ユンファの目的地まで追尾することが出来るようになった。

これは、大いに自信になった。

（へっ。まだまだやれるわ）

ショルダーホルスターに収めたシグの感触も、重さ以上に心強さが感じられた。

これはこれで、猿丸には大いに力だった。

（そんで、サイレンサー付きの、ＦＮＸ－４５タクティカルか）

おそらくそれが敵の主装備だと、純也からそんな推察は届いていた。

先月、一月三十日のことだった。

富山の剣持が襲われ、剣持は純也に間一髪のところを救われ、剣持を襲撃したジャック・ジェラールという男は純也に敗北した後、おそらくグループの別の、アフリカ系の男に殺されたという。

そのアフリカ系の男は、純也に一撃を食らったらしいが、反撃すると見せかけてジェラールを始末し、そのまま逃走したようだ。

二人がおそらくグループだというその証拠が、どちらもが所持していた、サイレンサー付きのＦＮＸ－４５タクティカルだった。

同日に殺された千秋という女性佐官も、科捜研の分析で銃弾は.45ＡＰＣ弾と判明していた。これも純也の、捜一にいるスジからの情報だ。

この亜音速弾は、ＦＮＸ－４５タクティカルでも使用され、サイレンサーと相性が抜群にいいという。

――だから、気を付けて。

と純也は軽く言ったが、軽く受け止めていい情報でないことは心得ている。

だから油断しないという心構えだけでは届かない、油断出来ないという現実を腹に落とすには、それ相応の覚悟がいる。

そんな覚悟が、猿丸を旧態の猿丸に早く戻そうとするのかもしれない。

心身はどちらかがどちらかを押し上げても、バランスの絶妙は計れるものだ。

その結果、

(少し近かったかもしれない)

退院してからの行確に、そんな反省があった。

だからターゲット本体からだけでなく、銃やバラクラバの男の〈射程〉に最大限の注意を払った。

そうして動いた結果、すでにユンファの行動パターンはほぼ摑んでいた。アフマディの方も、徳田の話で丸裸だ。

徳田は口は達者だがそれ以上に優秀な男で、案外、公安向きかもしれない。

外国人二人組の行動を摑んでみれば、どうにもおかしなものだった。

西方の殺害が目的なら福岡を離れてもいいようなものだが、そんな素振りはまるでなかった。かえってのんびりと、福岡という土地を謳歌しているようにも見えるが、果たしてどうだろう。猿丸の目には疑わしい。

それぞれが勝手に動いているようで、これは公安マンの勘としか言いようはないが、どちらも大いに無防備と見せて網を張り、誘うようだった。

さて誰を、何を。

あのバラクラバの男をか。

いや、そうとは限らない。

猿丸や徳田のような男を、暗がりに引き摺り込もうとしている可能性もなくはない。

あのバラクラバの男の忠告があったから、猿丸はひとまず、ユンファらの網に掛からなかっただけかもしれない。

(危ねえ。危ねえ)

そう思ってさらに、一歩も二歩も外に退いた。それが今現在の状況だった。

猿丸はジャンパーの襟を立て、前方に目を光らせた。北からの風が少しあって、吐く息が白い夜だった。

ユンファとアフマディの二人が、天神の裏通りにあるハラルフード店に入って、もう二時間は経っていた。

別々に行動した二人は、最終的に店の前で落ち合った。店は、別々に動いた二人が合流するとき、一番よく使う店だった。五階建ての古いテナントビルの地下一階だ。出入りは正面側の一カ所だけだった。

徳田はこの日、署の業務で不在だった。それで、朝からユンファを追尾した猿丸が、一人で二人を見る格好になった。

猿丸は二人が店に入ってから、斜向《はすむ》かいのビルの屋上に陣取った。

そこは、猿丸の拠点の一つだった。八階建てで、屋上まで出れば周囲で一番高く、つまり、どこからも覗かれることのない安全な場所になった。

二人がこのハラルフード店を三回使った後、猿丸は向かい側のビルを確認した。主にはパチンコ屋で、ファッションビルも一棟あったのでそれらを除き、五棟が雑居ビルだった。不動産屋のスジから手を回し、斜向かいのビルの屋上に場所を得た。今では出入り自由だ。

屋上から通りの明かりの中に、猿丸は単眼鏡を差し向けた。

手のひらサイズの単眼暗視鏡だ。コンパクトだが六倍の光学レンズを備え、五倍のデジタルズーム機能を有している。

熱源を探知して可視化するこの第五世代型暗視鏡はもちろん、純也差し回しの優れ物で、一般には市販も流通もしていない。

これら道具類はJ分室の強みでもあって、行確作業における武器になった。

「ん？」

ハラルフード店の入ったビル脇の暗がりに、猿丸は蠢《うごめ》く物体を捉えた。

倍率を上げる。印象として、屈強な男に見えた。

右腕の傷跡を確かめなければはっきりとは言えないが、あのバラクラバの男かもしれない。

「ふうん。今夜はなんか、動くのかねえ」

時間は夜の十一時に近かった。

ユンファたち二人の、この後の動きは予測がついていた。

けやき通りを歩き、国体道路や明治通りを抜けて室見に帰る。約五キロの道程だが、腹ごなしにはちょうどいいのだろう。

途中、護国神社を過ぎた辺りで大濠《おおほり》公園に曲がり、池の端を回って明治通りに入る。それが近道でもあり、ハラルの店に行ったときの自然な帰路だった。

ユンファらが店の外に出てきたところで、猿丸は一階に降りた。注意深く外を窺う。

二人はハラルフード店の店長と、店の前でひと言ふた言交わしてから、見送られつつ別れるのが常だった。

ユンファらを追う男を、その後ろからさらに追う者のないことをたしかめ、猿丸は遠くから暗視鏡を使いながら追尾を開始した。最初は五十メートルは離れた。

「なんだよ。あいつ」

屈強な男には隙というか、荒びが感じられた。集中力の欠如というか、全体的に雑だった。

それで、大濠公園に入る頃には距離を三十メートルまで詰めた。

暗がりの池の端を目前にして、追う男がバラクラバを被った。

暗視鏡ではっきりとわかった。やはりあの男で間違いないようだった。

だが見た目はあの男だったが、前方にのみ集中して後方は疎《おろそ》かで、まるで前回とは別人だった。

(なんだってんだ)

嫌な予感がした。それで猿丸は走った。

葉を落とした木々が密集するように立ち並ぶ夜の大濠公園には、時間的にも人影はまばらだった。

いるのは愛を囁《ささや》くカップルか、近場で呑み潰れた酔客くらいか。

『お前らの仲間か。一佐を手に掛けたのは』

かすかにだが、押し殺した声が前方から聞こえた。

木陰に入り、猿丸は大きく枝を広げた欅に寄って隠れた。

その向こう、およそ十メートルほどのところに、上り始めた月を背にした三つの影があった。

『ようやく出てきたか』

針のような、今までとまったく違うアフマディの声がした。

『お前がミストか』

ユンファの声もした。冷静というか、冷徹に聞こえた。

『だったらどうした』

答えたバラクラバの男を、制止する暇は猿丸にはなかった。この場合の十メートルは遠かった。

低く腰を沈めた男のシルエットが構えたのは、間違いなく拳銃だった。

ガンッ。

音からするに、二十二口径か。軽いが、夜の静寂を切り裂くには十分な音だった。

声もなく、頭部を後方に振りながら仰け反り倒れるシルエットはユンファだった。

――きゃっ。

――うわっ。なんだよっ。

――拳銃っ。まさかっ。

──逃げろぉっ。

公園内、それこそ池の端からも次々に悲鳴が上がった。突如として辺りが騒がしくなった。

「ガッデム！」

怒気を孕《はら》んだ声はアフマディのものだった。飛び離れつつバラクラバの男に向けるのはサイレンサーのついた銃、おそらくＦＮＸ－４５タクティカルだ。

「いけねえっ」

猿丸が飛び出すより早く、サイレンサー銃は段ボールを弾くような音を発した。

バラクラバの男が腹部を押さえつつ、ゆっくり膝から落ちた。

アフマディは何事もなかったかのように、まるで散歩の足取りでその場から去った。

追うことは躊躇われた。

撃たれることが怖いわけではない。アフマディの銃が乱射されることが怖かった。

逃げ惑う人々の喧騒が静まったところで、猿丸は地に伏す二人に近づいた。

猿丸にしても、持ち時間がそうあるわけもなかった。

誰かがきっと通報しているはずで、近隣の交番か夜回りのＰＣから警官が駆け付けてくるのは明らかだった。

ユンファの方は眉間に穴を穿《うが》ち、明らかに事切れていた。

バラクラバの男の方には、消え入りそうではあったがまだ命があった。

「おい」

抱き起こした。身体は冷えていた。

冬の凍夜の、冷気のせいだけではないだろう。

遠くに、ＰＣのサイレンが聞こえた。

――明日香。颯太。

それが、バラクラバの男の今際《いまわ》の言葉になった。

猿丸は、濃く白い息を吐いた。

「奥さんと子供さんかい。それとも、子供さんたちかい」

答えはあるわけもなく、猿丸は男のバラクラバに手を掛けようとした。

――そのままに。

ふと、背後から染みのような声がした。

気が付けば、三つの影が猿丸の周囲にあった。遠くに、さらに同様の影がいくつも散っていた。

全員が闇のような濃い色のスーツに身を包んだ男だった。

――そのままに。

一歩前に出た男が言った。

その染みのような声は、猿丸には既知のものだった。

「あ、あんたは」

男は博多署の、徳田巡査部長で間違いなかった。

「なんで」

オズ、とそれだけが低く聞こえた。

「オズってことは、夏目が？　いや、氏家情報官か」

徳田は薄く笑って、それには何も答えなかった。

「いつからだよ」

あなたが福岡に入った日から、と徳田は標準語で言った。

「連中の外、あなたの外、そして、陸自の外から広く俯瞰しろと。ただ見ろと」

「ふうん。なんか、似合わねえな」

「標準語がですか」

あとはやります、と徳田は続けて言った。

猿丸は首筋を叩いた。

「丁重にな。この男は、いや、この人は――いや、いい」

「わかっているつもりです。了解です」

徳田は胸に手を置いた。

「それにしても、本当に大したものだ。三分ほど前にメールを入れたばかりなのに。なんとかさせるって、本当になんとかさせるんですね」

そちらの分室長は、と徳田は言った。

「えっ。分室長って」

影が揺れたような気がした。

笑ったようだ。

気が付けばいつのまにか、PCのサイレンがどこかに消えていた。

その場を徳田たちに託して、公園の外に出る。

ひと角曲がると、そこに一人の男が立っていた。

猿丸に向け、一礼した。

猿丸は息をつき、頭を掻いた。

「まったく。次から次へとよ」

「申し訳ありません」

男は大村駐屯地司令の、滝田一佐だった。

二

その火曜日の朝、純也は国立の家から直接、ＢＭＷで名古屋に向かった。入院中の氏家に会うためだ。

中央自動車道は順調だった。小牧《こまき》ジャンクションからの先で少し渋滞した。

その時間、純也は思考に費やした。

まず浮かぶのは、先週金曜の朝に入った猿丸からの連絡だった。

それは、純也が登庁し、分室に入った後だ。計ったかのようなタイミングだった。

――もう、コーヒーを淹れた頃かと思いましてね。

猿丸の報告は、今回の案件の実に核心に近付くものだった。

大濠公園を出た後、そこに立っていたのは滝田一佐だったという。

「見てたのか」

「見てはいませんが、見ていました」

「わからねえな」

「全体、あの濃いスーツの連中の、さらに外から」

「けっ。狐《きつね》と狸の化かし合いなんざ、可愛いもんだな。人外化外。うちの分室長もそうだが、人の世の外は、百鬼夜行かよ」

滝田は薄く笑って、威儀を正し、有難うございますと言った。

「礼なんか言われる筋合いはねえが」

「いえ。あの二十二口径、ボブキャットを撃った男は私の同期で、千秋明日香一佐は、私たちの一期後輩でした」

「ふうん。ボブキャットってのはあれか。ベレッタかい。それもわかってんだな」

滝田は頷いた。

「せめてもだと思って、請われるままに私が用意しました」

「こうなることも、あれだ。わかってってことだな」

「はい。――何も出来ないよりは、何かしたかったんだと思います」

「遠い復讐《ふくしゅう》、とか」

滝田は笑って目を伏せた。

近くにコンビニがあって、スタンドの灰皿があった。

猿丸はポケットからタバコを取り出し火を付けた。

悲しいと思いませんか、と滝田は言った。

「何が」

「私の同期は、普通の自衛官でした。普通の身で、存在を消し去ることで人外に落ちました。普通の身で、百鬼夜行に交じる。最初は戻れると思っていたのかもしれません。けれど一度でも人外に触れると、現実はまるで作り物です。それが任務とはいえ――」

　悲しいと思いませんか、と滝田はもう一度言った。

「あんたはどうなんだい？　悲しいのかい？」

「さて。どうでしょう。――ああ。自分ではわからないから、あなたに聞きたいのかもしれません」

「あんたもミスト、特務班なのかい」

「さあ。それもどうでしょう」

「煮え切らねえな」

「すいません。いえ。自分でもわからないうちに組み込まれているミッションがある。そんなことは聞いたことがあります。佐官以上は、一度は触っているとも。だから、誰もが薄々は知っていて、誰もが口を閉ざし、目を閉じるとも」

「ふうん。それってなぁ、秘事じゃねえのかい」

「そうなりますか」

「なんで、そんなことまで教えてくれる気になったんだい？」

「国を守るということは、人を守るということ。私たちとあなたに、なんらの違いもないことが知れたから、ではいけませんか」

滝田は手を差し出した。

「また、どこかで」

一瞬だけ迷い、振り切って猿丸も手を出したという。

――握る手の中に温かさと、小さく硬質な感触がありましてね。

と、猿丸は電話で、そんな一連のことを報告してきた。

「特務班はシステム。――なら、組み込まれた者の悲しみは誰が拾う。喜びは誰と分かち合う。馬鹿馬鹿しい」

純也は思い出しながら、ステアリングを強く握った。

アーロン・ユンファの死体に関しては、猿丸はもとより、純也も多くは知らない。皆川がどうとでもするだろう。

公園での銃撃は、爆竹の悪戯だということで公表して処理したようだ。

それと同じくらい、その程度。

机上で画策するキャリアの公安部長ともなれば、きっとどちらも同じようなものなのだろう。

福岡のイラン人、ミラド・アフマディはその後、消息を絶ったようだ。

剣持のところも鳥居のところも、聞けばどちらも対象がふっつりと消えたという。

――ロストしました。

――分室長。いねえんですが。

そんな報告は、猿丸から報告が上がってきた先週金曜の同日だった。

だから富山、福岡、大阪三カ所の全員を月曜日に、拠点やら人的痕跡やらのすべてを処分させ、東京に戻した。

そもそも事件そのものは、各府県警の管轄だ。Ｊ分室の目的は、その動機を焙《あぶ》り出すことだけにあって、大枠は摑んだ。

そうしてこの火曜日は、久し振りに三人がＪ分室で顔を揃えていることだろう。

代わってこの日は、自分が外に出た。

少数精鋭とは名ばかりの弱小分室は、案件に関わるとなかなか全員に余裕がある日は訪れない。

純也の運転するＢＭＷは、昼過ぎに名古屋に到着した。

氏家は市内にある、巨大な総合病院のＶＩＰルームに入っていた。

岐阜で重症を負った氏家を収容するために、純也が皆川に強引に掛け合った結果だ。院長の姓が皆川だった。

病院の駐車場にＢＭＷを停め、本館十四階のＶＩＰルームに上がる。

迷うことはない。前に一度来たことがあった。

ベッドの上に起き上がり、氏家はノートＰＣで作業をしていた。

「お元気そうで」

「そう見えるか」

「おや。では聞かれるままに、思ったことを言っていいですか」

「やめておこう」

氏家は入院前より痩せ、肌の色は白かったが、血色という意味では悪くないように見えた。

ただ、入院着の下の体表は、おそらくまだ各所にまだら模様があるはずだった。

入院してすぐ、ある程度の大きさの裂傷箇所は健康な部位から縫合・閉鎖が可能なほんの少しの皮膚を採皮し、それを可能な限り網状に広げたメッシュグラフトで植皮したという。

それでは間に合わない箇所は今年に入ってからこの二月の上旬に掛け、自家培養による人工表皮や人工真皮を植皮する術式を何回かに分けて受けたようだ。

現在の皮膚再生医療は日進月歩で進化を続けていて、体表全体を覆うほどの自家培養皮膚シートが三週間から四週間で作成出来るらしい。

とはいえ、現在は重症熱傷、先天性巨大色素性母斑の治療でのみ保険適用とされている。

VIPルームの差額ベッド代や食事代も当然保険適用外だ。

これらのなかなか高額費用は、すべて純也のポケットマネーで賄われている。

「それで、お願いしたことの結果は」

この日、純也が名古屋に来たのは、氏家からメールがあったからだ。

〈揃った。近々、来い〉

内容は簡素だったが、頼んでおいたことの結果についてだということは、それだけで一目瞭然だった。

福岡と富山と大阪。

それぞれのターゲットの画像データを、純也は氏家に送っておいた。

送ったのはメールでだが、その段階では違法でもなんでもない。身元不明者のただのデータだ。万が一流失してもなんら問題はない。だから手っ取り早くメールにした。

福岡は猿丸が病み上がりだったのと、ターゲットこそはっきりしていたが二人だったこともあり、危険度を考えて氏家に頼んで子飼いのオズを動かしてもらった。

データはそのオズ課員からのもので、それらは直接氏家に送らせた。

大阪は、鳥居のスジになるアップタウン警備保障の紀藤が偶然にも異動していたのはラッキーだった。

その大阪支社を大いに動かそうかと思った矢先に、鳥居自身が紀藤を動かし、同じルートのスジで千目連の竹中がついてきた。

大阪のターゲットは、鳥居の報告から一人に絞られていた。

だからこの二人に任せてもよかったが、両者の年齢のこともある。それで純也の方からも、アップタウンの〈全社総合統括〉である早川真紀《はやかわまき》を通じ、紀藤にそれとなく鳥居と竹中のフォローは頼んでおいた。

画像データはこのコンビと、アップタウンの下の〈専門業者〉の両方から送られたものだ。

富山は、ターゲットがはっきりしていなかったことも、剣持がまだ若いということもあり、所々で純也自身がフォローアップするつもりでいたが、これは少し考えが甘かったかもしれない。

ただ、逆を言えば純也なり剣持なり、あるいは二人の関係において、運があるという評価は出来るだろう。

この富山での画像は純也が撮った、死んだジャック・ジェラールの一人分しかないが、それで計四人分になった。

国テロに、氏家情報官に預けるには十分な数だったろう。

「これだ」

氏家は近くのテーブルから一本のUSBを取った。やおら、使用中のノートPCで起動させ、立ち上がったところで純也の方に向けた。

手法は、オリエンタル・ゲリラのときと同じだ。そういうリクエストをした。

Ｊ－ＢＩＳ。外国人の入出国管理のために空港や港に導入された、生体認証による人物同定システムで、集めた画像データを照合させてもらった。

結果は、これは純也からしてみればメールで送ってもらうのが楽で正確だが、自分が誰かに頼まれたとしても、間違いなくそんなことはしない。

段取りを経ない照合は、明らかに法の一線を越えている。そんな照会で得た電子記録は、送った方も送られた方も、ときに大いなる爆弾になりかねない。

純也は身を屈め、氏家のノートＰＣを覗き込んだ。

「へえ。カイロから関空ですか」

整然と七人が並んだリストに目を走らせる。

一人目はアーロン・ユンファだった。福岡で死んだ男だ。

二人目がロベルト・ガイス。これは大阪にいた、雪山で香山を撃った男だ。

三人目は福岡で逃走中のミラド・アフマディ。

四人目が富山で死んだジャック・ジェラール。

そして、五人目がジャヒーム・ガリード。予断は禁物だが、これは名前的に富山にいたアフリカ系の男か。

何故なら、残る二人は日本人名だったからだ。

「ふうん」

どこからどこまでが偽名かはわからない。ただ、最後の一人だけは間違いなく本名だった。朝比奈光一郎だ。

データを閉じ、氏家はUSBを純也に渡した。

「これで一つ、返したな」

「おや？　これでもう行って来いのチャラだと思いますが」

「オズの人員を動かした分で入院手術費はいいとして、国テロでデータ照会をしたのは、これは俺の本業だ。お前に言われたからではない」

「なるほど」

「命一つ。さて、これをどのくらいのバーターで返そうかと悩むところだ」

「ああ。それならご心配なく」

――父を、お願いします。

氏家の息子、正真《しょうま》にそう頼まれたのだ。

「先に、正真君にそう頼まれてしまいましたから」

「――ふん。頼りない親で悪かったな」

と言いつつ、氏家はまんざらでもない感じだった。

「小日向。どうせだ。もう一つ、借りてやろう」

「はあ。借りるにしては随分尊大ですが、なんでしょう」

「ここは皆川公安部長の、いや、皆川一族の息の掛かった連中の目が光っている感じで、身体以上に不自由だ。東京の警察病院に俺を移せ。皮膚の移植自体は終わっている。あとは抜糸だけだ」

「では近々、その方向で。これは皆川部長というより、警察庁絡みで戻した方がまあ、堂々と労災めいた感じが出ますか」

「なんでもいい。どうでもいい。とにかく移せ。ここを出られれば、後は自分でなんとでも出来る」

「了解しました」

頭を下げ、頭を上げ、純也は軽く手を打った。

「そうそう。出られてご自分でなんとか出来るようになったら、まず京の飛鳥井《あすかい》家に行かれることをお勧めします」

飛鳥井は氏家の別れた妻、美智代《みちよ》と正真が暮らす家だ。

「ここを出ることの、それがバーターか」

「そう思っていただいても」

考えておく、と言って氏家は窓の外に目を向けた。

三

十四日の水曜日、矢崎は座間《ざま》駐屯地へ足を向けた。中即団司令部幕僚副長の藤平に会うためだ。

不意の訪れだが、警衛所で様子を聞けば、藤平は在駐だった。訪問の許可はすぐに下りた。

矢崎は真っ直ぐ、司令部に向かった。

藤平は司令部棟の屋上で手摺に両手を掛け、どこまでも澄み渡る冬の空を見上げて立っていた。

「何を見ている」

「何も。いえ、遠い日を」

藤平は振り返って頭を下げた。

「お久し振りです」

「そうでもないぞ。千秋一佐の告別式で会った」

「ああ。そうでした。擦れ違いではありましたが」

「東部方面総監部の岩国と一緒だったな。元第一空挺団副団長の」

「はい」

「聞きたいことがある」

「なんでしょう」

一陣の風が回った。

お前がミストの指令か。

さて。

会話は風の中に千切れた。

——守山の鬼神。そんな異名ばかりを、他の色々な噂とともに上官から聞いておりましたので。

そんなことを、矢崎に千秋一佐は言った。クリスマスの頃だ。

「守山の鬼神。あれは、お前だけが呼んでいた私の綽名だろう」

「そうですか？」

「当時な。私の耳に入ることを怖がって、誰も呼ばないと和知から聞いた」

「和知から」

「ああ。ただし、あいつ自身はダサいから呼ばないと言っていたが」

「和知らしいですね」

——三佐のために献杯、有難うございました。

　千秋一佐は矢崎に、そうも言っていた。

――いえ。これも上官から聞いた、色々な噂のひとつでしょうか。

「三佐とは、風間のことだな」

　藤平は振り返り、また空を見上げた。

「政策参与。いえ、師団長。いえ、先輩」

　南東の空だったか。藤平はそちらに腕を上げ、指を差した。

「懐かしき学び舎。小原台《おばらだい》から見た、浦賀水道の海原」

　南東は、防衛大学校のある方角だ。

　ゆっくりと進み、矢崎は藤平に並んだ。

「そうだな。懐かしいな」

「私たちは、あそこで何を学んだのでしょう。いえ、あそこで学んだにも拘らず、私たちは一体、何をしているのでしょう」

「決まっている」

　矢崎の答えに躊躇はなかった。

「正義を遂行すること」

「正義、とは」

「外敵から国民を守ること。他に何がある」

「ああ。これはまた」

藤平が苦笑した。

そんな顔を見るのは久し振りだった。守山での、上司と部下だった頃以来か。

「先輩、明快です。その明快さが眩しく、私の心の支えだったときもあります」

また手摺に両手を置き、藤平は目を細めた。

そうして、南東の空を見ていた顔は、一度大きく上下に動いた。

「お察しの通りです。私はある時期から、特務班の司令を務めております」

「そうか。風間からは陸上幕僚監部の運用支援、いや現在の指揮通信システム・情報部の上官から、特務班としての厳命を受けたと聞いていたが。その深部であり、暗部が特務班だと」

「風間がそう言いましたか。そうですか」

「違うのか」

「いえ、違いません。風間にとっては、それで正しい。けれど、特務班の暗部はひとつではありません。その上官自体が別の暗部から班命を受けているはずです。特務班の命令系統は複雑多岐で、指示を与える直接の班員までに必ず、ランダムに三人から四人を介することになっています」

「そうなのか」

「はい。これは、特務班が生まれたときからのシステムだと聞いています」

「生まれたとき？　それは、ミリタリー・インテリジェンス・スペシャリスト・トレーニング。あの日米間協定が締結された後ということか」

「おそらく。ただし、それは私の知るところではありませんし、知る必要もないことだと考えます」

「なるほど。で、そのシステムの中で、千秋一佐の役割は」

「これまでは、暗部のひとつでした」

「これまでは？」

「はい。これはまだ誰も知らないことですが、陸上総隊の発足と同時に、彼女は私の代わりになるはずでした。彼女にはもちろん、打診してあります。彼女が咄嗟に服毒したのは、もしかしたら、私が負わせてしまった責任感からであったかもしれません」

　矢崎はさすがに息を詰めた。

　痛手です、私にとっては、と藤平は呻くように言った。

　女性でもか、と矢崎は聞いた。

　藤平は事も無げに頷いた。

「関係ありません。能力の問題です。彼女なら完璧にと、私は考えておりました」

「彼女なら、なんだと」

「特務班を、どの部隊や司令部の誰よりも、秘匿出来ると」

「それは、お前では無理だったと。その裏返しかな」

「私は、そう、弱いのかも知れません」

藤平は肩を落とし、顔を伏せた。

「特務班は裏の組織ですので、誰にも表の職務は別にあります。先輩。私の場合、それがなんだと思われますか」

矢崎は首を横に振った。

「ですよね。まあ、こう聞かれてわかるくらいなら、鎌形大臣も私に特命など下されなかったでしょうから」

思うところがあった。雷撃に撃たれた感じがした。

「――おい」

藤平は静かに頷いた。

「この春まで私は特殊作戦群の、あるチームの担当群長でした。――鎌形大臣の密命を受け、堂林や土方を南スーダンに送ったのは、私です。その結果を見定めるために、風間を送ったのも私です。そうして、全員を殺したのも、私です」

何も言えなかった。ただ喉の奥から、切れ切れの唸りが出た。

藤平はまた、南東の空を見た。

「私は、あそこで何を学んだのでしょう。いえ、あそこで学んだにも拘らず、私は一体、何をしているのでしょう。——あたら若人の命を、弄ぶように散らせた。自分でもわかっています。私はいずれ、その責を取らなければならない」

白い息が、覚悟を乗せて藤平の口から漏れた。

藤平の何かが、空に舞うようだった。

「藤平」

我に返ったようで、藤平は笑った。

「ああ。先輩。安心してください。そう暗い話をしているつもりはありませんから。これはただ、覚悟の話です」

「——本当か」

「ええ」

では、と言って藤平はその場を離れた。

矢崎はしばし佇んだ。

聞いたことの無情、有情。絶望と希望。

人はひと筋に、生きられないものか。

雲の流れが速かった。

湧いては消える泡沫のような思考に身を委ねつつ、矢崎は司令部の外に出た。

胸の内ポケットから携帯を取り出し、電話を掛ける。

すぐに繋がった。

「聞いていたかね」

虚空に問うように矢崎は言った。

——ええ。見てもいましたよ。少し早く着きましたので。

聞こえてきたのは、純也の声だった。

矢崎の胸には、おそらくダニエル・ガロアから純也への〈クリスマス・プレゼント〉があった。

世界最新に近い、ペン型スパイカメラだ。極小フラットレンズの２・３Ｋ録画、さらに暗視補正とＷｉ－Ｆｉ機能が付いた優れもので、本物のモンブラン万年筆のカスタム、だという。

千秋一佐の告別式での、

——気になるなら、お手伝いしますが。

そのチェシャ猫の微笑みに、乗った格好だ。

昨日、明日になったら座間に行くと告げた。藤平に話を聞きに行くとも。

——そうですか。では、今日のうちに分室に立ち寄って下さい。割と使い勝手のいい〈防犯グッズ〉を渡すよう、カブ君に言っておきます。グッズは僕が一昨年のクリスマスにもらったものですが、まあ、まだ世の中の最新にひけを取らないと思います。いや、まだまだ上かな。
　立ち寄った分室で、新たな分室員である剣持から矢崎は、この万年筆と一緒にポケット
ルータを渡された。
　それで純也ともリアルタイムで映像も音声も共有出来るらしい。少なくとも、クラウド
保存は自動でされるという。
　カメラは連続百六十分の使用が可能だと聞いていたので、座間駐屯地のゲートを潜る前
に起動した。
　純也は昨日、名古屋に行っていたようだ。一泊して、そちらからＢＭＷで高速を上り、
近くのどこかにいるはずだった。そういう手筈《てはず》になっていた。
「君に預ける」
――了解しました。では、その代わりと言ってはなんですが。
「なんだね」
――千秋一佐の告別式会場で、ちょっと気になるものを見まして。それでお手伝いいただ
こうかと。
「ほう。何を手伝えと」
――話が早いのは助かります。師団長、昨日カブ君からもうひとつ、預かったものがある

と思うのですが。

「ああ。あれかい」

細い銀色のノック式のボールペンが数本。極々ありふれた形だが、ただし、先のモンブラン型のものと同様、優れ物らしい。

その使用目的を、純也は流れるように口にした。

「つまり、昨日のうちから、それを私に使わせるつもりだったと」

――まあ。平たく言えばそういうことになりますが。

「私がやると」

――朝比奈光一郎のこともあります。

「なんだね」

――わかりません。わからないからこそ、やって頂かなければなりません。

禅問答のようだった。

わかった。

そう言うしか、前に進む手段はなかった。

四

金曜日、純也はいつも通り、警視庁の地下駐車場に車を入れた。

朝の八時半過ぎだった。

「さて」

車外に出て軽く伸びをし、純也はそのまま地下を通って警察庁へ向かった。

冬の日に駐車場から警察庁に向かう場合、いつもなら一旦、警視庁の一階ロビーには上がる。

そうして外を回り、外気で身体を引き締めてから行くのがルーティンだったが、この日は実行しなかった。

関東全体が、朝から冷たい雨の降る一日だったからだ。

この前日、夕方になって名古屋の氏家から、早速退院というか、そうしたい旨の連絡が入った。

座間からの帰り道の、背から浴びる夕陽の中だった。

〈残り二回の予定だった抜糸を、なんとか今日の一回で終わらせた。来週二月十九日(月)午後一番の、担当医の定期検診が終われば、こんな皆川家の匂いの濃い病院に一日たりと留まっている理由はない。いつでも出られる。というか、出せ。そうすれば、近々必ず、飛鳥井の家に行ってやる。約束する。だから早くしろ〉

と、半ば脅し文句のような、人の都合を一切無視した依頼のメールだった。

苦笑しか出なかったが、それが氏家を息子の正真の元へ導くなら、純也としては異存はない。

家族は家族らしくあれ。

それは遠い日に憧れた、純也の見果てぬ夢のひとつでもあったろうか。

権力でも資金力でも得られないものへの憧れは、誰しもの胸にあるだろう。

純也の場合、特に誰よりも夢に近い立場だからこそ、より一層強いのかもしれない。

純也にとっての見果てぬ夢のひとつは間違いなく、郷愁だろう。

氏家利道には、いや、氏家正真には、郷愁より団欒《だんらん》が似合う。

それで、すぐに長島に車内からハンズフリーで連絡を取った。

この件の段取りは長島マターで、氏家が所属する警察庁警備局外事情報部から、名古屋の病院へ連絡させるつもりだった。

それが一番、皆川公安部長の裏工作を許さないスムーズな流れだったろう。

長島は、すぐに出た。首席監察官室に在室だったようだ。

簡単に氏家の現状を説明した。それで、翌日の朝一番が決まった。

といって、これは長島に来いと言われたわけではない。純也が思う、礼儀のようなものだ。誰しも、たまには丁寧に扱っておかないと、急な頼みごとの際、無理が通らない恐れがある。

まあ、朝一番に長島の前に立つには少し遅れたが、これはそぼ降る冬の雨のせい、ということにしておこう。

首席監察官別室から、型通り執務室に入室する。

窓辺を背にしたデスクの向こうに座り、すでに老眼鏡を掛けて長島は執務中だった。純也が〈少し〉遅れたせいだろうか。

書類に何かを書き足している長島の手元の脇には、未決裁の書類が堆《うずたか》く積まれ、その上に置かれた本人の携帯が、まるで文鎮のようだった。

雨空だったので、部屋のＬＥＤライトが一部点いていた。そうしないとさすがに、文字は読めないだろう。そんな暗さだ。

近付くと、長島の方から顔を上げた。

「来ると言ったのはそっちの割に、遅いな。いや、だから適度に早いのか」

「失礼しました」

純也は一礼して、もう一歩前に出た。

長島は老眼鏡を外し、目頭を揉んだ。

「失礼ですが、もう少し広範囲にライトを点灯されてはいかがですか。この前も申しましたが」

「この歳になるとな、それはそれで眩しいのだ。気にするな。暗さにも目の疲れにも慣れている」

長島は老眼鏡をデスクに置き、顔を純也に向けた。

「それで？　分室が動いている件はどうなっている」

「そうですね。五里の霧は、一里もないところまで晴れてきました」

「ほう」

「ですが、その先がまだ少し濃いでしょうか。単純に晴れていくとは思えません。うっかりと霧に手を差し入れれば、何かに嚙まれないとも限りません」

「何か、とは」

「そうですねえ。広く言うなら防衛省、ですか」

「防衛省だ？」

「あるいは、国防に巣食う何か」

「どういうことだ」

「朝比奈光一郎という人物が帰国しました。ご存じですか」

　一瞬だけ目を動かし、長島は首を横に振った。

「いや」

「防大二十期、矢崎防衛大臣政策参与のご同輩のようです」

「それが？」

「ミスト、特務班という言葉を、首席はご存じですか」

長島は無言で、また首を横に振った。

「それらが今のところ、残り一里の霧の中で蠢くものです。まあ、おそらくそれだけではありませんが。あとは、執務の間にでもご想像下さい」

「そうか。――陸自の警務官とお前の情から始まった案件が、ずいぶん広がったものだが。まあ、いい。預けた以上、口出しは出来んしな」

「有難うございます」

そう言って、純也が頭を下げようとしたときだった。

書類の山の上で、それまでただの文鎮然としていた長島の携帯に明かりが灯り、と同時に振動を始めた。

液晶画面に浮かび上がる文字は、道重警視監と読めた。

道重警視監とは、警視庁警務部の道重充三《じゅうぞう》現警務部長のことで間違いないだろう。

道重も長島も階級は同じ警視監だが、道重の方が長島より一学年、東大の先輩となり、それがそのまま、現在でもキャリアの序列になっていた。

その先輩からの連絡だった。

やおら、純也に断るでもなく、長島は携帯を取り上げた。

「はい」

それから暫時、長島は道重との通話に集中した。

「え。クレームですか。キング・ガードの会長筋から」

それだけでも、簡単な昼食の誘いでないことはわかった。

わかりましたと言って、長島は真っ直ぐに純也を見た。

目に光はあったが、少しばかり弱い。

遊び心でも以て、こちらに何かをさせるつもりだろうか。

そんな勘は大いに働いた。

「ちょうど、適任なのが目の前におります。折り返し、そいつから直接、部長に連絡させましょう」

案の定だった。通話を終えるとすぐ、説明があった。

関口貫太郎、と長島は言った。

「その件で小田垣にクレームだ」

「キング・ガードの会長筋からと聞こえましたが。つまり、総監に」

長島は頷いた。

「ほう。さすがに良く知っている。どの筋だ。まあ、言うわけもないか」

警察と警備は〈業界〉として持ちつ持たれつだ。

アップタウン警備保障の社長、キング・ガードの会長は少なくとも、古畑正興《ふるはたまさおき》現警視総監とホットラインを持っている。

クレームが会長筋ということは、会長指示から警視総監に入り、道重警務部長に降りたのだろう。

クレームの原因は小田垣の職務の内だとして、要因の関口貫太郎のことは、純也にも関わりがなくはない。

それどころか、面識こそまだ一度もないが、純也はこの関口という老人のことをよく知っていた。

関口はその昔、磯部桃李《いそべとうり》ことリー・ジェインが中国鉄鋼ビジネスとの架け橋となり、海を越えてかの国に手続き無しで連れ立った和歌山の元鉄鋼マンだ。

関口はその後、和歌山において普通失踪の扱いになり、失踪宣告がなされ、二〇〇八年に死亡が認定されていた。

そんな男がまた、今度は手続き無しで中国から日本に帰ってきて、小田垣の窮鳥となった。

死人は死人として帰ってきたわけではない。上海で〈商売人〉に準備させた他人の〈日本国のパスポート〉で帰ってきた。

偽造パスポートでの帰国は、言うまでもなく密入国だ。

小田垣にクレームが寄せられるのは、その密入国に加担したと受け取られてもおかしくないからだろう。

そうして、そんな男を些細な小田垣とのバーターで、湯島の〈ハルコビル〉の二階を関口の住まいとして、無償で提供したのは純也だ。

「小日向。氏家情報官のことは、後はこっちで丸抱えしてやろう」

長島はデスクの上で手を組んだ。

「代わりと言ってはなんだが、後輩が困っている。手を貸してやれ」

「承知しました」

純也は威儀を正し、大仰に頭を下げた。

上げたときには、笑っていた。

「ただ一点。困っているのは、後輩ではなく先輩では」

長島もわずかに口の端を釣り上げた。

笑った、のだろう。

「大差はない。ただ、先の短い先輩に恩を売っても大して返らんぞ。売るなら出来る後輩の、栄えある未来にだろう」

「なるほど。ご慧眼《けいがん》」

純也はおもむろに携帯を取り出し、番号を呼び出した。

掛けたのは道重警務部長で、すぐに繋がった。

「どうも。御用始めの鰻屋以来ですか。まあ、それはいいとして、小田垣警視へのクレーム、当方で承りましょう。その死人の件は、公安部長に一任、でよろしいかと」

――任せる。

道重は電話の向こうで、即断した。

「これはまた」

――なんだ。

「いえ。さすがに、必要なら蛇でも飲み込むと評判の部長らしいと。ああ。もしかして、それで鰻がお好きなのですか」

――下らん。とにかく小田垣は葛西《かさい》からこっちに呼んだ。お前も適当に帰ってきて、私の部屋に来い。

「了解です」

電話を切る。

見れば、長島は老眼鏡を掛け、執務に戻っていた。

(あっちもこっちも、か)

任せれば済むと思っている。

「ああ。それは僕もか」

「なんだ」

長島が顔を上げた。

純也はいつもの、はにかんだような笑みを見せた。

「では、氏家情報官の件、よろしくお願いします」

なんとかしよう、という長島の声を、純也は振り向けた背に聞いた。

五

同日の夜だった。

関東を濡らした冷たい雨は、午後三時には上がっていた。

純也は汐留《しおどめ》にある外資系のホテルのラウンジに向かった。人に会うためだった。

夕方五時過ぎに掛かってきた電話で、純也が呼び出された格好だ。

正確には、先に純也が無理難題を吹っ掛けた。

その依頼は、水曜日の名古屋からの帰り道だった。午後六時を大きく回っていた。東名高速の、足柄《あしがら》を過ぎた辺りだった。

「うん。もう掛けていいかな」

おもむろに車内からハンズフリーで電話を掛ける。

——はい。

相手はすぐに出た。

野太い声は、純也の東大時代の同期、田戸屋良和《たどやよしかず》のものだった。現在は外務省欧州局の西欧課に勤務している。

「すぐに出たってことは、もう外か？」

そこから先の渋滞を知らせるハザードランプの点滅を見つつ、純也は聞いた。

——そんなわけないだろう。外務省だぞ。

「あれ。役所の退庁時間は、もうとっくに過ぎてるだろうに」

——本気で言ってるわけじゃないだろうな。外務省に向かって。

「本気だけど」

——退庁時間を過ぎてからが本番さ。外務省ってとこは。

「よくわからないけど。で、そっちに頼みたいことがある」

——そうか。いつものことだが、手短に言え。外務省だからな。

「朝比奈光一郎」

——なんだ。

「カイロから関空に入った男の名だ。これまでの帰国歴、渡航歴。そして、外務省との関係」

一瞬、田戸屋は黙った。

「こっち関係にはなるが、たまたま本人と話をした人がいてな。外務省を通じて防衛省とも商売をしていると言っていたそうだ」

深いため息が電話の向こうから聞こえた。

――いつもながら、難しい頼み事をしてくる奴だ。

「そうだね」

――悪びれずに完全肯定か。

「頼み事の分、貢献しているつもりがあるもんで」

――まあいい。出来る限りにはやってみよう。こっちもお前に、ちょっとした頼み事があるからな。

「なんだい」

――そのときでいい。

そんな遣り取りがあって、その二日後だった。

――出て来い。いや、違うな。出てきてくれないか。

そう下手に出られては、無下にすることも出来ない。

で、その二日後に呼び出された。

ホテルの駐車場にＢＭＷを停め、ラウンジに向かう。

雰囲気のある、総ガラス張りのテラスのような席から、野太い声で片手を上げる男がいた。

「よう」

それが田戸屋だった。純也より五センチは高い長身で、猫背の男だ。在学中はアイスホッケー部に所属していた。それが今では、外務官僚だ。

田戸屋はホットコーヒーを飲んでいた。純也も同じものを頼んだ。

ホールスタッフが去ってから、

「先に、頼まれ事の方から済ませるか」

と、田戸屋はおもむろに、椅子の脇に置いたカバンから薄い茶封筒を取り出し、純也に差し出した。

受け取って中身を確認する。

純也のコーヒーが運ばれ、その間にざっと目を通した。

文字や数字の羅列のようなレポートが数枚、入っていた。必要とした人間にしかわからないような記述の仕方だ。

名前の記述は無し。なくても構わない。頼んだのは純也だ。記載の生年月日だけでも、矢崎の同級生だとわかる。

その他にパスポートナンバー。渡航先は主にインド、タイ、エジプト、レバノン、シンガポール。帰国歴は羽田と関空。関空の方がやや多いようだ。

それにしても、帰国して滞在期間はすべて一カ月未満に対し、平均五、六年は海外にいる計算になる。

「ビザはな、不思議なことにどの滞在先国に対しても、公用でだ。保証はなんと、我が外務省らしい」

それでな、と言って田戸屋は自分の席から身を乗り出し、純也の手元の紙面をめくってとある部分を指差した。

「外務省との関係とお前が言っていたからな。単純に、商売なら一度くらい霞《かすみ》が関《せき》の庁舎を訪れているんではと思ってな。来庁者データを追えるところまで追ってみた」

「へえ。やるな」

「滞在期間がわかっていて短いからな。だから追えた。その結果が、それだ」

「なるほどね」

帰るたびに一度は、霞が関二丁目の外務省庁舎に顔を出していたようだ。

朝比奈の来庁時間は、午後が多いか。来庁目的は商用とあった。

訪問先はといえば、時間軸の古い順に、外務省中東アフリカ局参事官、国際情報統括官、

総合外交政策局長、外務審議官、川島宗男《かわしまむねお》。

そして、それとは別に、経済局経済安全保障課長、根本泰久。

つまり、自衛隊の海外派遣でジョーカーを動かした、外務省側の二人だ。

「だからな」

田戸屋は自分の席に戻った。

「ああ。だからだな。ご苦労様」

田戸屋の言おうとするところは、純也にもわかった。

彼《か》のとき、

――小日向。悪いがここまでだ。俺は外務省で上を目指し、いずれドロップアウトして警備会社のトップに収まる。そんな人生を思い描いてる。根本さんを色々言ったがな。俺も大きな意味じゃあ、その程度の平凡な男だ。

田戸屋はそう言って、深く触ることなく手を引いた。

同じことだ。

同じ、外務省の闇の水際までまた、田戸屋を引き摺り込んでしまった。

これは頼んだ純也が、大いに考えるべきところだ。

「蛇足になるが。小日向。お前、防衛省のことも言ってただろ。市ヶ谷は俺の管轄外だが、必要ならそっちのルートで、同じように追えるんじゃないのか」

「そうだな。でも、これでいい。十分だ。十分だよ。田戸屋」

追ったところで、岡副一誠《おかぞえいっせい》前防衛省顧問の名が出てくるだけだろう。

それよりも田戸屋は、ここで終わりだ。これ以上の内容を頼むことも、これ以外の情報を伝えることもない。

ここまでなら水際だ。日の差す方に歩いて帰ることが出来る。

「で、なんなんだ。ちょっとした頼み事って」

純也は茶封筒を仕舞いながら、田戸屋に聞いた。

「ああ。実はな。――ちょうどいい」

純也の肩越しに、田戸屋は入口の方を見た。

それ以前に、先ほどから腕時計と入口の方を田戸屋がずいぶん気にしていたのはわかっていた。

ハイヒールにしては、少しごつごつした足音が聞こえた。

誰だかは見なくともわかった。

この女子ともう、それなりに長い付き合いになる。

東大の後輩にして田戸屋の彼女にして、アップタウン警備保障の全社総合統括に就任したばかりの、早川真紀で間違いない。

ただ、会社の作業着姿を見慣れた目に、早川のスカート姿は意外だった。

いつも元気な早川にしては、珍しく静かだった。簡単な挨拶だけで、田戸屋の脇に座った。

「小日向。実はな、俺はこの三月で、外務省を辞めようと思ってるんだ」

「辞める？」

と、聞いてはみたが、こちらは実は意外でもなんでもない。ある意味、既定路線だ。

「じゃあ、結婚か？」

路線はまず真っ直ぐ、そこに行き着く。

田戸屋は頷いた。

「ただ、すぐじゃない。真紀ちゃんも、全社総合統括なんて役職に就いたばかりだし。俺も、外務省なんて畑違いの役所からの中途入社で、なんの経験も無しじゃあ、役付きに収まるのは肩身が狭い。だから、年が改まったら、かな」

「先輩。だからですね」

早川が言葉を継いだ。

「業界的に、彼のお披露目も兼ねてになるんで、どうしてもそれなりの規模の式になっちゃうんですけど、先輩には何を差し置いても出席して欲しくて」

「ははっ。それで今からかい？　鬼が笑うって言うけど」

「鬼なんか笑わせとけばいいし、偉そうな人たちは別にどこの誰が来たって来なくたっていいんです。でも、先輩とJファン倶楽部の連中にだけは、絶対出て欲しいんです。駄目ですか」

「そうだねぇ。まあ、ただ俺も仕事柄、なかなか先の話はな」

笑いながら話すが、笑顔が含むものは、純也の場合かなり重い。

仕事柄、身体が自由なら、少なくとも、命があるなら――。

いや、光差す方に歩こうとする者たちに、無明の奥底から現実を告げるのは無粋の極みだ。

「いや、得難い同期と可愛い後輩のためだ。是非、参加させてもらうよ」

「わあ」

早川は胸で手を組み、田戸屋と顔を見合わせた。

笑顔が弾ける。眩しいものだ。純也の闇を、一時的にも払拭するほど。

「ああ。そういえば、このことを小田垣たちには？」

早川は首を横に振った。

「まだ言ってません。あまり大っぴらには。私も全社の統括になったばかりですから。ああ。観月にはなんだったら、先輩からそれとなく言ってもらっても。その方が、あいつのスケジュールも押さえられそうだし」

「うわっ。仕舞った。それを先に知っていれば」

「なんです？」
「いや。なんでもない」
午前中に、純也は本庁十一階の警務部長室を訪れた。
小田垣に手を貸せという、長島首席監察官からのミッションのためだ。
小田垣を助けてやって最後に、忠告というか、助言をしてやったところが、
——先輩。それって、年の劫《こう》ってやつですか。
礼の代わりに、そんなことを言われた。
迂闊にも虚を突かれた格好になり、複雑な顔をしてしまった。
そのとき、早川たちの結婚のことを知っていれば。
小田垣たちはそもそも、早川と田戸屋が付き合っていることすら知らないはずだ。
まさに驚天動地で、動かない小田垣の表情に、亀裂くらいは作れたかもしれない。
そう思うと、笑えた。
気持ちがやけに軽くなった。
だから——。
「田戸屋。早川。本当によかったな。おめでとう」
心から二人を、祝福することが出来た。
逆にこれは、小田垣のお蔭だろうか。

第六章　同級生

一

この週末、矢崎の姿はまもなく正午になる富山駅の構内に見られた。

町屋斎場で見たきりの、朝比奈のことがどうにも気になったからだ。――日本には久し振りに帰った。今日はその足で来たからな。実家に顔を出すのもこれからだ。

そんなことを言っていた。もう帰っただろうか。

引っ越したときのままの段ボールから引っ張り出した卒業生名簿で、住所も電話番号もわかった。

それで、本人の連絡先を知るべく、町屋斎場の五日後には電話を掛けたが、コールするだけで誰も出なかった。留守番電話にもならない。

富山市の地図で確認してみると、近くに駐在所があるとわかったので、こちらにも電話を掛けて聞いてみた。

朝比奈の家はあるとわかったが、それ以上は教えてもらえなかった。個人情報の取り扱いは日に日に厳しくなっている。

いずれにしろ、今のところ矢崎にとって知り得るのは、本人の実家ばかりだ。

それで、直接出掛けてみることにした。

新幹線を富山駅で降り、駅前ロータリーから左手のローカル線、富山地方鉄道立山《たてやま》線、通称地鉄に乗り換える。

昔ながらの木の床の電車に揺られ、常願寺川《じょうがんじがわ》を越え、有峰口《ありみねぐち》駅で降りる。

そこから目指すのは、徒歩で十分な小見《おみ》という集落だ。

昼どきは外すつもりで来た。電車の本数は思った以上に少なかったが、改札を出て一時四十分過ぎなら、ちょうどいい頃合いか。

水、木は気温が十度近くあったらしいが、前日は曇って、この日は朝から雪がちらついていた。そのまま夜に入って雪は本降りとなり、翌日一杯続く予報だった。

オーバーコートを着て、体感はちょうどいい感じだろう。

足元はスノートレイルでも、気を許すと少し危ういか。

駅の直近にある駐在所に顔を出し、不審に思われないよう免許証を出し、息子さんの同級生でと説明して朝比奈家への道を聞く。

奥から出てきたのは五十代の駐在で、電話で聞いたのと同じ声だった。

「ああ。婆様の家ね。それなら火曜に雪掻きと雪下ろしに行ってきたばっかだわ」

朝比奈の実家は、まず県道一八二号に出て、六七号とぶつかるT字路を左折し、小見交差点を直進しておよそ三百メートルほど行った先だという。壁に張られた地図で説明されたが、だいたい五、六百メートルといったところか。

「けんど、慣れてないんなら、車が来っと危ないから、一回戻って、線路に近い町道からやわやわ行った方がいいっちゃ。少し遠回りになるけど、安全ですから。今、地図、書きますわ」

そういって駐在はペンを取った。

「今度からは、来っときは車で来られや。富山の雪は、まんで深いから。車がないと、どこに行くにも不自由ですよ」

親切な駐在だった。

何気なく、朝比奈千鶴子《ちづこ》さんは一人暮らしなのですかと聞いた。

朝比奈光一郎は二十八歳の父と二十歳の母のもとに生まれたと昔、本人から聞いた。

だとすれば朝比奈の母、千鶴子は八十四歳だ。それで一人暮らしなら、卒寿になる芦名春子といい、実に矍鑠《かくしゃく》としている。

戦時中、残された家族と家を守って生き抜いてきた女性は逞《たくま》しいものだ。

「そやね」

ペンを動かしながら、駐在は制帽を軽く押し上げた。

「まあ、婆様の家に限ったことじゃないっちゃけど。この辺は、そんな家が多いよ。けんど、みんなきときとさ」

「きときと？」

「元気って意味ですわ。元気元気。元気があれば、なんでも出来るってね」

「そうですか。なら安心ですが。電話を掛けてもお出にならなかったもので」

「近頃はほら、オレオレ詐欺が多いでしょう。電話はこっちから掛けるもので、掛かってくるもんじゃないって、役場でも徹底してますから」

「ああ。そうですか」

「はい。地図」

「ありがとうございます」

礼を言って、外に出る。

「オレオレ詐欺か」

犯罪防止の徹底はアナログの推奨となり、生身に生身を引き寄せるか。

富山と東京。不便はかえって、豊かさを象徴するかもしれない。

そんなことを考えながら雪を踏む。

除雪は行き届いていたが、なるほど道はどこも路傍に雪が溜まり、道幅はおそらく従来の半分近くになっているようだ。

駐在の忠告に従って県道ではなく、矢崎は町道に足を向けた。

道の脇に家の数はそう多くないが、風情としてはどの家も、土地にしっかりと根差した感が強かった。

朝比奈の実家は、そんな集落の外れにあった。

木造平屋建ての、大地に這い蹲《つくば》るような一軒家は実に素朴な佇まいだった。道路に面して隣に立つ、塗りの剝げたシャッターの建屋は納屋か、車庫か。あるいは兼用か。

駐在もたしか、車がないと不自由だと言っていた。

それにしても、集落は集落として、点在をひとまとめにして十分に成り立つ。

昔はそんな集落が多かった気がする。矢崎の生まれ育った場所もそうだったように思う。

記憶の底はもう曖昧だが、朝比奈の家にある種の懐かしさを矢崎は感じた。

奥一面の雪に、しっかりと溝が切られているのが見えた。幅はないが、長く左右に広がるチューリップ畑があるのだと先程、親切な駐在からも聞いた。チューリップは富山の県花だ。

その駐在が雪掻きをしたばかりだという家の周囲は、降る雪が泥土に溶けるばかりで、まだ新たに積む気配はなかった。

戸口に古びたインターホンが付いていた。少し欠けたプラスチックの手触りが、硬く冷たかった。

ボタンを押すと、しばらくしてから返答があった。

——どなた?

しっかりとした声だった。

「突然すいません。矢崎と申します。息子さん、光一郎君の、防衛大学校時代の同級生なのですが」

——おやまあ。それはそれは。ちょっと待っとってください。

しばらくして、玄関の引き戸が音を立てた。二重になっているようだった。

現れたのは、少し白髪の混じった髪を綺麗にまとめた、小柄な老婆だった。絣《かすり》のもんぺに綿《わた》の入ったどてらを羽織っていた。

朝比奈の眉と鼻は、この母親に似たものだろう。

「初めまして」

矢崎は頭を下げた。

「光一郎君が、こちらへ顔を出すようなことを聞いたのですが」

「あら。せっかく来てもろうてなんですけど。あの子は来とらんですよ。もう十年以上、私は会《お》うとらんですから」

「そうですか。では、せめて連絡先を」

「ごめんねえ。私は知らんのですよ」

「えっ。知らないのですか」

「はい。聞きもしませんで。知っとっても、こっちから掛けることもないですし」

「そうですか」

「とにかく、お寒かったでしょう。立ち話もなんじゃろうし。どうぞ」

皺深い笑顔でそう言って、千鶴子は矢崎を招き入れてくれた。

お邪魔しますと言って足を踏み入れる玄関には、杖が置いてあった。

たしかに現れた千鶴子は、少し猫背で右足を少し引いていた。

家の中は、玄関から正面が奥へ続く廊下で、上がってすぐ左手が台所、右手が茶の間だった。

障子が開け放たれた茶の間の仏壇に、写真が見えた。朝比奈の父の写真だろう。ずいぶん若い。

つまり、それ以降がないということだ。朝比奈が幼い頃に亡くなったと聞いた。

通された茶の間で、千鶴子の許しを得て位牌に向かう。

線香をあげ、手を合わせる。

その間に、千鶴子は台所に入っていた。

「ああ。そういえば、あなたも行かれるんですかねえ」

仕切りの暖簾《のれん》の向こうから声がした。

「は?」

「何日か前に、届いとった案内状じゃけど。防大の、ホームなんたら言ったっちゃね」

「ああ」

「ちょうど駐在さんが来たでね。返信葉書を郵便局に持ってってもろうた。わからんから出席にしとったけど」

やがて、二個の湯呑みを盆に載せ、千鶴子が戻ってきた。

茶の間の炬燵《こたつ》に、湯気の立つ緑茶が出された。矢崎は礼を言ってから飲んだ。

思う以上に身体は冷えていたようだ。

緑茶の温かさと香ばしさが染みた。

「ご主人は、ずいぶん早くにお亡くなりになったようで」

「そう? そうでもないんでないかねえ。たしか、光一郎が六つのときやったけど、仲間に遅れた遅れたって、ずっと大騒ぎしてた人やったから」

「仲間に? ああ」

特攻帰りの父、と聞いたことがあった。全員が全員そうというわけではないだろうが、戦地から生きて帰り、生き続けていくことに苛《さいな》まれる復員兵は、当時決して少なくなかったという。ましてや死ぬことを義務付けられた特攻兵は——。

「光一郎君が六つのときでは、千鶴子さんはその後、ご苦労なされたのでしょうね」

なぁんも、と言って千鶴子は茶を飲んだ。

「あなたは、知っとりますかねえ。富山の空襲なあ。五十万発の焼夷弾が落ちたって。どこもならんけど、私は十二だったかねえ。ちょうどそのとき、炊き出し要員で私は母っちゃと富山の街におって。私の父っちゃは軍需工場やったかなあ。いきなり街がね、燃えて燃えて。母っちゃに手を引かれて、夢中で逃げて。逃げてるうちに、母っちゃの手がのうなって。それでも逃げて。気が付いたら、残ったんは私の命と、この土地だけやったねえ。そのときの方が、なんぼかきつかったっちゃ。必死に生きて、小屋みたいな家作って。そんで頑張ってたらね。チューリップが戻って。球根をさ、最初にここに届けに来てくれたんが」

死んだあの人だったんだと千鶴子は言った。

「それが、ご主人との馴れ初めですか」

「そうやねえ。最初はねえ。閉じ籠《こも》った球根みたいな人だったたっちゃ。ちょっとずつ話すようになって、東京生まれで、東京に居づらくてって、全部聞く頃にはここに居付いててねえ。光一郎が生まれたのは、その後だったたっちゃ」

チューリップの絨毯がね、と千鶴子は続けた。

「戻ったんだわ。戦争で全部のうなったて思うとったけどね。原球を守ってくれた人のお蔭だっちゃ。チューリップが戻って、私には家族が戻ったんだねえ。幸せだったっちゃ。

――もっとも、戦争前の幸せの記憶なんか、最初からなかったけどね」

止めていいとは矢崎は思わなかった。

矢崎には、止める権利のない話に思えた。

「けどねえ。光一郎」

そこで千鶴子は一旦、話を切った。

お茶を入れ替えようかねえと言って席を立った。

急須を持って戻った千鶴子は、まず矢崎の湯呑みに、それから自分の分を注いだ。

「お父ちゃんはさ。仕方なかったんだ。お母ちゃんが悪いんだ。いいや。戦争が悪いんだわ。あの人をあんな風にしたのは、戦争だっちゃ。日本っていう国だっちゃ。だからさあ。光一郎」

そこまで言ったとき、外でシャッターの音がした。

次いで、軽いエンジン音もあった。軽トラのようだ。

矢崎はやおら、胸ポケットに手を遣った。

――一人で動こうとするときは必ず、この〈防犯グッズ〉を使ってください。使えば僕の方でもわかりますが、僕の在不在は二の次です。まずはクラウドで自動的に保存される。それが大事です。いいですね。

座間駐屯地からの帰り道、純也にそう言われていたことを今、この場になって思い出した。

やがて、玄関の引き戸が勢いよく音を発した。

入ってきたのはジャージの上下にベンチコートを羽織って長靴を履き、左手にレジ袋を下げた朝比奈光一郎だった。

この季節に相応しい姿でありながら、そんな格好は朝比奈には、まるでそぐわないように思われた。

二

「おう。矢崎」

台所の隅にレジ袋を置き、その場でベンチコートを脱ぎ、朝比奈は茶の間に来た。

奥に入り、矢崎の右隣で胡坐を掻く。

千鶴子は何も言わなかった。黙って茶を飲んでいる。不思議なことだった。

朝比奈は、胡坐の膝を音高く叩いた。

千鶴子はハッとしたように湯呑みから顔を上げた。

「あら。光一郎。来たの？　帰ってくるならそう言ってくれんと。待っとって。今、お茶、淹れてくるっちゃ」

千鶴子は、それがさも自然な振る舞いで席を立った。これも矢崎には、大いに不思議なことだった。

「おい。ずいぶん簡単な挨拶だな」

「ん？　そうか？」

「お母さんはもう、十年以上お前に会っていないと言っていたが」

朝比奈は肩を震わせた。笑ったようだ。

「なるほどな。十年か。それなら、もっとオーバーアクションにすれば、感動的だったかな」

「――よくわからんが」

朝比奈は台所を気にしつつ、矢崎に身を寄せた。

「実はな。俺は、一昨日の夕方からここにいるんだ」

「一昨日？」

「そう。ただし、じゃあそのときが感動の対面だったかといえば、そんなこともない。今と一緒だ。いや、今以上に危うかったかな。あらおかえり。今日は早かったのねって言われた」

「――認知症か」

矢崎は声を潜めて聞いた。

「ああ」

朝比奈は頷いた。

「まだら認知症らしい。もっとも、それだって人によって、差異はずいぶんあるって聞いた。ま、お袋の場合は、一日に何度かの波があるやつでな。次第に周期は短くなっているから、いずれは」

「ねえ、光一郎」

台所から声がした。

「何日か前に届いとった案内状じゃけど、私の方で出席にマルして、出しよったよ」

「ん？　ああ。そうかい」

「家族同伴もいいって書いてあったっちゃけど、連れてってくれるんよねえ。一回くらいはそのふざけた学校、お母ちゃんも見とかんとねえ」

言いながら暖簾を分け、千鶴子は怪訝な顔をした。

茶の間に息子と〈見知らぬ〉矢崎がいて、それがどうにも訝《いぶか》しいようだった。

「矢崎だよ。同級生の」

「へえ。珍しいこともあるもんだっちゃ」

千鶴子は、手の盆から一個の湯呑みを炬燵に置き、もともとあった湯呑みと急須を載せた。

「ああ。母ちゃん。いいよ。矢崎はもう帰るから」

朝比奈は言いながら、矢崎に目で合図をしてきた。

「送ってくよ」

矢崎が席を立つと、先に車の方に行っててくれと朝比奈は言った。

言われるままに、簡単に礼を言って千鶴子の前を辞去し、表に向かう。

雪がさっきまでより、少し強くなっているようだった。

開け放たれたシャッターの中には、荷台に幌《ほろ》が掛けられた真新しい軽トラが一台停められていた。

他に、右の奥に古ぼけた薬剤散布用のタンクや、土を掘り起こすような機械が置かれている。

「今はもう使ってないけどな」

後から入ってきたベンチコート姿の朝比奈が説明するように言った。

軽トラのエンジンを掛け、やおら荷台の幌を外し、あおりを切る。

「ちょうどいい。手伝ってくれ」

朝比奈は軽トラの荷台に上がった。

そこには、木枠とビニルに梱包されたコンパクトな機械があった。タイヤが付いているのが見えた。

「これは、折り畳み式の車椅子か？」

「ああ。しかも日本製の電動だ。最近のは進んでるな。登坂角は最大十三度、リチウムイオンバッテリー搭載で、走行距離は四十キロ近くはいけるそうだ。仕様書レベルだが」

ただし、と言って朝比奈は、木枠ごと矢崎の方に押した。

「一人でここから降ろすには重い。二十五キロちょっとあるからな」

「そうか」

矢崎も手伝い、下に降ろす。

たしかに、手に掛かる重量はそこそこにあった。

そのまま梱包を外し、朝比奈はおそらく傷の確認をした。恐ろしく真剣な目だった。

よし、と手を叩いて、そのまま車椅子を片隅に寄せた。薬剤散布用タンクの隣だ。

「雪が解けたら、乗りたいんだとさ。まあ、お袋も足が随分悪くなったしな。これがあれば、本人なりの遠出も出来るだろう。家と畑に籠るよりは、ずっといい」

建屋の中に、軽トラの排気ガスがずいぶん濃くなっていた。

「じゃあ、行くか。富山駅まで送る」

「いや。駅はすぐそこだ。歩く。連絡先だけ教えてくれれば」

朝比奈は両手を前に出して振った。

「無理無理。駅はすぐそこでも、電車は滅多に来ないぞ。待つ時間も考えたら、乗ってった方が断然早い。遠慮するな。連絡先は、さて、どうするかな。それは遠慮してもらおうか。その代わり、お前の名刺くらいはもらっておいてやるよ」

朝比奈は軽トラの運転席に乗り込んだ。

車中で身体と手を伸ばし、助手席の窓を下げる。

「乗れよ」

「お母さんはいいのか。認知症なんだろ」

「今に始まったことじゃないし、今までちゃんと構ったわけじゃない。この辺は昔から、何をするにも互助が基本だからな。それでいい。いや、その方がいい。俺が関わるくらいなら、俺に関わるくらいならな」

そう思わんかと聞かれて、矢崎は黙って助手席に乗った。シートベルトを掛けると、朝比奈はエンジンを唸らせて発進した。

「さて、時間はたっぷりあるようで、実はそう多くない。何を話そうか」

「そうだな」

矢崎から話したいことはそうなかった。ただ、聞きたいことは山積みだ。

そう言って、朝比奈は語り始めた。ハンドルを握ったまま、一度も横を向くことはなかった。

――始まりは、そう、防大時代に戻るが、一九七二年だった」

「そうだな。じゃあ、勝手にしゃべるぞ。長くはなるが、まとめるのは昔から苦手だ。

「今まで何をしていた」

知らず、まず自分の口から出た言葉がこれだった。

そう考えたとき、

〈さて、どう聞くか〉


〈そもそも俺はな、戦いを学ぶために防大に入ったんだ。お袋はずいぶん反対したけどな。正確には、正義や大義といった名分が本物の戦いの中でどれほど真実か、なんてな。そんな青臭いことを、防大に行けば教えてもらえると思ったんだ。結果は、お前もわかっているだろう。学べたか？　ふん。まあ、いい。青臭く正義を語ってブレない、超堅物のお前に聞くことじゃなかった。

なあ。矢崎。――ああ。やっぱり長い話になるな。初めからするか。

そう。なあ、矢崎。俺の親父が特攻帰りって知ってるよな。特攻帰りってのは、辛いぞ。人に拠るんだろうけどな。それはわかっているが、だとしても俺の親父は酷かった。後で知ったが、隣の集落にも、その隣の集落にも同じようなのがいたらしい。今でいうならPTSDか。きっと、そういうことになるんだろうな。

入学してから防大の図書館で、とある従軍記者の手記を読んだ。そこに、死を恐れる人の本能が、訓練によって喜ぶ心境になっているのが特攻隊員、というのがあってな。腑に落ちたよ。大いに腑に落ちた。

お袋と結婚した頃は、まだよかったらしい。お袋も畑に男手が欲しいというのもあったようだし。それが年月を経て、本当に平和になったんだと実感したとき、そう、俺が五歳だったかな。お袋に言わせれば、あの畑にチューリップが、初めて満開になったときだったそうだ。

役場の正午のサイレンでな、親父がいきなり、

――おい。何をしている。獲物がやってきたぞ。出撃だ。

それまで見たことのないほど嬉々《きき》としてギラギラした目で、そんなことを言い出したらしい。お袋が何もしないと、手が付けられないほど暴れてな。初めて満開になったチューリップ畑は、親父の手でめちゃくちゃにされたって話だ。

矢崎、笑えよ。俺の一番古い記憶は、お袋と二人でそんな親父をリヤカーに乗せて、この辺を押し回ることなんだ。行けぇ行けぇってな。リヤカーの先頭で、親父は子供みたいにはしゃいでた。

最初は毎日じゃなかったが、サイレンに触発されてスイッチが入った日は、まず間違いなくリヤカーだった。雨とか雪とかは関係なくてな。それが次第に酷くなって、一年も過ぎた頃にはほぼ毎日だ。時間も長くなって、最初はこの辺を一回りすれば大人しくなったものが、最後の頃は一時間以上は二人でリヤカーを押してた。

そうしないと親父はお袋を殴る蹴るでな。俺も同じ目にあうはずなのをお袋が庇《かば》って、それでお袋はいつも、俺も分まで痣《あざ》だらけだった。

集落の人たちは、別に何も言わなかったな。関わり合いになるのを嫌がったってわけじゃない。そんな戦地帰りは、あれだ。さっきも言ったが一杯いたんだ。特攻帰りだけじゃなく兵隊だけじゃなく、一般の引揚者にも腐るほどいたって。まあ、あの頃はそんな時代だったんだな。

けど、親父は本当に、特に酷かった。お袋は畑と卵売りで俺を育ててくれたが、それに加えて毎日リヤカーだ。日に日に痩せ細っていったよ。言葉も少なくなって。

それでな、とある日だ。いや、とある日、じゃない。俺は知ってた。

あの小見の集落の先はな、亀谷《かめがい》温泉を抜け、立山連峰西方の鉢伏山《はちふせやま》へ続く山道になるんだ。崖路だな。

その途中の九十九折《つづらお》りのカーブに、お袋は暇を見つけては出掛けて、ガードレール代わりじゃないが、そんな辺りの深い藪をな、鼻歌交じりに、丹念に刈ってたよ。俺も手伝った。最初は何だかわからなかった。山菜探しくらいにしか思わなかった。けどな、途中で、さすがに俺にもわかったよ。わかったらな。お袋が、なんで鼻歌を歌って上機嫌なのかもわかった。俺もな、子供ながら、肩から力が抜けるようだった。

雪が降り出すと、この辺はあっという間に深くなるんだ。俺が六歳の年は、いつになく降り出しが早くて、雪そのものも例年より多かった。

その日、正午のサイレンが鳴ったときの空模様は、昨日のことのように覚えてる。特に酷い吹雪だった。視界は悪いどころじゃなかった。

その日も親父が、いつものように騒ぎ出した。俺とお袋は、当然いつものようにリヤカーを出し、そして、いつもじゃない山道の方に押していった。上り坂なのに、妙に早かったのを覚えてる。

——行けぇ。行けぇ。今日こそ仕留めてやる。撃沈だぁ。

通る車もない日だった。いや、そもそもこの辺で車なんて、見ることさえ滅多にない時代だった。雪が降る季節はなおさらだ。

——行けぇ。行けぇ。

九十九折りのカーブは、ぽっかり口を開けてな。白い息を吐く、魔物の顎のようだった。ははっ。ここから先は、内緒だがな。特に言うことはない。親父はそのまま行方不明だ。春になっても、死体が出たとか聞いたことはないな。熊か狐か、とんびか。肉を食らう動物は一杯いるし、ましてや雪解けの春だ。

時効？　そんなのは関係ない。言葉にすると無粋だしな。

ただ、崖に喰われる瞬間、親父はたしかに俺を見たな。真っ赤な目を細めるようにして。

――行けぇ。行けぇ。これでようやく行ける。光一郎。すまないな。いや、ありがとうな。

雪に消えてゆく親父は、俺にそんなことを言ったんだと思う。親父は柔らかく笑って、手を振っていたようにも思う。そんな優しげな親父を、俺は生まれて初めて見たよ。

俺はなぁ、矢崎。その姿をな、感動を以て見送ってしまったんだ。ＰＴＳＤなんて知るわけもない頃だ。子供だ。

戦争とは、戦いとは、人をなんて純化させるものなのかとな。あくせく働く他の大人たちより、我が道を生き抜いた親父の、なんて真っ直ぐな人生なんだろうとな。

矢崎、俺はそこから、防大を目指したのさ。初めてお袋に相談したときには、ずいぶん反対されたけどな。

お袋は俺と違って、親父で懲りてたんだな。戦争も、戦争を起こしたこの国も大嫌いだってな、よく言ってた。憎んでもいたみたいだ。ある意味、親父と同じくらいに、お袋も戦争に狂わされてたのかもしれない。

だからな、本当に反対された。こう、目を吊り上げてな。猛反対だ。

ま、どう反対されようと俺の人生だ。真っ直ぐな親父の生き方も見てたし、歪《ゆが》むしかなかったお袋の人生も知ってる。だから、何を言われようと構うものではなかった。国の金を使って、国に抗《あらが》うための色々なことを教えてくれるから、とかなんとかは言ったかな。

ひとつ大きな約束はさせられたが、矢崎、後のことはな、ほぼお前も知っている通りだ。俺は、そんな生き方をして、そんなことを理由にして、そんなふうに反対されながらもな、防衛大学校に入ったんだ〉

三

小見の集落の対岸を常願寺川や地鉄に沿って走る県道六号は、大川寺《だいせんじ》駅手前で常願寺川を渡る。

そこからはほぼ、富山市の市街地だった。民家も増え、コンビニも見えた。

朝比奈の話を聞いてきた矢崎は、戦後日本から二〇一八年現在にいきなり滑るような感覚に囚《とら》われた。

ホッとするような、吐き気がするような。

「ここまでくればもう、大丈夫だ。どれほど雪が降ったってすぐ除雪されるからな。道路は安全だよ」

朝比奈はそんなことを言った。

矢崎は窓を開けて外気を吸い、腹の奥を凍らせるようにして息を落とし、声にした。

「もう一度聞くぞ」

今まで、何をしていた。

「ふん。思ったより長くなったからな。もういいかと思ったが、そうだな。相手は堅物の、お前だったな」

そう言って、朝比奈はまた語り始めた。

「俺は矢崎、在学中にな。実はスーダンに興味を持ってしまったんだ。強烈にな」

降る雪は今や、本降りだった。


〈始まりは防大時代に戻るが、一九七二年だった。正義や大義といった名分が本物の戦いの中でどれほど真実か、それを知りたかった。けれど矢崎、わかるだろう。実際の戦闘、戦争なんて、当時の日本では夢物語だった。今でさえ、自衛隊の有り様が憲法第九条で議論されたまま尽きないのだからな。

入校してすぐ、俺は現実に失望しかけた。そんな俺に夢を見せてくれたのが、俺たちが入校直前に終結を見た第一次スーダン内戦だった。スーダンのクーデターだ。本物の戦いがそこにあったんだ。

あのクーデターは、俺たちの作戦基礎や戦略の授業の、いい教材になったよな。この一連の動きを成功させたヌメイリが、米国の陸軍指揮幕僚大学出で、共産主義者を追放してソ連の影響力を排除したっていうのも大きかったか。

当時は、これは民主主義的正義だと公言する教官が多かった。坂本龍馬《さかもとりょうま》ばりに、スーダンの夜明けぜよって言ってたのは、あれは高知出身の教官だったな。少なくとも、俺たち一学年生にはあまり人気のない教官だったが。

色々、そういう時代だったというべきか。

アメリカの属国って、そんな揶揄《やゆ》は今も昔も変わらないが、あの当時は今以上に米国追随主義だったな。それは矢崎、お前も反論はないはずだ。

たしかに当時は何もかもが、アメリカに従っておけば最新にしてハイデザインだった。自分たちが先進国の最先端を走っている気さえした。だから当時は、仮想敵国としてソ連の存在は、日本にも大きかった。

教官にも拠ったが、少なくとも俺たちの専攻科では、スーダンのクーデターを話題にする教官は多かった。まあ、それにしても、今のようにネットで世界の情勢がわかる時代じゃない。教官連中も、新聞記者より少し多くスーダン内戦について知るくらいだったはずだし、その受け売りでしかない俺たちは況《いわん》やだ。

だからな。そう、正確に言えば、俺が本当に興味を持ったのはあれだ。矢崎、俺たちが四年のときだった。石油メジャーのシェブロンが、スーダン南部に多くの油田を発見したよな。

え、知らない？　そうか。まあ、この年は四月にサイゴンの陥落があって、ベトナム戦争終結の話題で持ちきりだった。俺は折につけ、スーダンの国情を気にしていたからな。俺のアンテナだけが、北東アフリカを向いていたのかもな。

ただ、質問すれば俺の指導教官は冷静に答えてくれた。油田の発見は、南部の自治を危うくするだろうと。石油資源は莫大な富をもたらすからな。

——北は不満を持つだろうな。

——いずれ内戦だな。

——そう遠くないかもしれないな。

そんな話が、俺の心に火を付けたんだ。

俺はな、俺たちの卒業式の後、その足ですぐスーダンに向かった。まあ、現実に入国を果たすまでには、だいたい三年半を要したけどな。あのときは、ただ気持ちだけが先走った。

ルートなどあるわけもない。まずはこの頃、唯一防大と交流があった留学生の伝手《つて》を辿《たど》って、タイに渡ってな。そこを拠点にして、国から国を渡った。それが後で商売のコネにも窓口にもなるのだから、人生はわからない。若さの特権はある意味、特急券だったかな。

ふふっ。今なら、物理的な移動時間の他に三日もあれば、どんな国の国境線も潜ることが出来ると断言してもいいが。

国境など笊《ざる》の目だよ。矢崎。ひと跨《また》ぎだ。危険がないとは言わないがな。

ははっ。まあ、それは余談としても、俺の指導教官はな、矢崎。なかなかに優秀だったようだ。実際、スーダンの第二次内戦は八三年勃発ということになっているが、ムスリム同胞団も共産主義者もな、俺が入国した頃にはもう、薄暗闇の中で蠢いていたよ。

暗闘？　それどころじゃない。場所によっては表の闘争に入っていた。諸外国が知らなかっただけさ。――いや、見て見ぬ振りをしただけさ。

この第二次内戦から、スーダンはずっとクーデターの連続だ。俺はな、矢崎。そんな紛争の場を、生涯の住処《すみか》として生きてきたんだ。傭兵としてな。チームも持ったぞ。

二〇一一年の分離独立からは、主に俺の働き場所は南スーダンになった。このときはアメリカからジミー・カーターもスーダン入りしたしな。そもそもテロ支援国家の指定も受け、経済制裁も厳しかったからな。これ以降、スーダンは牙を抜かれた格好だ。その分ではないが、南スーダンは面白くなった。また内紛、クーデターだ。米国や東南アジアの紛争にも関わったが、一番人の欲望が剝き出しなのが南スーダンだった。失敗国家ランキング一位だそうだ。実に面白いじゃないか。

なんだって。正義について？　ああ。わかったぞ。いや、わからないことがわかったというのが正解かな。

　誰の心にもあり、他人には理解出来ないということがな。出来ると思うのは妄想で、共感と共同は正義の遂行を不自由にするだけだろう。矢崎、どうだ。——そうか。わからないか。俺もその真実を、明確な言葉にするのは難しい。いや、言葉にしようとすることは、これは無粋だな。

　だから、わかれとは言わない。矢崎。これはな、丸裸の命で互いに血を流し、正義をぶつけ合った者にしかわからない理屈だ。血で血を洗う。いや、命で命を洗ってこそわかる、シンパシーのようなものかもしれない。

　難しいものだ。けれど、複雑ではない。真っ直ぐだ。純粋だ。だからこそ、言葉に表すのは無粋なのだ。

　ああ。また長くしたな。とにかく、矢崎。俺は俺の正義に従って死生の間に生きてきた。そうするとスーダンだけでなく、東南アジア諸国やアフリカ全体が、いつの間にか俺の生活圏で商圏になっていた。面白いもんだ。

　矢崎。俺の商圏には、日本も入っていてな。

　ジョーカー。

　そんなに驚くなよ。カンボジアで身をもって知っているだろう。助けに行って自衛しか出来ないなんてのは笑うに笑えないし、有事にあっては死ぬに死に切れないよな。

クラチエからストゥントレンに向かう街道で、ポル・ポト派の武装ゲリラに襲われたな。撃退したのはフランス外国人部隊だったようだが、あのとき お前を助けた少年はどうなった。中東のどこかの子供だったかな。なかなかいい面魂《つらだましい》をしていたが。

知っているよ。言っただろう。東南アジアも商圏でな。実はあのとき、俺も近くにいたんだ。え、どっち側かって？　さあな。どっちもってことも、ときにはあるぞ。

なんの商売かって？　そうだな。主には、俺も含めた傭兵の斡旋《あっせん》さ。チームを組んでいる。あとは武器のレンタルだが、これは日本だけだ。

なあ、矢崎。お前も体験したカンボジアの、その一事を以てな。ジョーカーは生まれるべくして生まれたのだ。

一九九四年のルワンダから、ジョーカー部隊は派遣されたぞ。カンボジアではゲリラに襲われてさえ、銃の所持を過剰と吼えた野党があったな。それで時の総理は切れたって聞いた。

〈隊員に銃が過剰というなら、いいだろう。その代わり、人ならぬ人を派遣する。そうだな。ジョーカーとでも呼ぶか。切り札であり裏札である。実体も持たないジョーカーが、身命を賭して隊員を守る〉、とかなんとか。

それで密かに防衛省と外務省を通じてな、当時カイロにいた俺に打診があった。一九九二年からは防大に、フィリピンとマレーシアからの留学生も受け入れが始まっていただろ。

俺はマレーシア国軍とも武器の売買で通じていたからな。カイロに俺が入っていることを聞いたようだ。まあ、タイの連中からも俺の存在自体は聞いて知っていたようだが。ルワンダ、ジョーカー。

アサルトライフルを始めとする銃火器各種、7・62NATO弾を始めとする弾丸各種、グレネード各種、衣料・食料各種、野営宿営用具各種、医療品各種、必要に応じてそれらの保管・移動、必要に応じて現地通貨の交換、必要に応じて必要な期間の現地ガイド、必要に応じて必要に応じて etc. etc. etc。

俺たちとジョーカーの付き合いは、そのときから始まったんだ。

それにしても、あのジョーカーってチームは、最初から本当によく出来ていた。惚れ惚れするくらい、統率が取れて強かった。日本にもそんな、本物の戦闘チームがあるってな、身体が熱くなったのを覚えてる。

ところが、そんなジョーカーが去年に入って、ふといなくなった。こちらでジュバ近くのジャングルに用意してやった武器庫やアジトにも、出入りの形跡がまるでなかった。

帰ったのかとな、そのときは気にならなかった。また自衛隊がPKO派遣されれば来るだろうくらいにしか思わなかったし、金はジョーカーが払うわけでもなかったしな。

だから、一旦は忘れた。だが、去年の十二月に、アフリカの政府間開発機構が南スーダンの調停に入ってたな。敵対行為の停止で合意がなってしまったんだ。そんな雰囲気は十月のうちからあった。政府軍も反政府組織も、本当に疲弊していたんだ。

まったく、俺たちのチームはあの時期、ついてなかった。一昨年はシリアのアサド政権が米露の仲介に尻尾を巻いた。コロンビアでは依頼を受けていた政府がコロンビア革命軍と停戦に合意した。コロンビアは去年に入って、民族解放軍とも停戦に合意しやがった。ミャンマーでもアラカン・ロヒンギャ救世軍が停戦を宣言した。それで、俺たちにもう金を払わないと言ってきた。

どれも、俺たちチームにとっては大いなる痛手だった。戦場がなければ、戦いがなければ俺たちは生きていけなかった。死も厭わずとは言わないが、そのギリギリ、ひりつくようなその瞬間こそ、かえって命は純粋だ。自分の中の正義も輝く。

PTSD？　ふん。だったらどうしたって感じだな。

なんにせよ、これはちょっとばかり、困った事態だった。俺たちが参加していた戦場が全部閉店になったんだ。芽は他にもあったが、どれもすぐに戦場として花開くものではなかった。まだまだ〈養分〉が必要だった。

そこでな、ふと、ジョーカーはどうしたってな。日本からの音沙汰が一切なくなったことも気になった。それでな、こっちのルートで日本に打診してみたが、俺が直接知ってた部隊の奴らは進藤《しんどう》を始め、なんと全員が死んでいた。さらに気になってこっちで調べた。

白ナイルに花を浮かべた連中がいたらしい。ジョーカーは全滅したと知ったよ。あのジヨーカーを潰すって、そんなチームが日本にあるのかってな。特殊作戦群か？　だが、さらにルートを辿れば、その特殊作戦群すら殲滅だって話じゃないか。こちらのルートに拠れば、ミストとか特務班とか。

古い記憶が、呼び覚まされる感じだった。

陸自のイラク派遣の後だったか。とにかくまだ防衛庁の頃だった。日本に帰ってきて統括官殿のところに顔を出した。厚生棟のテラスで話していると、近くに座った男を見て、統括官殿が口に指を当てて俺を制した。

後で聞いたらな。あれは統幕の指揮通信システム部の男で、怖い男で、おそらく特務班だ。余計なことを聞かれるのはまずい、とか言っていたのを思い出した。香山？　さあ。仮定の話だ。名前など限定しない。逆に言えば、そんなものはただの記号だ。

とにかく、そのときは監察のような存在かと思ったが、聞き違いはもちろん、偶然の一致など有り得ないだろう。

ミスト、特務班。

仮想敵ははっきりした。一瞬で血が滾《たぎ》り、高揚したよ。命の純化だ。あとは、行動を起こすべき目的があれば正義が輝くってな。

そんなときだ。

——ああ、まあ、これはいいか。

とにかく、日本に行こうと思った。日本にも戦場があるのではと夢想した。いや、ないならないで勝手に戦場にすればいいってな。簡単なことだし、素晴らしいアイデアに思えた。故国で戦う。これは脳裏に、一気に郷里のチューリップ畑が見える感覚だった。そのチューリップの絨毯を蹂躙《じゅうりん》する感覚だった。

そう、長くても八年。それくらいに一度は日本に帰ってたからな。戦後日本は、いつまで経っても戦後日本を引き摺ったままだと知っていた。帰るたびに鼻で笑ったものだ。平和と安定を餌に、骨抜きのままだ。俺の親父をあそこまで特攻に駆り立てた、命を純化させた強烈な日本はどこにも見当たらなかった。そんな寝惚けた場所に、戦いを持ち込むなど造作もないことだ。だから俺たちはやってきた。そして――おっと〉

もうすぐ着くぞ、と朝比奈は言った。

まさに吹雪の向こうに、富山駅北口の広場がうっすらと見えた。

四

朝比奈は、富山駅近くのコインパーキングに軽トラを入れた。

矢崎は礼を言って降りようとしたが、朝比奈も降りてきた。

降りて、雪の中で朝比奈は、腕にはめたロレックスの時計を見た。

釣られるように、矢崎も現在時刻を確認した。

もうすぐ午後五時になろうとする頃だった。

矢崎が乗る予定の新幹線までは、まだ二時間程度の余裕があった。

「せっかく来たんだ。土産の一つも持たせないとな」

そう言って、朝比奈は先に立って富山駅に向かった。

駅ビル一階に乗り込んでいる路面電車駅と新幹線中央改札口前の間は、駅の北口と南口を繋ぐ広いコンコースになっていて、太い天井までいくつも伸びる太く四角い間柱の南北には、しっかりとした作りのベンチが設置されていた。

北口と南口方向は南北自由通路と言い、十字に交差する方向は東西自由通路と言った。

北から入って東に自由通路を進めば、右手が土産物売り場になっているそうだ。

〈きときと市場　とやマルシェ〉と言うらしい。コンコースから東側の自由通路を指差し、朝比奈はそう言った。

「この辺のベンチで待ってろ」

そう言い残して朝比奈はマルシェに向かった。

何やら、違和感はあったが矢崎は言われた通り、ベンチに座って待った。

やがて十五分も過ぎると、朝比奈は幾つかの袋を手に戻ってきた。

白エビ、創作和菓子、押し寿司。

それぞれの袋にはそれぞれを示すような、文字とイラストが躍っていた。

矢崎は立ち上がり、南北自由通路まで戻ってくる朝比奈に近付いた。

朝比奈はそれらを渡すように差し出してから、

「おっと」

勿体を付けるようにして、一旦近くのベンチに置いた。

矢崎は眉を顰《ひそ》めた。

「まあ、これも土産っちゃ土産だが。実はな、矢崎。こんなものはおまけでな」

朝比奈は腕時計を気にした。

「そろそろ、仲間から連絡が入る時間だ」

「なんだ」

「それこそが、お前への本当の土産だ」

「わからんが」

「ここからはな、矢崎。俺の空想、絵空事の話だ。その胸のモンブランがどこにどう繋がっているかもわからんからな」

矢崎は思わず胸ポケットに手をやった。起動したまま矢崎自身ですらが失念していたスパイカメラを、朝比奈は正しく把握していたらしい。

「わかっていたのか」

「ああ。一メートルに近寄らなければ、俺もわからなかったかも知れない。なかなか精巧だな。値段も驚くほど張るはずだ。そんな代物をどうやって手に、というか日本国内に入れたかは興味深いが、今は置いておこう。それより土産の話だ。いや、先に、土産に繋がる話をしようか。それこそ、お前が富山に来た甲斐《かい》のあるような話だ。もちろん、俺のフィクション、作り話だが」

片目を瞑り、朝比奈はベンチコートのポケットに手を入れた。

「大阪の奴には、俺のチームの一人がBND第一局の人間と名乗り、登山倶楽部を通じて接触したようだ」

「BND？　ドイツの連邦情報局か」

その第一局なら、ヒューミント、人的諜報部隊ということになる。

「そう。大阪の奴は、防衛庁で例の統括官殿が怖いと口にしていた男だ。顔は覚えていた。運良く、もう退官していたから、経歴も天下り先もネットですぐわかった。外に出た人間に、組織の扱いは雑なもんだ。警備会社の利益をちらつかせて、まずは色々と遠回しに陸自の中のことを聞いたようだが、身持ちは堅かったとか。どう攻めるかと考えていたところに、福岡の男が大阪の奴を訪ねてきた。というか、前からちょくちょく売り込みに来ていたようだ。どうにも口の軽い男らしく、前にも口が滑って大阪の奴に怒られたみたいだな。それで登山倶楽部の、登山前検診を無料で買って出たとか。この男の素性もすぐにわかった。退官した陸自の医官だった。まあ、口の軽さは本人には災いだろうが、俺たちには幸運だった。検診の合間に、昔の誼でとか、あの班は普通の隊じゃないでしょうとか言って、まだ言うかとな、大阪の奴が激怒だ。前に怒られたのもきっと、そのことだったのだな。他の登山仲間にはわからなくとも、俺のチームの奴はピンときた。それで、福岡でその医官だった男に、別のチームが接触した。こっちは話が早かったようだ。見知った限りのリストを売ってくれるということで話はまとまった。ただ、この男と接触したことを、抜け目ないな。大阪の奴に知られたようだ。ドイツに帰れと言われたとか。退官してようやく、日向に身を置いたのだ。影の差すような揉め事には関わりたくないと。それで、雪山を利用して消えてもらった。福岡の男はまあ、フィクションにはよくあるパターンだ。小出しにしたとかな。欲の皮が突っ張るとロクなことが起きない典型だ。で、ある程度のリストを受け取ったところで、不幸が襲ったというわけだ。それにしても、ロクなことが起きないような奴の信憑性《しんぴょうせい》は高くないからな。石橋は叩く意味でも確認が必要だった。富山の男は、これは俺の先輩に当たる人だが、リストに名前があった。退官して経歴が明るみになってみれば、大阪の奴とたしかに接点があった。というか、誰が見ても感想はクロだったろう。俺の知る当時から面倒を見ている感丸出しで、本当にイラつく人だったが、仕方ない。今度も面倒を見てもらおうと富山を訪れた。——ああ、何度も言うが、フィクションだぞ。なんなら調べてもらってもいい。自信はこちらにたっぷりだ。それで、呼び出して、顔を見せて、一杯呑ませて、それらしく昔話をして、誘導しながらリストを見せた。これ、なんですかってな。答えはもともと欲しいとも思っていなかった。指原さん、おっと、あの人は相変わらずだった。一瞥するなり、顔色が変わった。まあ、俺の方はそれでよかった。それだけでよかった。十分だ。没収するとか言ってたが、ふふっ。渡すわけもない。懐に捻じ込んで、はいさよならだ。その確認後に福岡の男が消えて、その後の富山の結果は、お前も知る通りだ。それで作戦が始まった。女性自衛官が死んだ。あれはそう、惜しい結果だった」

朝比奈はそこまで言って、矢崎に視線を合わせた。反応を窺うようだった。

「なぜ、わざわざ俺にそんな話を聞かせるんだ」

「それはな」

朝比奈はまた腕時計に目を遣った。小首を傾《かし》げた。

——おかしいな。

たしかに、朝比奈はそんなことを呟いた。

その直後だった。

矢崎の携帯が振動した。

純也からだった。

朝比奈がこちらを見ていた。

構わず出た。

「見ていたのかい」

――はい。

電話口の向こうに聞きながら、こちらこそ朝比奈の反応を窺う。

朝比奈は彫像のように立っていた。

「保存だけでもと思ったのだが」

――作動が確認されましたから。直近では師団長の行動が、最優先確認事項なので。

「ロートルは一人にしておくと不安だと」

――何をするかわからないのは、若い証拠です。

「なるほど。では、全部見ていたのかな」

――最初から。けれど、全部かどうかは不確かです。中抜けってやつですか。

「中抜け？」

――はい。コインパーキングに車を入れた辺りから、スパイカメラを指摘されるところまでは未確認です。こちらにもしなければならないことが出来まして、瞬間的に優先順位が下がりましたので。というか、最優先事態が勃発したものですから。

「ほう。それは、なんだね」

――あっと。それが、今の疑問に対する答えでもあります。スピーカにしてもらってもいいですか。

　矢崎は携帯を耳から離し、純也の指示通りにした。

　特に言葉にはしなかった。すでに純也はスパイカメラの向こうで、全部を見ているはずだった。

――朝比奈光一郎さん、ですね。町屋斎場で一度お見掛けしましたが。取り敢えず初めまして、と言っておきましょう。警視庁公安部の小日向です。

　声を聴き、影像と化していた朝比奈が揺らいだ。

「ほう。警視庁。無粋な覗き見君に、こちらから言うべきことは何もないが」

――申し訳ありませんが、こちらからはあるんですよ。無粋ついでにお聞き下さい。師団長がいただいたお土産のおまけの、お返しくらいにはなりますよ。

「図々しいが、まあ、矢崎が許したのなら、その顔に免じよう」

――ではお言葉に甘えて。朝比奈さん。そんな場所でいくら待っていても無駄ですよ。座間の藤平陸将補と大村の滝田一佐は無事ですから。

　朝比奈の眉が動いた。

「なんだって」

――さて、ではここから僕も、誰に聞かれても構わない、フィクションの話をしましょうか。

朝比奈は答えなかった。

――九州のとある駐屯地司令の一佐が、死んだ医官の家からリストの元データを回収していました。たとえば私の部下が、狙われていたその一佐本人から提供を受けまして。いわゆる泳がせですが、釣れましたね。大物、いいや、人の死を楽しむ小者が。福岡のイラン人が消えたと見せかけたのは、フェイクですね。その一佐を狙っていたのでしょう。ですが、日本の都市で外国人が本当に姿を消せるとお考えですか。ジャパニーズ・ニンジャじゃあるまいし。しかも動いたのは、おそらく特務班です。まあ、その特務班の失態と言えば、詰めが甘かったことですか。船を奪われたとか。イラン人の最後は船もろともの爆死だったようですが、そんなものまで持ち込みましたか。

朝比奈は動かなかった。

――さて、次は座間ですが、こちらは今さっき、あなたが師団長におまけを買っている間に終わりましたよ。特に誰が動いたとはまあ、僕の口からはなかなか。ですが、彼はドイツの人でしたっけ。雪山での射撃能力は高かったようですが、すでにこのドイツ人の〈処理〉は終了しています。何もなかったことになるでしょう。座間駐屯地の話ではなく、これはキャンプ座間の、米陸軍の件として秘匿されます。いかがでしょう。

これにも朝比奈は反応しなかった。

――最優先事態対応。そんな休日出勤の代償は、高いものにつくと覚えておいた方がいい。

いずれ、徴収させて頂きます。では。

純也の最後の言葉は吹雪より冷えて、影像を斬るようだった。

斬られた朝比奈はその場に、黒々とした気配でわだかまった。

（これがあの、朝比奈か）

別人を見るようだった。

「朝比奈」

「矢崎」

思わず口を開き掛ける矢崎を、先に朝比奈が制した。

「フィクションとフィクションだ。俺を罰する証拠は何もない。まあ、お前に見せつけるべき成功のリアルも、こうなっては今のところないが」

背を向ける。

「矢崎。また会うことになるだろうな。次は――会うは別れの始まり、かもな」

朝比奈が肩越しに手を振った。

言葉なく北口へ見送る矢崎の視界を、やがて吹雪の白が覆う。

朝比奈の姿は、黒々としたまま、その中に消えた。

五

富山から帰った矢崎は、月曜になってまた座間駐屯地へ出掛けた。

通常国会は始まっていたが、鎌形防衛大臣の意識はこの後に控える陸上総隊の運用開始に向いているようで、特に矢崎が呼ばれるような場面はなかった。ある意味、大人しいものだった。

この場合は、時間的自由が何にも増して有難かった。

警衛所でふたたび、藤平へのアポなし訪問を告げた。

通されて向かった先は、また司令部棟の屋上だった。

穏やかな晩冬の陽の中に、藤平は一人で立っていた。

凛とした立ち姿に、矢崎には思えた。

「土曜日は、大変だったようだな」

そう聞くと、藤平は薄く笑って首を横に振った。

「どうでしょう。私はその日は、在日米軍の中将や准将と、キャンプ座間のゴルフクラブで出来もしないゴルフに興じていただけですから」

「ゴルフ？　それは」

「よくはわかりません。ですが、政策参与がいらっしゃった翌日、鬼っ子君が預けろと」

「そうか。純也君が」

「そのときの目は、いえ、多くは言いませんが、彼の背負っているものを、ひしひしと感じる佇まいでした」

なるほど。多くを言わない、はこの場合、言ったところで、と同意だろう。

言ったところで、笑われるか馬鹿にされるか。

そんな、言葉にすれば突拍子もないことを、行動によって可能なのだということを証明する。

それが小日向純也という男だ。

それにしても――。

「藤平。よくも、そんな危ない橋を渡ったものだ」

「危ないと思わせないのが、あの鬼っ子君の恐ろしいところでしょうか。例えば百人が、いえ千人が対象だったとして。もしかしたら、その命を預けた全員を犠牲にするかもしれない。けれど本当に、全員を救うかもしれない。そんな危うさと光が、あの鬼っ子君には混在しているように思えます」

「それにしても、陸将補の立場は、余人ではないのだぞ」

「師団長」

「なんだ」

「あの日、私はいずれ、堂林たちの責を取らなければならないと言いました」

「ああ。聞いた」

「鬼っ子君に預けろと言われたとき、私は彼が天使に見えました。肩の力が抜けるような気がしたのも事実です。これは私の、逃げだったでしょうか」

「——いいや」

矢崎は頭を横に振った。

少し、心が騒めいた。

カンボジアで純也を発見してからこの方、折につけ矢崎も感じていたことだ。

共鳴。藤平も至ったか。いや、純也という存在が、無明の中から光を与えてくれる。

天は、自ら助くる者を助く。

矢崎は頷き、大きく息を吸った。

「なあ、藤平。覚悟は、なんであれ尊い。尊いのだから、その覚悟に差し伸べられる手があるなら、堂々と縋《すが》ればいい。あの鬼っ子君は、そんな常人に図りうる覚悟の先に、一人で生きている。——おそらく標《しるべ》なのだよ。彼は。いや、彼からすれば、覚悟ある者が光なのかもしれない。彼から伸びる手は、彼自身が光を摑もうとするものなのかもしれない。

——天使、か。言い得て妙だ。光を望み摑もうとする天使を、人は、堕天使と呼ぶのかもしれないな」

「堕天使、ですか」

「公安の堕天使だな」

「ああ。言い得て妙ですね」

雲一つない、澄み渡る冬空を互いに見上げる。

「なあ、藤平」

「なんでしょう」

「自分の命さえ一瞬、純也君に預けたのなら、お前が胸に抱える遺物、預けてみないか。俺に」

「――」

「俺がそのまま、持っていってやる。いずれ火葬炉で燃やされたら、煙になって、それで終わりだ」

「――考えておきます」

一点、柔らかく言って藤平は目を細めた。「で、先輩。今日は」

「ああ。これを持ってきた」

手に提げていた紙袋を渡す。

「富山で買ってきた。氷見《ひみ》うどんと昆布巻き蒲鉾《かまぼこ》だ」

「これはこれは」

藤平は大いに笑ったようだ。

「なんだ」

「いえ。本当に、先輩もあの鬼っ子君に負けず劣らず、私には光です。泣きたいほどに、光です」

有難く、と言って、藤平は土産の紙袋を受け取った。

話はそれで終わりだった。

藤平に見送られ、矢崎は屋上から降り、そのまま駐屯地の外に出た。

と――。

そこに、パナマ帽の朝比奈がいた。

いてもおかしいとは、なぜか矢崎には思えなかった。

朝比奈は、やけに楽しげに見えた。

防寒着よりパナマ帽が、朝比奈にはよく似合った。

「あの男のことを調べたぞ。矢崎。いや、驚いた。斎場で見掛けたときから、俺もどこかで見たことのある面魂だと思ったが、小日向っていうのはあれだな。カンボジアでお前を助けたあの少年だろう。総理の倅《せがれ》で、つまりはＫＯＢＩＸの一族で。華麗だな。華麗でいて戦場帰りとはまた、凄《すさ》まじい。そうして警視庁、公安警察とはなんの因果か。いや、皮肉か」

「結果だよ。朝比奈。彼が運命に抗って懸命に生きた結果だ」

「血みどろだな」

馬鹿な、と矢崎は吐き捨てた。

「朝比奈。同じ戦場に生きて、お前は何を見てきた。何をしてきた。彼と同じことだと言うなよ。戦場から日本に身を移しても、いや、移してこそ、彼がどうやって、何を拠り所にして戦場を生きてきたのかが見える。その心身の奥底にあるものが見える。お前にわかるか」

朝比奈は動かなかった。

「言葉にしなくても、俺にはわかる。彼は抗い様、生き様の結果として警視庁に生きている」

風が啼《な》いた。

「純粋な大義の中、正義の中。いいや、中などと括るべきものではない。概念に果てはなく、だからこそどこにでもあるはずのものなのだ。富山のチューリップ畑にも、国境や民族の紛争の地にも。純化すべきは命ではない。朝比奈っ」

矢崎の言葉が走った。

「お前にとっての、正義とはなんだ」

言葉の余韻の中で、パナマ帽が風に揺れた。

――飼い犬に、正義などあるものか。

少し目を伏せ、手で押さえ、朝比奈はたしかにそんなことを言った。

「矢崎」

顔を上げ、朝比奈は笑った。

「富山で、会うは別れの始まりだと言ったな。実を言えば今日はそのつもりで来たんだが、まあ、やめておくよ。まずは、しなければならないことがある」

「まだ狙うのか。特務班の連中を」

「さぁて。それも活きているからな。有りだ。だが、物事には優先順位というものがあってな」

朝比奈は矢崎の肩口から奥を睨んだ。

強い目だった。なるほど、戦場に生きたことが今こそ証明されるような目だ。

何を見てきたか、何をしてきたか。

先ほどの問いへの答えが、その目にあったろう。

矢崎にはわかる。

痩せても枯れても、矢崎も過酷な訓練を受け、〈戦場〉に立ち会ったことのあるれっきとした陸自の男だ。

朝比奈は朝比奈なりに、戦火を潜り抜けてきた今なのだ。生きて目の前にいること自体がその証だ。

「あの遠くにも、戦士がいる」

朝比奈は座間駐屯地の遠くに目を細めた。楽しげにさえ見えた。

振り返れば、司令部棟の屋上に小さな光が見えた。

藤平本人か、その部下か。

構えからして狙撃手だろう。光はサングラスの反射のようだが、わざとに違いない。警告だ。

ふふ、と朝比奈は小さく笑った。

「戦士はいるが、こちらは民間の道路だからな。自衛隊という手枷足枷《てかせあしかせ》をつけた戦士に、撃てはしないだろう。つくづくと日本は、ありとあらゆる場所がセーフティゾーンだ。それだけは安心出来る。ただし、そんな場所でも牙を剝く者には、どう対処するか。それこそが甘い。だから死ぬ。矢崎、そう思わないか」

矢崎は答えなかった。

朝比奈も、別に答えは欲していなかっただろう。

一度天を見上げ、

「富山はまだ雪だ。雪が解けたら、花も咲く。俺も」

そんなことを言いながら片手を上げ、朝比奈は矢崎の前から去っていった。
しばらく後ろ姿を見送ると、遠くで合流する者がいた。
アフリカ系の、体格のいい男だった。
朝比奈のチームの一人だろうか。
「朝比奈。飼い犬にも、正義はあるのだ」
呟きが風に乗った。
聞こえただろうか。
朝比奈が遠くでもう一度振り返り、手を振った。

第七章　分室長

一

三月三日、桃の節句のこの日は、早朝からあいにくの小雨が降る、肌寒い一日だった。

前日は春めく陽気で、三月朔日《ついたち》も平年並み以上に暖かかったが、二月終わりの二日間は北風が強く吹き、寒かった。

三寒四温は春の始まりということなのだろうが、この日は午後から雨が本降りになり、気温はさらに下がるという。

体力がある成人にはどうということもないが、小さな子供や春子のような老人には、日々変わる寒暖の変化は、それだけで身体にダメージだ。

にも拘らず、この日は、純也は春子の〈お抱え運転手〉として、銀座回りで成田空港へ向かう予定だった。

成田には、三日前から空港近在のホテルに宿泊しているキース夫妻がいた。

ダグラス・キースは純也の従姉に当たる、望《のぞみ》の夫ということで小日向家と関係している。望の父、小日向憲次《けんじ》は、純也の父、小日向和臣の次兄だ。長兄の良一《りょういち》は二年前に持病が悪化し、もうこの世にはいない。

キース夫妻は、ダグラスがCEOを務めるキース&ホープというアパレルブランドの、直営一号店をシンガポールのオーチャード通りに出店し、そのPRも兼ねて去年のうちに来日していた。

ダグラスも望も捌《さば》けた気性で、小日向一族の中にあって純也に差別の目を向けない、数少ない人間たちだった。

夫婦は前年十月の、時季外れの小日向家晩餐会に参加してから、純也の伯母夫婦が上場させた㈱ファンベルの周年事業に積極的に参加し、かつ大いに楽しんだようだ。

――純也君、ホント、満喫したわよ。久し振りの日本だったし、いつ帰れるかわからない日本だし。

望はそんな言葉を純也に掛け、笑ったものだ。

日本を満喫した二人は、最後に国際空港のある成田に移動した。

そうして、成田山の門前町にして国際的に開かれたこの都市をゆっくり味わってこの日、夫妻はシンガポールへの帰国の途に就くことになっていた。

夫妻の日本滞在は、実に四カ月以上に及んだ。シンガポールに続き、日本に直営二号店をという計画の下準備もあったらしい。

この間、フランス本社へもシンガポールの店へも、指示や提案は日本に居ながらにしてオンライン会議で済ませていたようだ。

こと、デジタル環境が整っている場所では世界は狭い。ゼロ距離と言ってもいい。

しかも日本は望の故郷でもあり、他の国に比べれば、どこへ行っても物理的に安全で。

――安心、安全は、時間の流れをゆっくりにするね。

いみじくもダグラスが言ったこの言葉に集約される安らぎも、二人が長逗留《ながとうりゅう》になった理由だったかもしれない。

そんな二人が帰国するこの日、直接成田に向かわず、銀座に寄り道をすることになったのにはわけがあった。

原因は、そもそもから言えば春子がダグラスに掛けたひと言だった。

それは、一族の晩餐会でのことだった。

――是非、あなたに一着贈らせて。オーチャードの一号店のお祝いよ。

春子は、今は亡き夫ファジル・カマルが懇意にしていた銀座のテーラーで、ダグラスに贈るためのスーツを一着作ると決めたらしい。

そんな約束をしたのだと、純也はずいぶん後になって知った。

自身アパレルブランドのＣＥＯを務めるダグラスも、銀座の老舗テーラーで、しかもオーダーメイドということで大喜びしたらしく、翌日には国立の家に夫婦で顔を出したという。

純也はブラックチェインに関わる別件で横浜駐屯地に用事があり、国立の家を先に一人で出ていたからこのことは知らない。

そして、この日のうちに春子は望が運転する車で、キースとともに銀座に出て早速テーラーに向かったらしい。

もちろん、言われれば純也も、このテーラーのことは知っていた。東大の入学式のときに着た新しいスーツは、春子にこのテーラーで仕立ててもらったものだ。

卒業式も、入庁日にも、純也が着たのはこの店の前主人が丹精込めて仕立てた上等なオーダーメイドスーツであり、純也を祝う春子の心だった。

現主人である息子も腕のいい職人だというが、こと縫製の腕は父親にまるで敵わないという。

春子からのオーダーということで、久し振りにメジャーを持って前主人が大張り切りだったようだ。

そうして、その前主人に採寸から何から、すべてを任せたというスーツの出来上がりが、この帰国日の正午だった。

ぎりぎりで間に合ったということも出来るが、本来であれば一カ月以上も前に仕上がる予定だった。

仮縫い中の三度に及ぶ試着までは順調だったが、本縫いで工程が少々、遅れることになった。

久し振りに精魂込めた前主人が、少し体調を崩したからだ。ただ、それでもこの一着は、どうしても息子に手を出させなかったらしい。

「じゃ、行くよ」

純也は助手席の春子に断り、輝くチタンシルバのＢＭＷ Ｍ４をゆっくりとガレージから進めた。

Ｍ４のオーナーは春子だが、卒寿を機に運転免許は返納した。ために、こうしてときおり純也が維持管理も兼ねて動かすことになる。

車を発進させれば、この日も自宅前の一方通行路にオズの監視車両はあった。

それを左手に見て通り過ぎる。

春子は、監視車両に向けて軽く手を振った。

濃いスモークの中で気配が揺れた。向こうも会釈を返したものかもしれない。

運転手が監視対象の純也でなければ、叩き上げの〈お巡りさん〉たちの車両の、スモークウインドウは下がったのだろうか。

――やあ。芦名さん。お出掛けですか。気を付けて。

そんなことを思えば、知らず、純也の口から微笑が漏れた。

銀座のテーラーに到着したときは、幸運にも雨の止み間だった。

春子は喜んだ。

「衣装ケースに入ってるとはいえ、折角のお仕立物が雨に当たるのはいやだものね」

目を細めて灰色の空を見上げ、白い息でそう言った。

「そう思っていただけるお心が、有難いのです」

前店主も、春子の心遣いを喜んだ。

「キース様へも、よろしく。出会えて光栄でしたと」

そんな店主も交え、テーラー近くで早い昼食を摂り、そのまま真っ直ぐ成田空港へと向かった。

キース夫妻との約束は午後二時だった。

東関道に入った辺りで雨が本降りとなり、最後に小さなゲート渋滞に引っ掛かって少し遅れたか。

待ち合わせは、第一ターミナル四階・南ウイング、F7のチェックインカウンター辺りだった。

予約しておいたP1のパーキングに停める。昼間だというのに、予報通り気温はさらに下がっていた。

春子が一緒だということで、少しでもターミナルビルに近い場所をと、パーキングを予約しておいたのがこの日は大正解だったろう。

キース夫妻は、すでに到着して待っていた。大きな荷物はすでに航空会社に預けた後のようだった。やけに身軽で、望はショルダーバッグひとつ、ダグラスに至っては手ぶらだった。

後はセキュリティチェックへ進み、出国審査を受けるばかりのようだ。

『やあ。待っていたよ』

当然のように、ダグラスは上機嫌だった。

春子の手からダグラスに、スーツの入ったガーメントケースが渡る。

チャックを開け、襟の縫い合わせとフロントボタン周りを触る。

『上々等だね』

それだけでわかるようだ。ダグラスは実に満足そうだった。

『このままでシンガポールまではかわいそうだ。後でＣＡに頼んで、機内のジャケットクローゼットに入れてもらうよ』

なるほど、さすがにダグラスもアパレルブランドのＣＥＯだ。

テーラーの前店主が光栄だと言ったのは、ダグラスのこういう気配りに対してのものだったろう。

『春子さん。大切にします。今度、オーチャードにも遊びに来て下さい』

『じゃ、行くね。芦名のおばさま。純也君。またいつか、会えるといいけど』

純也は春子と二人、手を振って去るキース夫妻を見送った。

だが――。

春子は二人の姿が見えなくなるまで見送っていたが、純也は違った。

二人が背を向けた瞬間から、純也は春子から一歩引いて、ゆっくりと左右に顔を動かした。

左手側には、忙しげに行き交う人の姿以外、特にその視野の中に異物は何もなかった。

ただ、剣呑《けんのん》な気配だけは身体に刺さるほどあった。

対して右手側には、特に剣呑な気配はなかった。その代わり、一番奥の方の壁際に、一人の男が佇んでいた。

生成りのスーツを身にまとった、中肉中背の男だ。

純也をして少し遠かったが、その手に持っているのはパナマ帽だろう。実物を目にしたのは千秋一佐の告別式のときの一瞥以来だが、見間違えるわけもない。

朝比奈光一郎だった。

朝比奈は純也の視線を認めると、一度掲げるようにしてからパナマ帽を被った。

挨拶だったろうか。

「純ちゃん。何？」

春子が声を掛けてきた。

そちらに目をやった一瞬に、男の姿は消えていた。真反対にあったはずの剣呑な気配も一緒だ。

「挨拶。いや、宣戦布告かな」

呟きは、このとき出国ロビーに流れたアナウンスに掻き消され、おそらくすぐ傍にいる春子の耳にさえ届かなかった。

二

キース夫妻と別れた、成田空港からの帰り道だった。

「婆ちゃん。ドライブしようか」

少し遠回りになるが、東関道から京葉《けいよう》道路を下り、木更津《きさらづ》金田《かねだ》インターで降り、東京湾アクアライン連絡道に乗る。そんな説明を春子にする。

目的地は、海ほたるだ。

「あら、純ちゃんから誘ってくれるなんて珍しい。いいわね」

春子も快諾してくれた。

上々だ。

成田空港で朝比奈らを目撃した後、純也は兄・和也《かずや》に連絡を入れた。

和也がこの日、都内にいることはわかっていた。

通常国会の最中だが、一部からは強権との揶揄がありながらも総予算の採決に目途《めど》が立ち、翌週からは改正法案の審議が始まる場面だった。

国会のスケジュールは、父・和臣が総理大臣になって以来、その日程を大きく狂わすことはない。

これは、小日向和臣のリーダーシップ有らばこそと誉《ほ》めそやす者もあれば、逆に、少数意見の切り捨てだと舌鋒鋭く騒ぎ立てる者もある。

意見は十人十色、人それぞれだろうが、いずれにしてもこれはやはり与党の安定的多数と、小日向和臣という総理大臣に好意的な世論に支えられた、盤石と言っていい長期政権ゆえのことに違いない。

だからこそ和臣に敵対する者たちも、安心して金曜の夜には深酒をし、土、日になにがしかの私事を予約出来るというものだ。

そんなわけで、和臣の秘書である和也もこの日は休みで、娘の麻里香《まりか》と新しい自転車を買いに行く予定になっているとは、ちょうど空港までの道すがら、雑談で春子が言っていたことだ。

雛祭《ひなまつ》りだしね、と春子は雑談に言葉を足したが、少し寂しそうに聞こえた。

空港で朝比奈を目撃した後、純也は内心で、指を弾いた。

和也は兄とは言え、何かにつけ衝突するというか、突っ掛かってくる相手だ。聞かなくて済むなら無理して聞きたくもない声だが、車内の雑談で見せた春子の様子は、大いに純也の背を押した。

「しばらく、婆ちゃんをそっちで預かってくれないか」

これがまさに、和也に電話を掛けた目的だった。

話の枕もなく、開口一番、純也は和也にそう告げた。

春子の避難。

和也に春子を頼もうと思ったのは、朝比奈たちの出現に、漠然とした不穏を予感したからだ。

――なんだって。

「僕の周りが、少々キナ臭い」

和也は一瞬、音を立てて息を吸った。苛立《いらだ》ちから来るものだったろう。

――だから一人で、いや、お前が近くにいることに、俺は昔から反対だったんだ。

「一言もないけれど、その議論はまた今度聞いてやる。婆ちゃんの着替え、そっちにあるよな」

——ああ。いつからでも、こっちで暮らせるほどにな。

「ついでと言っちゃゃなんだけど、もう一つ頼みがある」

「なんだ」

「愚図るかもしれない婆ちゃんに、魔法を掛けたい」

「魔法？」

「ああ。今回は特に、そっちにしか用意出来ない魔法だ」

そんな会話をして、海ほたるで待ち合わせることにした。

港区の和也の家からならそう遠くはない。渋滞するとしたら時間的には純也たちの上り車線の方だ。

和也がこれから出るとして、どちらが先に到着するかは微妙なところだろう。つまり、いい感じだ。

実際には時間がまだ早いこともあり、渋滞がなかった純也のＢＭＷの方が、海ほたるには先に到着した。

時刻はもうすぐ、午後五時になるところだった。

場内の駐車場にＢＭＷを停め、四階に上がる。

施設内はそれなりに混んでいた。それでも雨と寒さのせいか、普段の土曜日の混雑ではない。

純也は春子と、サウスキャビンでカフェオレを飲む。

「温まるわね」

そう言った春子の携帯が、軽快なメロディを奏でた。

液晶に浮かぶ相手先を見て、春子は小首を傾げた。

「あら。家の警備会社から。何かしら」

ということは、アップタウン警備保障の立川《たちかわ》営業所の所長ということか。

警備会社から直接、春子に電話が掛かってくるのは、契約者が土地と家の所有者の春子だからだ。

すぐに出て何言かの受け答えをし、春子は携帯を純也に差し向けた。

「家の近所が停電なんですって」

純也に出ろ、ということだろう。受け取って耳に当てる。

「お電話代わりました。停電ですか」

純也も顔見知りの所長だ。向こうも声だけで、それが誰だかわかったようだ。

――はい。ご近所の送電線で断裂があったようです。その復旧が、この雨でかなり遅れているようでして。先ほど、ご自宅から弊社のセンターに自動通報がありました。いえ、誰かの侵入とか、そう言ったことではありませんが。

「なるほど。コントローラや送信機のバッテリーですか」

所長は、はいと言った。

アップタウン警備保障のホームセキュリティは、センサ類は電池式なので停電でも関係なく作動する。

ただし、それらのオン・オフを統括するコントローラと、異常を検知した場合の送信機だけは家庭用の配電盤から電力を供給し、停電時には予備電源として内蔵のバッテリーが働くようになっている。これはおそらく、どの警備会社も共通だ。

そのバッテリーによる作動がおよそ二時間程度というのも、まず主な警備会社なら全社共通だったろう。

ちなみに国立の家は、防犯カメラシステムも同社のものを契約している。内容として、ガレージと玄関と勝手口の外にカメラを、リビングに統合モニタを設置しているが、これらもすべて電源供給型のため、停電時には作動しない。

——あと三十分ほどでバッテリーは切れます。もちろん、その間に送電が復旧すれば特に判断を急ぐことはありませんが。

これは、バッテリーの交換をどうするかという問い掛けだ。

国立の家の場合、コントローラは玄関から上がってすぐの壁、送信機はキッチンの棚の奥にある。

「そうですねえ」

留守の家にアップタウン警備保障の〈誰か〉を入れるか、バッテリー切れを良しとし、〈誰にも〉無防備にするか。

純也は後者を選んだ。

考えるまでもなく、純也にすればどちらも同じことだった。帰って後、〈総点検〉はしなければならない。

所長にそう返答し、携帯を春子に返す。

「この寒い中、停電ですって」

「うん。聞いた」

「いなくてよかったわね。もうすぐ二時間でしょ」

「そうだね」

と答えつつ、さて、いなくてよかったか、どうか。

たしかに今夜、春子が国立の家にいないことは、返す返すもいい判断だったろう。そう思えばテーラーの仕上がりも、キース夫妻のこの日の帰国も、大いに意味があるというものだ。

その代わり、危険の予感はますます濃く、強くなる。

そんなことを考えていると、遠くから走り寄ってくる大きなリボンがあった。

「お婆ちゃぁん」

和也の娘、麻里香だ。

——いきなり行ったら迷惑になるとかなんとか、婆ちゃんなら渋るはずだ。だから、麻里香が暇なら手伝って欲しいのだけれど。

これが純也の、和也に対するもう一つの頼み、和也に用意を頼んだ魔法だった。

麻里香の、

——ねえ。お婆ちゃん。

から始まる懇願の声は、春子の心を開くフリーパスの呪文のようなものだとは、二人を知る者たちなら周知のことだ。

電話では、本人が乗り気になればな、と和也は勿体ぶったが、結果は現在、春子の腰の辺りに両手を回して、魔法の呪文を掛けまくった。

——仕方ないわねえ。

春子が慈しみの眼差《まなざ》しと微笑のまま、頷いた。

すると、春子にじゃれついたまま、麻里香のおしゃまな顔が純也に向けられた。

愛らしいウインクとともに、その唇が動く。

——貸しひとつよ。叔父様。

なんとも、大きなリボンの魔法少女は、もしかしたら純也より上手《うわて》を行くのかもしれない。


和也と麻里香に春子を任せ、純也は先に駐車場に降りた。

エンジンを掛けるとすぐ、ハンズフリーにした携帯が車内にコール音を響かせた。

純也は一瞬、眉を顰めた。意外な相手だったからだ。

部下に対する春子の、お茶のお礼でも言ってくるのだろうか。

相手は警察庁警備局警備企画課理事官、夏目紀之だった。氏家の後任として、オズの裏理事官に収まったキャリアだ。

通話にすると、

――お前、何に関わっている。

車内に押し殺した声が響いた。怒りを押し殺した声だ。

「はて。いきなりすぎて、理事官の仰りたいことの真意がわかりませんが」

――回りくどい。そうやって煙に巻こうとするのは、お前の常套《じょうとう》手段だが。

「ははっ。さすがに、そろそろ僕という人間がおわかりですね」

――褒められても何も出ないし、すでに帰ってこない命が二つある。

それだけで、瞬時に閃くものがあった。

純也は一瞬、息を詰めた。

なるほど、夏目の怒りが理解出来た。

濃い危険の予感が、まさに現実のものになった感じだ。

ビンゴ、と言ってはさすがに、殺された二人のオズを、冒瀆《ぼうとく》することになるだろう。

「それは国立の家の、監視車両の二人組ですか」

——そうだ。定時連絡がなかった。交代要員を向かわせたら。

車内は血の海だった、と夏目は続けた。

「ナイフですか」

——そう。二本のサバイバルナイフだ。おそらく運転席側にいた方は、肋骨の隙間から心臓をひと突きにされて後部座席に転がっていた。助手席の一人は、首を左から右に貫かれて絶命していた。ナイフはそのままだ。出血が車外に流れなかったことが、唯一の幸いだった。

「幸い？　ああ、あなたのキャリアにとって」

——この国の公安警察、その威信にとってだ。馬鹿にするな。

夏目の声に少しだけだが、覚悟が聞こえた気がした。立場が人を作る、その典型か。

いい傾向だが、今は関わっている暇はない。

「なんでもいいので、まあせめてしばらくの間、引かせてください。また死ぬかもしれませんよ」

——だから聞いた。お前は何に関わっているのだ。

純也はステアリングを強く握った。

「聞いて、どうしますか」

恐ろしく低く、冷たい声になった。

――なんだ？

「聞くだけなら誰にでも出来る。あなた自身が出てくるなら、教えてもいい。血みどろ、いいえ、死みどろに、ご自身で足を踏み入れますか。その覚悟がありますか」

夏目の喉が音を立てた。

――いつまでだ。

「僕がいいと言うまで。まあ、そう遠い話ではありませんから」

夏目は何も言わず、向こうから通話を終えた。

三

純也が国立の家の前に到着したのは、午後八時過ぎだった。

雨は上がったが気温が下がり、うっすらと靄が掛かったようになっていた。

それもあってか、到着した家は闇に沈むように暗かった。

ただしそれは、夜と靄による、いつもの暗さだった。

目を凝らせば星明かりも見えたか。雨雲もすこしずつ、切れ始めたようだ。

停電は一時間ほど前に復旧していた。

それでもバッテリーの残量と停電時間の関係から、家のセキュリティには約一時間半程度の無防備な状態があった計算になる。

（さて）

これから家中の総点検だと思うと気が滅入るが、仕方のないことだろう。

ただの停電で、何も起こらないと思う方がおかしい現状だ。

ガレージの少し先にＢＭＷの鼻先を出しつつ、電動シャッターのリモコンを操作した。

音もなく上がってゆくシャッターを待つ間に、ハイビームで前方のカーブを視認する。

オズの監視車両は見当たらなかった。人二人が殺されても、普段と変わらない住宅街が広がっている。夏目以下のオズによる、遺体と情報の〈処理〉は完璧ということか。

シャッターが上がり、バックで車をガレージに入れる。リモコンでガレージ内のライトも点灯し、隅々まで確認することは忘れない。

車外に出ると、外気は凍えるほどに冷えていた。

シャッターを閉めガレージの裏扉から出て、暗いながら周囲を確認しつつ玄関へ向かう。

家に入り、暖房を入れ、純也はすべての部屋の点検を開始した。一時間はたっぷり掛かった。

家中が温まる頃、ようやく点検は終わったが、不審な人や物は見当たらなかった。鍵の開いた窓もない。

が、例えば新しい陽傘、踵《かかと》の低めのパンプス、ハンドバッグ、化粧品、各種ＥＭＳマシン等、春子の持ち物のすべてを把握しているわけではない。

逆に、その辺は最低限にしてアバウトだ。徹底的にやろうと思ったら、科捜研を呼んだとしても今晩中には終わらないだろう。

スウェットの上下に着替え、リビングに戻ってコーヒーを淹れ、軽食を摂る。

海ほたるのカフェオレ以来、何も口にしていなかった。

コーヒーを飲みながら、防犯カメラシステムから移した保存データをＰＣで確認する。

当然、停電前までのものだ。

まずはガレージ前のカメラだった。早朝からの分を早送りにした。

オズの二人が殺害されたセダンは映っていない。そういう位置に停車しているからだ。

やがて、画像が突然に消えた。停電の始まった時間だろう。直前で午後三時二十八分だった。

他のカメラでも繰り返し、見終えるまでに四杯のコーヒーを飲んだ。十時を回っていた。

熱いシャワーを浴び、筋肉と神経を解し、午後十一時を回って二階の自室に入った。

特に緊張感はなかった。

湾岸戦争のイラクでは、いつミサイルが飛んできてもおかしくないキャンプで寝起きしていた。カンボジアでは、密林でゲリラ戦を繰り返すのが生活そのものだった。

逆に言えば、弛緩に慣れていない。そう思えば、笑えた。自嘲だ。

結局自分は、誰より臆病なのかもしれない。

そんなことを思いながらベッドに入り、目を閉じ——。

やがてふと目を開く。

(内外。窓の外って)

悪寒が走った。

ベッドから跳ね起き、内廊下に出た。

その直後だった。

庭に面した窓が轟音《ごうおん》を発し、窓枠と外壁も巻き込んで内側に爆裂した。咄嗟に部屋のドアを閉めなければ、破砕された壁やガラスの爆裂弾で全身をやられていただろう。

まさに、間一髪だった。

ただし、恐怖はない。ヒリヒリするような緊張感の中に、心身が研ぎ澄まされてゆく。

そう遠くないところに、かすかな気配があった。おそらく屋根の上だ。

この寒空も待機時間も厭わず、息を殺してじっと潜んでいるとは——。

（これは、あの男じゃないな）

戦闘には固有の手口、戦法が如実に出る。地味だが精巧なこのやり方は富山のあの男、ジャヒーム・ガリードには似合わない。

〈腹腹時計〉

サンティアゴ・デ・コンポステーラの巡礼路で死んだ、藤代麻友子《ふじしろまゆこ》を思い出す。そんな印象だ。まさか知り合いではないだろうが。

ということは――。

（上田大輔）

氏家からのリストに見た、朝比奈の他の、もうひとりの日本人。それが上田大輔だった。

リストから追って、すぐに調査はした。

上田は防大卒で、朝比奈や矢崎の三期下で、朝比奈同様、卒業後に外に出た男だった。

それだけで生き様は聞かなくともわかった。朝比奈に同調してか誘われてかは知らないが、同じ道を歩んできた男ということだ。

だから――。

油断はしない。出来るわけもない。

相手も戦場を生き、生き抜いてきたということだけは間違いない。

（さて）

気負いもない。衒《てら》いもない。

冷静と高揚。正気と狂気。

戦いの場にあって、純也はＰＴＧに覚醒する。

上田は、獲得した先手で純也を仕留め得なかった。次は純也のターンだ。

やがて消防も警察も、野次馬も間違いなく出てくる。時間的猶予はどちらにもあまり無い。ただ、純也の死を確認しなければ終われない上田は、すぐにも動きを見せるだろう。

そのときが勝負だ。

純也は部屋のドアを静かに開けた。少し開けづらかったが、それは内側に散乱する瓦礫《がれき》のせいだろう。

部屋には冷気と、雨の名残の滴が落ちていた。明かりはない。いや、つけない。

靄を通して届く、そろそろ南中する頃合いの月明かりだけを頼りとする。

闇の中を、純也は腹這いになってゆっくりと進んだ。匍匐《ほふく》前進の要領だ。

ガラスや断熱材、天井ボードの破片があちこちにあった。床の一部も剝がれているようだ。ひび割れもあった。

部屋内を影のように舞い飛ぶものは、羽毛か。横倒しのベッドは原形を留めず、あちこちでスプリングが剝き出しになっている。

デスクは跡形もなく、爆裂は庭に面した壁だけでなく、天井の一部も吹き飛ばしたようだった。

純也は静かに、デスクがあった方、落ちた天井の近くへと匍匐前進を続けた。

背中に冷たい滴が落ちてくる。

そのときだった。

屋根の天然スレート材が一枚、純也の目の前に落ちて跳ねた。

ほぼ純也の真上に、隠すことのない気配があった。勝利を確信したものだったろうか。

「へえ。生きてたかい。やるな」

乾いていたが、流暢な日本語だった。

純也は動きを止めた。腹這いのまま大きく息を吸った。冷気は少し、埃臭《ほこりくさ》かった。

「やっぱり停電は、あなたの仕業かな」

聞いてみた。

ほんの少しだけ、時間が欲しかった。

「そう。最近の日本はすぐに新しいものが出る。それで色々面倒だったがね。雨が降る日を狙うと、今日が絶好だった」

「何をしたって?」

「夜とセキュリティの隙に、紛れるためにね」

地上電柱の高圧配線から配電用変圧器、引込線までを数カ所でぶち抜き、停電と停止の状態を作ったという。

「へえ。ご苦労なことだ」

「何。リーダーが認めた敵には、最大の注意を払うのがルールだ。そうやって生きてきた」

遠くから、消防車両のサイレンが聞こえてきた。

「こういう時間が好きなのだが、そろそろお終いにしようか」

上田の気配が、わずかに尖った。

そのときだった。

純也は視界に光を感じた。闇にいなければ感じられなかっただろう、仄《ほの》かな光だ。

だが、それでもよかった。それを待っていた。

スウェットに着替えても、ショルダーホルスターは外さなかった。吊ったままだ。

だから――。

いきなり仰向けになった純也の手には、銃があった。しかも自宅という状況に鑑《かんが》み、最初から吊っていたのはシグではない。

サイレンサー付きの、ＦＮＸ-４５タクティカルだ。

真上に朧な満月の中に、屋根上からこちらを覗き込むような人型の影が鮮明だった。

だから、それを待っていた。

撃つことはいつでも出来たが、確実に仕留められる瞬間が欲しかった。

左右に振るような円弧の芯で、純也の指はトリガーを躊躇うことなく引いた。

手応えは十分だった。

弾丸は正確に、上田の眉間を撃ち抜いた。

声もなく、上田だったものが屋根上から部屋内に落ちてきた。

純也は上半身を起こし、片膝を立ててひと息ついた。

月影に見る上田は思うより細く、顔に深い皺を刻んだ男だった。

窓があった方に寄れば、何事かと集まり始めた近隣住民の姿が道路上に見られた。

サイレンの音も先ほどよりは近い。消防車にパトカーの音も混じっていた。

やおら、純也は携帯を取り出した。連絡を入れる相手は順番まで決まっていた。まずは皆川公安部長で、次いで長島首席監察官だ。

皆川は深夜にも拘らず、スリーコールが鳴り終わった瞬間に出た。

――なんだ。

「多くは言いません。喫緊の課題を」

家屋損壊に至る爆破の旨、上田大輔の遺体の旨、すでに野次馬が出始めている旨。

矢継ぎ早に伝え、有無を言わせず実行を急かして通話を終える。

次に掛ける長島は、皆川より早いスリーコールの途中で出た。

——急ぎか。

「いえ。急ぎの用事はすべて済ませました」

この一日の事態の流れを、端的に告げる。成ったことも、成らなかったことも含めて。

「それで、お詫びを少々」

——謝罪か。珍しいな。

「若干、心が弱くなっているかも知れません。祖母の思い出と平穏を、壊しました」

——ふん。殊勝、と言いたいところだが。

「なんでしょう」

——祖母の心、孫知らず。とでも言うか。違うな。遠慮、心遣いがかえって悲しい。そんなところか。

「よくわかりませんが」

——わかれとは言わない。俺も近頃になって初めてわかった。いや、この歳にならないとわからないのだろうな。

「覚えておきます。——ああ。貴重なご意見ついでに、お願いがひとつ」

——なんだ。

「首席監察官の方で、うちの剣持を他県の駐在所に派遣していただけませんか。理由はお任せします」

――唐突だな。いや、どさくさ紛れか。

「遠慮や心遣いが悲しい歳になったと仰いましたので」

――なら、せめてお前に孫の可愛らしさが欲しいところだが。まあいい。明日、部下を寄こせ。

長島は電話を切った。

その後、しばらく逡巡《しゅんじゅん》した末、純也は和也の携帯に電話を掛けた。

長めのコールの後、切ろうかと思った頃に和也は出た。

――何時だと思っている。

「悪い」

――で、なんだ。

「婆ちゃんだけど。しばらく預かってもらうことになりそうだ」

――ああ?

「家が半壊した。公にはプロパンガスの誤爆。裏の理由は、まあ、とにかくそっちには必要も関わりも無いし、無いようにする」

和也は唸った。尾を引くように長かった。

唸りの間、純也は耐えた。

それは紛れもなく、孫の怒りだったから。

──婆ちゃんとの同居、俺は本気で考えるぞ。

純也に答えはなかった。

どうしたの、遠くで春子の声が聞こえた。

「おっと」

まだ起きているとは思わなかった。普段なら遅くとも、十一時には寝ているはずだった。

和也が通話口を押さえ、事態を説明したようだ。すぐに電話の相手が春子に代わった。

──プロパンガスって、何？

「いやあ。こっちの方が安いって話でさ。婆ちゃんを驚かせようと思って、突貫で配管工事頼んだら、ちょっとね」

──あなたは大丈夫なのね。

間違いなく孫の身体を気遣ってくれている、真っ直ぐな声だった。

慈愛の前には、塗り固めた嘘など霧散する。

「ごめん。婆ちゃんの思い出を、壊しちゃったよ」

──あなたが無事ならそれでいいの。そんな家より、あなたが大事。あなたの中に、私の思い出は全部詰まってるから。

有難う、とは言えなかった。代わりに、

「今日は、随分遅くまで起きてたんだね」

　そんな言葉が、白い息となって出た。

――こっちに来たら麻里香がね。遅くなっちゃったけどって、夕飯の後に、一緒にお雛祭りをしてくれたの。十二時までは今日だからって。いい子よね。

「そうだね」

――浩輔《こうすけ》さんに連絡を入れておきます。浩輔さんには悪いけど、せめて今晩中に、あなたが凍えないようにって。

　それで電話は切れた。

　浩輔とはＫＯＢＩＸ建設の、山下《やました》浩輔のことを指す。自分のことはさておき、野次馬やマスコミの耳目を考えれば、それが正解か。突貫で申し訳ないが、今晩中に家の周囲に総足場と、目隠しのネットは欲しいところだ。

「それにしても」

　純也は冬の夜空を見上げた。

「よくもやってくれた。目には目を。ではこちらから、反撃といこうか」

　電話を掛ける。

――はいはぁい。分室長。なんですかぁ。

　すぐに出た陽気な声は、和知のものだった。

「作業だよ。思いっきり、君の範疇《はんちゅう》のね」

純也はチェシャ猫めいた笑みを浮かべた。

いつの間にか、靄が晴れていた。

透き通るような凍夜の中に、サイレンの音が消えていた。

四

濃紺のフライトジャケットにジーンズを穿いた、アフリカ系と思われる男が六本木界隈《かいわい》を歩いていた。

夕焼けの頃だった。

男は背中を丸め、しきりに周囲を窺うような素振りを見せた。

朝比奈のチームの一人、ジャヒーム・ガリードだった。

『クソっ。一体なんなんだ』

独り言ち《ご》、ガリードはアスファルトの歩道に唾を吐いた。

日本人に指を差され、何を言っているかわからない言葉を掛けられ、場合によっては後をつけられたりする生活が、今週に入ってからもう五日目になっていた。

最初に日本人の声が気になったのは、大阪の心斎橋辺りだった。

いやな予感がした。戦場に生きる者にとって、この予感は予見に等しく、大事な感覚だった。

　小日向純也という、新たなターゲットを上田が急襲し、返り討ちにあってまだ丸二日も経っていない頃だった。

　ターゲットの家に上田が仕掛けるようだとガリードが朝比奈から聞いたのは、急襲の前夜だった。

　上田がその気になったのは、知り得た三月三日のターゲットの外出と、この前日になって九十パーセントを超えた、荒天予報に拠ってだという。家のセキュリティに関しては、構築されたシステムは半日足らずで把握出来たらしい。

　そうなれば後は、たしかに崩すだけだったろう。

　利が重なれば即動く。上田とは昔からそういう男だった。その決断の速さで生き抜いてきた男だ。

　上田はあらかじめ、怪しげなセダンに向けた超々指向性のマイクを、セダンの場所から二軒離れた民家の植え込みに密かにセットしたらしい。音声データを飛ばすＷｉ－Ｆｉも一緒にだ。

　常に同じ場所に停まるセダンを、子供騙しのような監視カメラだけ取り付けた一般家庭から狙うなど、ガリードが考えても造作もないことだった。

　上田は一度、ジョガーを装ってターゲットの家の周囲を索敵したようだ。

日本人である上田ならではだったろう。肌の色が違うガリードではそうはいかない。何度か通るうちに、上田はターゲットの家から老婆が、飲み物と食物をセダンに運ぶのを見掛けたらしい。マイクを仕掛ける気になったのはそのときだったという。

以降、マイクが拾う車内の会話で、セダンが小日向純也を監視する車両で、ゼロというチームであることを知り、老婆との会話で、三月三日に成田空港に親戚の見送りに行くと知ったようだ。

朝比奈とガリードはレンタカーを手配し、当日午前のうちに成田空港に先回りした。ターゲットの到着を視認するためだ。

その確認後、上田は行動を起こして邪魔なセダンの男たちを排除し、仕掛けを施すという段取りは聞いていた。

実際、成田からターゲット到着の連絡を上田に入れたのはガリードだった。

成田では、ターゲットに隙さえあればガリードが始末してもいいという許可は朝比奈から得たが、どうにも、そんな機会は得られなかった。

『頼むぞ』

――OK。後はこっちでやる。

『侮るなよ。富山で俺は、言いたくはないが後れを取った。あれは戦士だ』

――お前こそ俺を見くびるな。俺はアサシンだ。

余裕すら感じさせる上田の声を聞いた。それが実は最後の声だった。

たしかに、忠告はしたものの、上田が仕損じるなどガリードにも慮外だった。

チームのうちで一番、上田は〈破壊〉に秀でていた。朝比奈も全幅の信頼を寄せていた男だった。

それで、事後に上田をどこかでピックアップすると言って、朝比奈はレンタカーで都内に戻った。失敗などおそらく考えていなかったと思う。

それはガリードも同様だった。

ガリードはそのまま成田空港に留まり、夕方のＬＣＣで一足先に伊丹《いたみ》に飛んだ。機内は丸腰になったが、大阪には一番最初に朝比奈が契約したレンタルルームがまだ生きており、そこに予備の銃が保管されていた。

最終的には大阪で三人が合流し、何も問題が起こらなければそのまま、関空からカイロに戻る予定だった。

それが、万全の仕掛けをして、それでいて、上田は負けた。

朝比奈から上田の失敗を聞いたのは、梅田にあるシティホテルのベッドの上だった。

――このままでは収穫も収益も、ゼロになりかねない。いや、チームがほぼ壊滅だということを考えれば、このままではマイナスだ。あまりに割が合わない。だからだ。やるにはやろうと思うが、さて。

どうすると聞けば、朝比奈はただ、低く笑った。

――我が祖国ながら、この平穏には呆れ返る。暴動を起こしてどさくさ紛れに、あるいは、デモを先導してその隙に。ふふっ。どこでも当たり前に使えた手が使えない。まったく、この国は。

考える、と言って電話は切れた。

翌日、チェックアウトをしてガリードは道頓堀《どうとんぼり》方面に移動した。一つ所に居座らないのは鉄則だった。

月曜日は、心斎橋に足を向けた。

この間、考えると言ったきり、朝比奈との連絡は途絶えた。これまでも無いことではなかったので放っておいたが、それにしても――。

(ラッキーがないな)

そもそも、富山でジェラールが、小日向の仲間らしき男を拉致したことからケチが付いたとガリードは思っている。

ジェラールはどちらかと言えば工学系の男だった。上田が使った爆弾や、福岡のアフマディが船で爆死したときの爆薬を富山のアジトで設計・製造し、銃のメンテナンスなどを担当していた。南スーダンや東ティモール、エジプトやタイには、武器庫兼ジェラール専用ラボまであった。

それが日本の安穏に浸《つ》かり、日本人を舐めて手を出し、命を落とすことになった。結果、ガリードまでかすり傷とはいえ肩に銃弾を受け、顔を知られることになり、こちらの銃も奪われた。

そこから、運が急激に落ち始めた。

戦闘において、運も実力のうちだということをガリードは弁えている。泣いても笑っても、死生の一瞬に弁解は利かないのだ。

実際、富山で小日向に受けた肩の傷が、疼《うず》かない日はない。

富山での一件以降ここまで、結局は一度も、拾えるようなささやかな幸運すら、ガリードには感じられなかった。

特務班関連も含め、敵を一人として倒すことは出来ず、チームは残すところガリードと朝比奈の二人だけになった。

そんなことを考えながら、漫《そぞ》ろ歩いていたときだった。

不躾《ぶしつけ》な視線と共に、声が聞こえた。

——あいつじゃないか。

それくらいの日本語ならガリードもすぐにわかった。

それとなく確認すれば、前を開けたスタジアムジャンパーに白いTシャツの、筋肉が盛り上がるような若い短髪の男が、同じような〈匂い〉のするもう一人の男に、こちらを指さしながら話し掛けていた。

携帯の画面を見ながら、明らかにガリードを意識する気配だ。声が大きいからか、周囲の者たちも一斉にこちらを見た。

陸自か、警察。

ガリードが咄嗟にイメージしたのは、それだった。

どちらにしても、職務質問的な身体検査は無理筋だった。銃をぶら下げていた。

素知らぬ顔をして、その場を離れた。

巻く自信はあったし巻いたと思うが、しばらくすると別の視線と声が聞こえた。

——いた。あれだな。

声は違ったが、〈匂い〉は一緒だった。

いやな予感がした。大事な感覚だ。

ガリードはそのまま、即断で大阪を離れた。

新幹線に乗り、新大阪から名古屋に向かった。

だが、結果から言えば名古屋でも同じことだった。

いや、名古屋の方がむしろ多くの視線を浴びた。あからさまな追跡もされた。

〈匂い〉が、陸自のものだということだけはわかった。何人かが同じ迷彩の作業服に身を包んでいた。

そいつらの口から〈守山〉、あるいは〈和知〉という言葉を何度か聞いた。

守山とは、たしか陸自の駐屯地のある場所か。

和知とはいったい、何を指す言葉だろう。

とにかくふたたび新幹線に乗って、今度は思い切って自衛隊の基地や駐屯地と関わりのなさそうな掛川《かけがわ》に逃げた。

思いつくままに天竜浜名湖《てんりゅうはまなこ》鉄道に乗り、原谷《はらのや》というところで降りる。

そこは、辺り一面の水田が広がる農村だった。近くの原野谷川《はらのやがわ》に掛かる西山橋で広く見渡すが、宿泊出来るような施設は一軒も見当たらなかった。

別に野宿でも構わなかったが、

――おや。外人さんかい。キャン・ユー・スピーク・ジャパニーズ？

ここでは、そんなつたない言葉を掛けてくる日本人が後を絶たなかった。中にはロスト、迷子という単語を使う者もいた。

日本人の親切心も、時と場合に拠る。警官が応援に駆け付けでもしたらアウトだ。すぐさま、また移動を開始した。

移動して移動して、結局、六本木に落ち着いた。ガリードの目に日本人が全員、同じような顔に見えるのと同様、人種的にアフリカ系も多く行き交う六本木では紛れるのかもしれない。

ひとまず、常に周囲の日本人全員に監視されるような感覚からは解き放たれた。

『クソッ。クソッ。なんなんだ、この不自由な国はっ』

垂れ流すように言葉を吐き、また唾を吐いた。

――ウワッ。道ニ吐キヤガッタゼ。汚《き》ッタネェ。

何を言っているのかはわからなかったが、また明らかにガリードに向けられる日本人の声がした。

反射的に手近な路地に駆け込み、姿を隠す。

路地から路地へ、人の目のない方へ。

静かになった路地の奥は、どこだかわからない場所だった。

近くに店舗の裏口があるようで、幾つものポリバケツが並んでいた。生ごみの臭いが強くした。

(どこだ)

周囲を見回した。

高いビルの壁に囲まれるかのような路地裏だった。

三方に、そんなどん詰まりからの出口が見えた。

左右二方は夕焼けに染まって、朱の光がガリードを誘った。

残る一方はビルの影になるのか、すでに夜が始まっているような暗さだった。出口近くに非常階段があるせいだったかもしれない。

左右の光、どちらに抜けるかと思考した。判断はその二方だ。非常階段の幅の分、暗い方の路地はさらに狭かった。

その逡巡の間に、夜の出口に染みのような人影が立った。

路地に差し込む夕焼けをかろうじて映し、チェシャ猫めいた微笑みが見えた。

影がゆっくり非常階段の向こうに動き、サイレンサー付きの銃を構えた。

銃火は見えなかった。

銃声はたぶん、ガリードの背後から聞こえたトラックのクラクションに紛れて消えた。

(ああ)

流れゆく血潮があった。消えゆく命を感じた。

(死ぬのか。俺は。こんな異国で。こんな、ごみの中で)

やがて閉じてゆく視界の中に、アフリカの赤い土が見えた。

風が吹き、舞い上がる。

砂塵、砂塵。

砂塵――。

戦場らしい戦場が、ガリードには酷く恋しかった。

五

三月十一日の日曜日だった。

この日、純也は朝から国立の自宅の改修工事に立ち会った。

山下常務の陣頭指揮の下、ＫＯＢＩＸ建設の業者チームがそれこそ、庭に仮設の現場事務所を置き、突貫で修復作業をしてくれていた。

と同時に、アップタウン警備保障も立川営業所が二十四時間態勢の警備だ。

どちらも、通常の新築や改築の作業ではない。爆破による半壊など日本ではほぼ皆無に等しく、作業態勢は大災害時の復旧マニュアルを基にしたものだという。

となればせめて、休日に立ち会うのは家主の代理として、必要な務めだったろう。溜まった一週間分の郵便物の確認もある。

この日は、朝から快晴の一日だった。暖かな一日だ。都内でも、早いところでは桜が開花したという。

純也が国立の〈工事現場〉に顔を出したのは、朝の九時だった。

家と職場を秤《はかり》に掛け、職場への利便性を取り、どうせならと帝都ホテルを仮寓にしていた。

この日はそこからの帰宅だった。だからガレージに愛車を入れるのは、実に一週間振りのことになる。

朝礼を定時の八時に終え、各業者チームは日中作業に移っていた。

それでもこの日は日曜日ということで、近隣対策として深夜と同じ静音作業になると、現場事務所のホワイトボードには注意事項が赤の囲み罫《けい》で書かれていた。

茶菓子の差し入れと交換するように、ＫＯＢＩＸ建設の現場監督から郵便物を受け取る。きちんと曜日ごとにポリ袋にまとめられた丁寧な仕事は、現場監督の人となりというか、能力の一部だったろう。出来る監督は細かいところにも気配りが出来るものだ。

さすが山下常務が派遣した人間だと感心しつつ、受け取った郵便物を現場事務所のテーブルを借りて確認する。

基本的にはダイレクトメールや春子宛てのものばかりだが、一通だけ気になる封書があった。

それは消印のない、葉書きサイズの洋封筒だった。

表に筆記体で、〈Ｄｅａｒ　Ｊｕｎｙａ　Ｋｏｈｉｎａｔａ〉とだけ書かれていた。

ダイヤ貼りの封を開けると、中には一枚の紙片が入っていた。０７０から始まる番号だけが、黒のインクで無造作に走り書きされていた。

心当たりは現状、一人しかいなかった。

携帯を取り出し、番号を入力した。

——やあ。

朝比奈光太郎は、すぐに出た。

——家の修復もだいぶ進んだようだな。喜ばしいことだ。

感情のあまり聞こえない声だった。戦場で永い者に多いか。ダニエル・ガロアの声も、いつも陽気ではあるが同じような響きを持つ。

一定のリズムと一定のテンション。

心はその上を、浮き球のように浮遊する。

「用件をどうぞ。日曜日でも、誰かさんの仲間のお蔭で忙しいもので」

——では。

出て来い。

もちろん、銃など持たず。

場所は、谷中《やなか》霊園。

「谷中？」

——そうだ。日暮里《にっぽり》の駅側からなら寛永寺《かんえいじ》谷中霊園から、徳川浄苑駐車場を目指してもらおうか。そのすぐ先の、渋沢栄一《しぶさわえいいち》翁の墓とかな。来れば誰にでもわかる場所にいる。

「行かないと言ったら」

答える前に、おそらく朝比奈は鼻で笑った。

――無差別テロを始める、と言ったらどうする？　まあ、矢崎なら来るだろうがね。

純也は一瞬、眉根を寄せた。

「呼んだのか」

――これからだが。富山で名刺は貰ったから、番号はわかってる。湯島とはまた、谷中からずいぶん近くに住んでるじゃないか。歩いてもすぐだろう。矢崎はあくまで君の保険だが、軽く考えないことだ。君が一分遅れても、ハンドガン程度の銃を携帯しても、矢崎は無差別テロの中のひとりになる。

それだけでもう、言うべきことも聞くべきこともなかった。

「わかった」

午後一時、と朝比奈は指定した。

――いい季節だ。桜がそれなりに咲いている。花見といこうじゃないか。

「お断り、と言っても無差別テロか？」

――どうだろう。それはこれから、桜を愛《め》でながら考えるとしよう。

一時だ、ともう一度言って、朝比奈は向こうから電話を切った。

純也も携帯を仕舞った。

「さて」

背後、事務所の外で、そろそろ休憩にするかという現場監督の声が掛かった。

少し考え、電話を一本だけ掛け、やおら純也は立ち上がった。

ちょうど、事務所に入ってくる工事の一団と入れ替わりになった。

「どうですか。ご一緒に」

誰かが誘ってくれたが、微笑みで断る。

「これをさ」

手に持ったポリ袋を掲げる。

「当人に届けなくちゃならないんでね」

そんなに急ぎなんですか、とまた他の誰かが言った。

急ぎではないが、届けなくてはならない。今届けなければ、金輪際自らの手では届けられない可能性もある。

常在戦場は組対の化け物の専売特許ではなく、〈水を得た〉場合の純也にも言えることなのだ。

後を工事監督に頼み、港区の和也の家を回って春子の郵便物を届ける。

特に誰を呼び出したりはしない。ポストに投函するだけにした。

そこから帝都ホテルに回り、車を預けてチェックアウトだけを済ませた。

その場にフロント・マネージャーの大澤もいたが、特に何も聞いては来なかった。

聞かれたところで、何を答えられるわけもない。

その辺を察しての、大澤の気遣いだったろう。

丁寧な無関心は、実際のところ純也には有難かった。

帝都ホテルから、職場である警視庁本庁舎は近い。指呼《しこ》の距離だ。

日曜でも分室に誰かが出ているのは暗黙の了解だったが、立ち寄ることは考えもしなかった。

現在、長島に頼んだ特命の剣持が不在なのは明らかだ。とすれば出ているのは猿丸か鳥居のどちらかだが、今現在の状態で振り分けられる役回りはどちらが出ていたところで皆無だった。

この時点で時刻は、十二時になろうとするところだった。

帝都ホテルからJR有楽町駅に歩き、山手線内回りのホームに上がり、すぐに来た電車で日暮里に向かった。

徳川浄苑の所在地はホームページで確認済みだった。画像もだ。

JR日暮里駅南口から出て、案内看板に従って約五分。

たしかに間違えようもない場所だった。ほぼ一本道だ。

谷中霊園は台東区谷中にある都立霊園だが、寛永寺や天王寺《てんのうじ》などの墓地も管轄外だが内在し、文人墨客や政財界の著名人、銀幕のスターなどの墓所も多く存在した。霊園でありながら休日には中央園路はさくら通りとして親しまれ、満開の時季には桜のトンネルとなって大勢の人で賑わう場所だった。

桜はなるほど、朝比奈が言った通り、すでに五分咲きのところもあった。

満開は、もうすぐだった。

純也の行く先、約三十メートルの左手に、プレハブが見えた。古いアスファルトの舗装路には、分譲受付の野立て看板が出されているのが見えた。

地図に拠れば、そこが徳川浄苑の駐車場のようだった。

プレハブのこちら側が田安《たやす》徳川家の墓所になっており、欅の大樹があった。

純也は大樹の裏から近寄り、プレハブの背後に一旦身を寄せた。

そこから顔を覗かせれば、駐車場の先の左手に、大きく玉垣に囲まれた墓地が見えた。

その奥には、こちらよりは小さいが枝振りの立派な欅が青々としていた。

そこに、すでに矢崎の姿があった。

朝比奈の姿は確認出来なかったが、矢崎の向きからすれば、朝比奈は墓石の並びの中に蹲《うずくま》ってでもいるのだろう。

立ち上る線香の煙があった。

そこが朝比奈の場所だとすれば、矢崎は朝比奈から十五メートルほど離れて立っている見当だった。

純也が舗装路から近づくなら、矢崎が手前で朝比奈が奥という立ち位置になる。

時間は、一時十五分前だった。

純也はおもむろに、上着の内ポケットから携帯を取り出し、いくつかの操作をし、もう一度仕舞った。

純也なりの戦闘態勢は、それで整った。

あとは運を天に、いや、引き寄せ得るだけの運を、戦いを前に余力として持ち合わせるだけだ。

周囲を確認しながら、ゆっくり近寄る。

駅からこちらへの道もそうだったが、全体、人通りはまばらだった。

ただこの場合は、それを少ないと取らず、一般人の耳目が少ないながらも〈ある〉と認識することが重要だろう。

躊躇うことなく、玉垣の内側に足を踏み入れる。

そこは、土と雑草と玉砂利が混在していた。踏む靴の下で、音がした。

「純也君」

矢崎が振り返り、苦い顔をした。

その奥で、朝比奈が線香の煙の中に立ち上がった。

「カンボジアの少年。ストップだ。上着を脱いでそこで一回転」

言われた通りにした。

実際、純也は丸腰だった。携帯電話以外、何も持っていない。

「ふふっ。OKだが、そのままでいいだろう。寒くはないはずだ。今日は、桜が咲くほどに暖かいからな」

朝比奈の背後に、真新しい花束の供えられた墓地が見えた。

直前まで朝比奈はその墓前に佇み、祈りを捧《ささ》げていたようだ。

「ここは、俺の親父の墓でな。親父が死んだ後に、お袋に何度か連れてきてもらった。浅草の人間だったんだ。俺が防大を出た後、お袋がそれからも来ていたのかどうかは知らないが、まあ、結構な永代供養料は俺が払ったな」

朝比奈は墓石に目を細めながら、そんなことを説明した。

「それにしても、恐れ入ったよ」

顔が矢崎の方に動いた。

だが朝比奈が見るのは、矢崎を通り過ぎて、その背後の純也だった。

刺すほどに鋭い目だった。

「まさかな。あのジョーカー潰しの特殊作戦群すら殲滅した特務班とやらの部隊ならまだしも、カンボジアのあの少年に、俺のチームが壊滅させられるとは思わなかった」

朝比奈が言うと、矢崎はその注意を自分に寄せるように一歩出た。

「朝比奈。お前、勘違いしているぞ」

朝比奈の視線が少し動いた。

「特務班ではないのだ」

「ああ?」

「彼だ。彼と、彼のチームだ」

数瞬の間があった。

「――なんだと。まさか、俺はそんなこと、聞いていないぞ」

尖った感情が聞こえるような声だった。朝比奈から初めて聞く声だ。

だが、感情はそれ以上爆発することはなかった。

朝比奈の目がゆっくり動いた。

「ふん。狸だな。狐か」

目は空《くう》に動き、彷徨い、純也に落ちた。

「だが、まあいい。いや、それがいい。それでもいい」

朝比奈の目は先ほどよりさらに強い、殺気に濡れるような光を放った。

六

剣呑な空気が漂い流れ、玉垣の中を埋め始めた。

暖かな陽射しの中にうそ寒い気配が渦を巻く。

その中心に立つのは、間違いなく朝比奈光一郎だ。

ゆっくり周囲を見回し、

「ガリードが殺《や》られてからも、時間はたっぷりあったからな。草むしりをしながら、この辺りにだいぶ精通したよ。仕掛けも幾つかさせてもらった。おい矢崎」

朝比奈は右腕を前に伸ばした。

「お前の左側の墓のな、供物台と墓石の間を探ってみろよ」

矢崎が動いた。

身を屈め、手を差し入れ、硬い表情を見せた。

取り出したのは、ポリ袋に入った拳銃だった。

FNX-45タクティカルだ。サイレンサーは付いていなかった。

「ちなみに、銃を持ったお前の姿は今、ここの防犯カメラに筒抜けだ。二方向で映っているだろう」

朝比奈は一転した笑顔で、両手を大きく広げた。

といって、殺気が薄らいだわけではない。

「そこへいくと、実はな。俺はまだ無手なんだ。ふふっ。身体検査でもしてみるか。ついでに言うなら、これまでの身辺調査をしても、何も浮かび上がっては来ないぞ。現状、どうやっても俺を罰することは出来ない」

殺気に満ちた笑顔は、おそらく余裕の表れだろう。

純也には懐かしくさえあるものだった。戦場にはよく転がっていた。

そう、ダニエル・ガロア率いる部隊の中に。

戦場では殺してなお殺す生殺与奪の優位は、何も感じなくなる狂気と相まってよく、凄まじいほどの笑顔を作ると純也は知っていた。

「さあ。矢崎。どうする。袋から出して、その銃を撃ってみるか。銃声を轟かせて。桜の花も震えるだろうな。防犯カメラに映るだけではなく、目撃者も必ず出るだろう。カンボジアの少年も、さあ、どうするね」

暗く深くなる朝比奈の笑顔は、そのまま純也にも向けられた。

「どうもしないのなら、俺は俺の仕事をさせてもらうが。そこここに仕掛けた、サイレンサー付きの銃でな」

なるほど、周到だ。よく考えられている。

こちらが先に撃った場合、正当防衛の有り得ないただの殺人ということだ。

向こうが先に撃った場合は、おそらく純也と矢崎だけでなく目撃者がいたならその人間まで仕留め、その無差別な一連の行動が発覚する前には日本から脱出するつもりなのだろう。

おそらくもう、羽田か成田からの航空券を用意しているに違いない。

万が一無差別殺人が発覚して、司直の手が国外脱出前に伸びたとしても、そのときは戦えるだけ戦って、一人でも多くの命を自分への餞《はなむけ》として死ぬだけ。

戦場に転がる凄まじい笑顔には、そんな捻じくれた覚悟も必ず内在する。

矢崎は喉の奥で、低く唸った。

「朝比奈。俺が脅しに屈すると思うか」

「さあな。俺は陸自時代のお前を知らない。お前の正義の本当を知らない。出来るなら、やってみるがいい」

「おう」

矢崎が押っ取り刀で、ポリ袋から銃を取り出した。

前に出ようとする矢崎のその肩を、純也が押さえた。

「師団長。僕の言う通りに動いてください」

出ながら囁いた。

返事はなかったが、それ以上前に動こうとする力は矢崎の身体から抜けた。

代わって純也が半歩前に出た。

「朝比奈さん。あなたのターゲットは、僕じゃないんですか」

「それはそうだが、もうどっちでもいい。チームは壊滅した。帰ったところで、もう俺に依頼はないだろう。俺はもうそういう歳で、そういう世界に生きてきた。成したところでな。これっきりということだろう。最後にひと花などというが、それこそ徒花《あだばな》というものだ。咲かせたところで、実を結ぶこともない。散って終わりだ」

朝比奈が話す間に、純也は視野の中でだけ周囲を確認した。

左手の墓石と墓石の間に隙間があった。

矢崎の脇にも同じ隙間があったはずだ。

「左に、一気に動きます」

純也は朝比奈に目を据え、右足に力を掛けた。

玉砂利が音を立てたが、それでいい。

そのまま素早く墓石の間を抜け、向こう側の墓前に出る。

余裕を見せる動作で、朝比奈がついてきた。

それでいい。

それがいい。

「少し動いたくらいでは変わらないよ。想定済みだ。想定の数だけ仕掛けた」

朝比奈の笑顔が、笑顔の形相に深まった。

「純也君。下がりたまえ。これは、私が始末をつけるべき問題だ」

背後から、矢崎の思い詰めたような声がした。

撃たせるわけにはいかないが、背後からの声は純也の指示通りに動いた証拠だ。

それでいい。

それがいい。

矢崎を制するように両手を広げ、純也は少し下がった。

一メートル。

二メートル。

釣られるように朝比奈が前に出てきた。

朝比奈の周囲に、それで朝比奈を遮るものは何もなかった。

朝比奈の上空にはただ、染みるような青空だけがあった。

遠く、山手線の線路の向こうに、整然と並ぶビル群があった。日暮里の駅も見える位置だった。

運は余力として取っておき、引き寄せるものだ。

純也は大きく息を吐き、額に垂れた前髪を掻き上げた。

朝比奈が怪訝な顔をする。

「朝比奈さん」

声を掛けた。

チェシャ猫の笑みが、自然に浮いた。

朝比奈はそれを凄まじいものに見たか、どうか。

「ジョーカーを知っていますよね。座間でも、戦士を見ましたよね。あなたは甘いと言った。あなたこそ、故郷に帰ってきて、緩んでませんか。日本を舐めているとか。戦場はね、どこにでもあるんです。日本にも。今、ここにも」

「じゅ、純也君っ」

背後から、何かを悟ったような矢崎の声がした。

「師団長。これが、預けてみないか、墓場まで持っていってやると言ったあなたへの、彼らの答えです」

そうですよね、と虚空に問いを発した。

――そういうことです。

と、胸ポケットで藤平の声がした。

――師団長。受け取ってください。私たちの正義を。

「そ、狙撃っ」

聞こえたのか、左右の遠くを見渡し、朝比奈の顔が歪んだ。

「出来るのかっ。守られた甘い正義の奴らにっ」

「いけますか」

——オールクリアです。

「馬鹿な！」

咄嗟に、朝比奈はすぐ脇の墓石に手を伸ばそうとした。

だが、空になった運を摑めるわけもない。

「GO」

純也が冷めた声を発した。

次の瞬間だった。

朝比奈の全身が瘧《おこり》のように震え、特に頭部は音もなく三度動き、ザクロのように弾け飛んだ。

腕を伸ばし、墓石の間から何かを取り出そうとする姿勢のまま、頭部のない朝比奈が墓石の間に沈んだ。

それで玉垣の内側には、ただの墓参りのような三人だった。

凄惨《せいさん》ともいえるがその一瞬を、一体誰が見ていただろう。

舗装路に人影はあったが、その目という目は全員の分が、間違いなく五分咲きの桜に向けられていた。

監視カメラは、これからの作業だ。

純也は胸ポケットに手を置いた。

「始末も、そちらの班にお任せしていいんですよね」

——その場でお待ちください。すぐに。

どういうことだね、と矢崎が聞いてきた。

「まあまあ」

それだけ言って待つと、ほどなく業者風の一団がやってきた。

舗装路からこちらに入ってきて、素早くブルーシートを目隠しのように広げる。

後の処理は、おそらく陸自も公安も変わるものではないだろう。

粛々として進む準備の中で、矢崎が、朝比奈であったものの脇に片膝をついていた。

手を伸ばし、胸に触った。

「馬鹿だな、朝比奈。——いや、満足か？　四十二年だ。お前の戦いはここで、母国で終わる」

皺の聞こえる声だった。

生気の抜けるような声だ。

「師団長。置いていきますか？　心をここに。それとも、さらに前に進みますか？　国防の未来に」
矢崎が振り返り、顔を上げた。
純也は近寄り、手を差し伸べた。
「この後、まだ仕上げが待っていますが」
「ああ」
わかっている、と言って矢崎は純也の手を取った。
厚く大きな掌だった。
立ち上がり、矢崎は先に立って歩き出した。
力強い足取りだった。
揺るぎのない堅物の背中があった。
見慣れた、いつもの背中だった。
肩を竦め、純也は矢崎の後についた。
欅の梢が風を巻き込み、小さく鳴った。

卒業式――一

防衛大学校第六十二期の卒業式典は、好天にも恵まれて挙行された。

矢崎は壇上、鎌形防衛大臣に控える位置にあって、国防の明日を担う卒業生たちの輝くような顔を眺めた。眩しいものだった。

この日の矢崎は、実際にはホーム・カミング・デーの立場での参加ではあった。すでに他のOBたちに交じり、顕彰碑献花式は済ませていた。

同窓生殉職者すべて、名も添えられず知られることなく、国を思って死んだジョーカー、特務班、特殊作戦群の者たちすべて、そして朝比奈光一郎の冥福を祈った。

その後、開式された卒業式において、ホーム・カミング・デー招待のOBたちと別れて壇上にいるのは、来賓として招待された鎌形防衛大臣に請われたためだ。

――矢崎。どうせ会場にいるんだろう。だったら壇上に来い。俺と小日向の間に座れ。胸糞が悪い。いや、壇上だけじゃない。あいつがいるときは、常に間にいろ。いいな。

週の初めの月曜日に、直々に呼ばれてそんなことを言われた。

この場合の小日向とは、小日向和臣総理大臣のことだ。

不機嫌の理由は、聞かなくともわかっていた。

これまで防大の卒業式は、必ず総理大臣が臨席し、そして必ず、卒業式典までで退席していた。

それがこの年は小日向総理の意向で急遽《きゅうきょ》、卒業式後の任命・宣誓式まで出席するということになった。

任命・宣誓式がいきなり自身の舞台でなくなったことを、鎌形は大いに不満に思っていたのだ。

それで矢崎が、お付きに呼ばれた。

断ることもおそらく出来たが、二つ返事で了解した。矢崎には矢崎の思惑もあった。

卒業証書授与、学校長式辞、総理訓示、防衛大臣訓示と、式次第は粛々と進んだ。

そして、

──さらば同期。束《つか》の間の別れだ。いずれ部隊で会おう。一同、解散っ。

──おおっ。

学生代表の掛け声で一斉に宙に舞う制帽の吉例は、懐かしさと共に、泣きたいほどに若人の希望に満ち溢れて感動的だった。

(そうだ。この後輩たちの未来のために。未来に、虹の橋を架けるために)

自分に出来ることを全うしようと、矢崎は舞い上がった帽子の群れに思いを定めた。

この帽子投げで卒業生は一旦、解散となり、それぞれの学生舎に戻る。

それから自衛官服に着替えて戻り、自衛官任命・宣誓式に移る段取りだ。

その間、来賓は本部庁舎の二階にある控室に戻り、休憩と昼食に充てる予定だったが
──。

「じゃ、俺は帰るぞ」

控室に入るなり、鎌形はいきなりそんなことを言い出した。

「あ、え。お帰りですか？」

古くからの秘書官が狼狽《ろうばい》しながら言った。

他にいるお付きの何人かもざわついた。

「あ、あの、総理は任命・宣誓式まで臨席されますが」

「したいならさせればいい。俺はごめんだ。時間の無駄だからな」

鎌形は口を尖らせ、鼻を鳴らした。

「しかし、防衛大臣は慣例として――」

「慣例破りは小日向の方が先だろう」

「ですが」

「いいか。ここまでは民間人もいる式典だからな。主役の卒業生にも民間に下る者がいるし、その家族もいる。全員が、気まぐれな一般の有権者だ。だが、任命・宣誓式などはこちら側の儀式だ。部下の任命式など、見る価値を俺は認めない」

鎌形は言いながらコートを手に取った。

「それに、自衛隊の最高指揮官は総理だ。俺がいたって添え物だしな。総理がいないところで頑張らせてもらおう」

肩にコートを掛け、鎌形は控室から出て行こうとした。

その前に、のそりと矢崎は立ち塞《ふさ》がった。

「なんだ」

鎌形は少し高い目の位置から凄むが、どうということはない。矢崎は無視した。

取り合わない代わりに、秘書官らに声を掛け、退席を促す。

「この場は私に。誰か、昼食には少し遅れると校長に。残りの皆さんも、外にいてもらおうか」

「あ、はい」

天の助けとばかりに、秘書官らは頷くと泳ぐように退席した。

静かにドアに寄り、鍵を掛ける。

自分に出来ることを、今しよう。

「矢崎。なんのつもりだ」

振り返れば、鎌形が矢崎を冷ややかに見下ろしていた。

「どけ」

矢崎を押し退《の》け、ドアノブに手を伸ばす。

その肩を摑み、矢崎は強引に押し戻した。

拳を握る。

乾坤一擲《けんこんいってき》は、我にあり。

「いい加減にしろ」

拳は真っ直ぐ、加減無しで鎌形の顔面に叩き込まれた。

退官したとはいえ、鍛えた陸自の男の拳だ。

「ぶぇっ」

鎌形は潰れた声を発し、ソファに吹き飛んだ。

背もたれを支えに、すぐさま起き上がったのはせめて、鎌形の意地だっただろうか。

「な、なんだ！　矢崎、貴様ぁっ」

鼻血を垂らしながら、鎌形は激怒した。

その怒髪天を衝く声が部屋中に響いた。

ドアの外からノックの音がした。

――どうしました。何かありましたかっ。

秘書官らが慌てるが、それも気にしない。

「ああ。心配ない。ソファにつまずいて転んだだけだ」

矢崎はソファの鎌形を見下ろした。

上から見る機会など、これまで滅多にない男だった。

「あなたからも言って貰いましょうか」

「なんだと。巫山戯《ふざけ》るな！」

喚く鎌形の、その耳元に顔を寄せた。

藤代麻友子。

「なっ」

鎌形の目が驚愕に引き剝かれ、雑言が止んだ。

本意ではないが、ひとまずはそれでいい。

「なんで、貴様が。――小日向の小僧か」

答えず、矢崎はドアの方を手で示した。

「――大丈夫だ。ドアを叩くな」

鎌形が声を張った。

それで外も静かになった。

それでいい。

それがいい。

「脅す気か。矢崎。それで何をする気だ」

鼻血を拭いながら鎌形が言った。

「何も。そもそも聞いたところで、これはあなたの話ではない。他の人格の話です。私は、そんなことで人を責めはしない」

「なら」

なんだ、と鎌形が言う前に、

「朝比奈、光一郎」

それだけを言った。

「純也君が、あなたの口に気付いていましたよ」

「口？　口がどうした」

「千秋一佐の告別式で、現れた朝比奈に向かってこう言ったそうですね」

馬鹿な。なぜ、ここに。

「朝比奈に依頼したのは、あなたですね。特務班の殲滅を、純也君の暗殺を」

「な、何を言っているんだ。そんなことをするわけがないだろう。それこそ馬鹿な。お前、正気か。いや、お前ら正気か」

鎌形がふたたび喚き始めた。

黙らせるには、また驚かすに限るだろう。

矢崎は胸ポケットからノック式のボールペンを抜き取り、応接テーブルの上に置いた。

ボールペンは極々ありふれた形だが、特別な性能を備えた代物だった。

純也から、モンブラン型のスパイカメラと一緒に預かったものだ。

「大臣。執務室のあなたのデスクのペン立てに、これと同じものを見たことは。一カ月ほど前から、何日かに一度、私が入れ替えていたんですが」

鎌形の目が泳ぐ。

心当たりは大いにあるようだった。

「これは、ボイスレコーダーです。もちろん、ボールペンとしても使えますよ。大臣も知らずに、何回か使ったようですね」

彼《か》の日、純也は、

――うちの分室もね、盗聴とかには用心はありますけど、実はレコーダーとか、アナログでド直球なものには弱いんです。電波も出ませんしね。もちろん、都度都度の回収の危険を無視すれば、ですけど。

と言って、いつものはにかんだような笑みを見せた。

それを矢崎が、大臣執務室のデスクのペン立てに仕込み、何日かに一度の割で大臣の不在時に入室し、交換した。

職員への入室の理由は、レポートの提出でも前回入室時の忘れ物でも、なんとでもなった。職員にも秘書官にも、そもそも防衛大臣政策参与は防衛大臣の身内のようなものだった。

「朝比奈に、特務班の殲滅をオーダーしましたね。使えない男だと叱責しませんでしたか。その後、純也君の始末までオーダーしましたよね」

鎌形は言葉なく、身体を震わせた。

その顔が見る間に赤くなってゆく。

もちろん、鼻血のせいではない。

「――矢崎、貴様。小日向の倅と組んで、俺を陥れる気かっ」

窮鼠猫を噛む、の喩えか。声は低いが、盛り返す怒気に溢れていた。

ただし、そんなものが、なんになろう。

矢崎は静かに首を、左右に振った。

「どれもこれも。何も。ただ大臣、私は、あなたの首につけられた鈴です」

鎌形の首元に右手を伸ばし、捩《ね》じるようにして身体ごとソファから引き揚げ、立ち上がらせる。

逃れようと鎌形が暴れた。

構うものでも恐れるものでもなかった。

ただ、舞い上がった制帽の、若い自衛官の赤心に恥じないように。

「あなたのせいで、何人もの退役自衛官が死んだ。将来を期待された女性自衛官も死んだ。その家族が、悲しみに暮れたんだっ」

握った拳で、もう一度思いっきり鎌形の頬を殴った。

また鎌形の身体がソファに倒れ込み、勢い余ってソファごと後ろに倒れた。

絨毯の上から見上げる鎌形の目が、虚《うつ》ろだった。止まり掛けていた鼻血が、また流れて白いワイシャツを汚した。

「陸上総隊を整えて、あなたが何を考えようと構わない。それがこの国の国防に適《かな》うものなら、私は何も言わない。しかし」

矢崎はまた、鎌形に顔を寄せた。

怯えるようにして、鎌形が上体を仰け反らせた。

無様だった。

それでも――。

「大臣」

こんな男でも、民意で選ばれた大臣だ。

「大臣。特務班には、金輪際の手出しは止めてもらおう」

「ど、どういう、ことだ」

絞り出すように鎌形が言った。

言葉が不明瞭だった。

口の中も切れているようだ。

「私が率いる。あなたの好きにはさせない」

鎌形の喉が鳴った。息が漏れた。

「お、お前。ぶ、部外者だろうがっ」

「だったらどうした。私はあなたより、ずいぶんと戦いの現場に近い」

鎌形の肩が、それで落ちた。

頃合いだったろう。

ドアに近付き、鍵を開けた。

外には心配顔の秘書官らがいた。

「転んだ時に顔を打ったようだ。昼食どころか、この後の式典も無理だろう。医務室回りで、そのまま連れて帰った方がいいな」

矢崎の脇から、雪崩れ込むように取り巻きが部屋に入った。

開け放たれたドアの、廊下の遠くに、小日向和臣総理大臣が立っていた。

こちらを見る目に、冴《さ》えた光が強かった。

かつて、

――正々堂々とした、というのも変だが、真っ直ぐな野心を私は嫌いではない。ただ、ゆらゆらとした上昇志向というものを私は捉え切れない。そんなものはまるで陽炎《かげろう》だ。私にさえ捉え切れない鎌形は、だからこそどこへ出しても間違いはないと思うのだが、実態は常に捉えておきたい。硬質な、武骨な鈴をつけて。

そんな和臣の意向を受けて、矢崎は防衛大臣政策参与を引き受けた。

和臣は、鉄鈴だと言った。

「鈴か。いや、とうとう鈴を超えてしまったかな」

聞こえるわけもないだろうが、和臣が片手を上げ、呼ばれる声に従って階段を降りて行った。

その先に、外光があった。正門に至る方向だ。

「こちらは済んだよ。純也君」

矢崎は光に向けて、淀みのない真っ直ぐな声を投げた。

卒業式―二

矢崎の真っ直ぐな声と思いと、ほぼ同じ頃だった。

光の中に純也はいた。

防衛大学校の本部庁舎から正門へと続く歩道の、ちょうど真ん中辺りだった。

ロングコートを着て、正確にはその光を見上げて立っていた。

左手の奥に、各学生舎へ走る卒業生たちのざわめきが聞こえた。

その直前には奥の記念講堂の方から、帽子投げの喝采もあった。

少し海風はあったが、全体、卒業式にはこの上なくいい陽よりの一日だったろう。

桜も開花の便りが各地からあった。

防大の庭でも、そこここで桜の花が開きつつあった。
純也はそれらを愛でつつ、もう三十分以上も立っていた。
陽射しは春の盛りにはまだ遠かったが、海側から時折吹く南風が暖かだった。
顔を空に向け、純也はひと息ついた。
そのとき、トールワゴンタイプのタクシーが一台、正門近くに停まった。
純也はおもむろに、そちらに視線を投げた。
スライドドアから降りてきたのは、黒留袖の一人の老女だった。
その後ろから二人乗りのバイクが走り来て、タクシーを追い越す位置で停まった。
ヘルメットの風防を上げてこちらを見る。
運転手が猿丸で、タンデムシートの一人は剣持だった。
この日の朝に富山を出た剣持と、横須賀で待ち構えて合流した猿丸の二人だ。
バイクから降りることはせず、猿丸が左手の親指を立てた。
純也は深く頷いた。それですべては了解だった。
タクシーの運転手がトランクから車椅子を降ろし、老女の傍で広げた。
頭を下げて老女が乗り、動き出す。
動きはなめらかだ。電動車椅子だった。
守衛所でカードを見せ、老女は言葉を交わした。

守衛が一人出てきた。おそらく介助を申し出たのだろうが、老女はやんわりと首を横に振った。

その後、軽いモーター音が真っ直ぐ本部庁舎の方に進んできた。

その進路に立ち塞がるようにゆらりと、純也は動いた。

約十メートルくらい手前で、車椅子は止まった。

「通らせてくれんけ。それとも、お出迎えの人かね？」

老女は、朝比奈千鶴子だった。

純也は頭を下げた。

「小日向と申します。不肖、総理の息子で、矢崎啓介さんにお世話になった者です」

「矢崎？　ああ。光一郎の。総理？　へえ」

千鶴子は目を細め、車椅子のジョイスティックを前に倒した。

それで二メートル、近付いてきた。

「富山からここは遠いけ。ちっとだけ、遅れたかね」

また、二メートル近付いた。

「でも、まだ間に合うやろ。退かれ。それとも、あれかね」

さらに二メートル。

それで、思い切り飛べば純也の手の届くエリアに千鶴子が入った。

しかし――。

「それとも、あれかね。あんたが一緒に、死んでくれるんけ？」

「さあ。どうしましょうか」

純也は見下ろし、チェシャ猫めいた笑みを見せた。

「おや。驚かんね」

釣られるように、千鶴子も笑う。

笑って、膝前に整えていた左の掌を純也に見せた。

中指にリングを掛け、握り込むようにしていたのは、キーホルダーのようにも見えた。

だがそれが、車椅子に仕込まれた爆弾の起爆スイッチであることを純也は知っていた。

「もしかしてあんた、これのこと、知っとるんけ？」

「はい」

純也は頷いた。

――重量がね。

富山から帰った後、矢崎が気になることを口にした。

――二十五キロちょっとだとあいつは言ったが、間違いなく三十キロはあった。日本製で、この誤差は大きいような。

それで、気になって矢崎が身につけていたスパイカメラのデータを確認した。

幸いにも、朝比奈が木枠やビニルの梱包を外し、真剣な目で製品の状態を確認する様子がすべて残っていた。

そのデータを、鳥居から科捜研の庁内エスに回して貰った。

明らかにフレームの径が、メーカーの製品サイズより太くなっているという結論を得た。

特に、座席を支えて両サイドを縦断するフレームが。

「今月の上旬に、駐在さんが巡回連絡に行きませんでしたか」

「そんなもん、しょっちゅう来とるけど。――ああ、あの、もう一人連れてきた」

「それです」

それで、何種類かの最新型非破壊検査装置を持たせ、剣持を派遣した。

母屋の千鶴子は駐在に任せ、車庫の中で剣持が調べた。

もちろん、駐在にはそんな来訪目的は告げていない。限界集落での独居生活の調査、そんな意味合いのことを長島は富山県警に通達したようだ。

車椅子は通常の状態で納入された後、おそらく富山でカスタマイズされたのだろう。民間のロジスティクスで運送出来るような代物ではない。

「どちらの希望ですか」

純也は真っ直ぐに千鶴子を見て聞いた。

私だっちゃ、と千鶴子は言った。

「だって、光一郎は外で遊んどるばっかりで、いつまで経っても、私の望みを聞いてくれんから」

「望み、ですか」

「そう。防大に入りたいって行ったときの、約束だったんやけどねえ」

そうして胸の前で手を組み、潤むような目で見上げる千鶴子の仕草は、まるで童女のようだった。

――じゃあさ、光一郎。強くなってな、壊しちゃってけよ。こんな国なんか。戦争するこの国の偉い馬鹿どもなんか。みぃんな、いなくなればいいっちゃ。それがお母ちゃんの、唯一の望みだっちゃ。

千鶴子の囁きは、祈りを捧げるようにも聞こえた。

「そんなにお嫌いですか。この国が」

「嫌い？　そやねえ」

純也に当てる千鶴子の目に、次第に揺らめくような炎が見えた。

冷たく暗く、儚《はかな》く小さな炎だ。

「嫌いもなぁんも、それがお父ちゃんとの約束やし」

「約束、ですか」

「あんたは知らんやろうけど。うちのお父ちゃんな、最後にな、私の方を見てこう言ったんや。ううん。言わんかったけど、私にはわかってねえ。真っ赤な目を細めて、こう」

――俺をこんなにしたんは誰じゃ。俺は俺の人生に、青春に、後悔ばかりじゃ。憎い。憎いぞっ。

「雪に消えてくお父ちゃんは、私にそんなことを言うたんやと思うわ。こっちを睨んで、指差してなあ。あの人は、いつも以上に怖かったわ。私はずっと、あの姿が忘れられんっちゃ。だから、死ぬ前になんかせんと。いいや、死んでも、なんかせんとねえ」

ああ。

朝比奈も矢崎に、似て非なる場面のことを言っていた。

――行けぇ。行けぇ。これでようやく行ける。光一郎。すまないな。いや、ありがとうな。

母と子はそれぞれの、歪んだ思いに従って生きたのだろう。

「そうですか」

純也は自分から一歩、前に出た。

「それで今日、ここに来たと」

「光一郎から、連絡があったっちゃ。自分が迎えに行けないときは、死んどるって。そんときは、招待状持って一人で行けって。新幹線の切符も送ってくれたっちゃ」

「なるほど」

もしかしたらこの母自体も、朝比奈の最後の武器、なのかもしれない。

純也はもう一歩出た。

「その車椅子。富山のご自宅で、お一人で死のうとされる分にはと思って、そのままにしました。それを止める権利は誰にもないですから。けれど、他の誰かを巻き込もうとするなら、道連れにしようとするなら、黙って見ているわけにはいきません。さて、どうされますか」

それは無理っちゃ、と千鶴子は小さく首を横に振った。

「最後に、息子まで取られたっちゃ。こんな国とこんな学校、なくなればいいっちゃ。それに――。ふふっ」

千鶴子は背を丸め、口を開けた。

「それに、そやね。一人で死ぬのは、寂しいっちゃ。くふふっ」

笑った、のだろう。千鶴子の開けた口が、木の洞《ほら》のようだった。熾火《おきび》の眼と相まって、どこか人間離れして見えた。

純也は大きくゆっくり、両手を左右に広げた。

「では、お通しすることは出来ません。ここから先は、夢と希望と、野心を持った生者の領域です」

「ほえ。なら、綺麗な人。小日向さんっちゃね。あなたが一緒に、死んでくれるんけ」

歪んだ微笑のまま、千鶴子は右手で車椅子のジョイスティックを握った。

そのときだった。

スティックを握ったまま十数秒、千鶴子は固まった。

いや、固まったのではない。

純也を見ていた目は焦点を失って純也を通り越し、歪んだ微笑はだらしなく垂れ下がって、そのまま閉じた。

それからさらに、十数秒が過ぎた。

千鶴子の目に光が戻った。

澄んだ光だった。

やおら、純也は千鶴子に近寄り、すぐ間近で膝をついた。

顔を、千鶴子の高さに合わせる。

「朝比奈、千鶴子さん」

呼んでみた。

千鶴子は純也を見詰め、小首を傾げた。

「あなたは、だぁれ？」

純也は千鶴子に手を伸ばした。

「その手のものを、こちらへ。あなたには必要のないものです」

「これ？」

千鶴子は言われるがままに、起爆スイッチを手渡した。

純也はそれをポケットに仕舞い、代わりにニッパーを取り出した。

車椅子をゆっくりと眺め、左右のフレームからかすかに覗いていた本来ならぬコードを切る。

それで、終わりだった。

車椅子の後ろに回り、サポートハンドルを握った。

「さあ、行きましょうか」

言いながら方向転換し、正門へ向かう。

猿丸と剣持が、いつの間にかバイクを降りて立っていた。

「どこへ行くんけ？」

千鶴子が、不安げに顔を斜め後方に振り向けた。

「そうですねえ」

純也は微笑で受けた。

「もう、苦しいことを考えなくてもいいところに。穏やかに、ゆっくりと暮らせるところに」

「ああ。そう」

それはいいわねえ、と言って千鶴子は前を向いた。

車椅子を押しながら、純也も前を見た。

浦賀水道からの南風が音を立て、舗装路の上に早々と散った桜花を、天の高くに舞い上げた。

【警視庁シリーズ】第二十巻刊行に寄せて

鈴峯紅也

初めまして、鈴峯紅也です。普段はあとがきは書かないんですが、今回はタイトルを見てもお分かりのように、【警視庁シリーズ】第二十巻刊行の節目ということで、書かせていただくことになりました。

それにしても公安Jに始まり、K、Qと続いて、もう二十巻ですか。我ながら巻数を重ねてきたものだと思います。

初めは、徳間書店さんの私の担当からの、「警察物をやりませんか」という軽いひと言でした。それを本気で、さて、と考えたとき、私の頭の中を占めたのは、〈警視庁〉という巨大な組織そのものだったことを思い出します。

少し(いえ、だいぶ)古い話になりますが、私が社会人になりたての頃、日本はバブル経済の真っ只中でした。当時は様々な業界に人材が溢れ、どんな会社にもエースがいて、稀にそんなエースをも超えるスーパースターが存在しました。

例えば大手の証券会社には、入社五、六年目にして課のスーパー営業マンと称される青年がいました（伝聞）。昼過ぎに自家用車（当然、高級車）で乗り付け、役員専用駐車場に平気で停め、課長から「ノルマ」の相談を受けるや否や、その場で一本の電話を掛け、瞬く間に足りない課全体の月次のノルマを達成させ、颯爽と帰っていくとか、いかないとか。

例えばゼネコンなら、とある大規模開発工事が、周辺住民や地回りさん達とのトラブルで、工事の遅れどころか完成すらが危ぶまれていたりすると、本社から投入されるスーパー監督がいました（伝聞）。痩せ型で角刈りで煙草はラークで、現場監督なのに縦ストライプのスリーピース・スーツを着てティアドロップ型のサングラスを掛けて（あくまでイメージ）。そんなスーパー監督は自分の子飼いの、腕も価格もハイエンド業者集団を引き連れて現れ、瞬く間に周辺住民と仲良くなり地回りさん達と手を叩き、工事自体もあっという間に遅れを取り戻し、それで颯爽と、次の不可能現場に向かっていくとか、いかないとか。

ならば――。

四万五千もの職員を抱える警視庁ならきっと各部署ごとに、眩い光を放つようなスーパースターがいてもおかしくない。いや、いるに違いない。

例えば前述した証券会社のスーパー営業マンのような、ゼネコンのスーパー監督のような。

警視庁という巨大な組織の中で縦横無尽に活躍する、そんなスーパースター達を書こう、というのがすぐに私の動機になりました。

そうしてスタートしたのが、まずは【公安J】という物語です。別雑誌でも少し書きましたが、警視庁シリーズが公安Jから始まったのは、たまたま、この徳間書店さんの私の担当から送られてきた資料が、なぜか公安についての書籍ばかりだったことにのみ起因します。ですが、この段階ですでにJは、〈警視庁〉というテーマの下、KやQといった他部署のスーパースターの物語も内包していました。

Jが動いているとき、一方Kは、他方でQは何をしているか。

と同時に、刑事部や交通部、警備部や地域部にも存在するはずのスーパースター達は何をしているか、どう絡んでくるのか。

私にとって〈警視庁〉というのは、そんなスーパースター達が同時に存在するための舞台です。部隊とも言えます。会社と表現したりもします。

舞台にしろ部隊にしろ会社にしろ、同じ空間や時間を共有するなら、必ずどこかで擦れ違いも触れ合いもするでしょう。

それが、スーパースターが縦横に活躍する物語の〈横〉を形成し、つまり、広がりを与えることに繋がり、結果、今二十巻を達成することが出来たのだろうと私は信じます。

そして、これは多分にJの物語だけでは為し得なかっただろうと思います。Kもまた、

Qでもまた同様です。

【警視庁シリーズ】はJ、K、Qすべての物語が支え合って、生きています。動きます。それぞれに版元が違うのは洒落ではなく、諸般の都合ならぬ諸版の都合で、別に一社から【警視庁シリーズ】Jの章、Kの章、Qの章として出版されても私としてはなんら問題はないのですが、諸般の都合ならぬ諸版の都合に依る大人の事情で、三社からの発行ということになっていますが、私が三人いるわけでもなく一人で執筆しているので、決して同時に刊行されることはなく、〈順番〉を守ってそれぞれに巻を重ねるという簡単なシステムになっております。

最近は他のシリーズも割り込んだりすることもまた、諸般の都合ならぬ諸版の都合に依る大人の事情と積年の関係であったりしますが、【警視庁シリーズ】はJ、K、Qの〈順番〉を守ってこれからもそれぞれに巻を重ねていきます。

【警視庁シリーズ】を楽しみにして下さっている読者諸氏におかれましては、ご安心ください。

これは作者である私が、例えばですが、自転車で猫を踏んでアスファルトの地面に激突し、大層な怪我をしたとしても、金輪際変わることがないのは令和五年九月現在、半ば強引に、パワハラ気味に証明されて、いるかもしれません。（あくまで仮定）

最後に、繰り返しになりますが、【警視庁シリーズ】はスーパースターが〈警視庁〉を縦横無尽に、天衣無縫に、自由闊達に行き来する物語です。当然、J、K、Qそれぞれがそれぞれで、しかも一巻ずつで成り立つエピソードではありますが、行き来することによってより大きな〈一つ〉の物語でもあります。

同じ時間の同じ警視庁を生きるスーパースターの活躍に是非、今後ともご期待頂ければ幸いです。

物語の流れで読む！
鈴峯紅也の警視庁ＪＫＱシリーズ（２０２４年３月現在。順番は刊行年月と異なる場合があります）

1　警視庁公安Ｊ
2　警視庁公安Ｊ　マークスマン
3　警視庁組対特捜Ｋ
4　警視庁組対特捜Ｋ　サンパギータ
5　警視庁組対特捜Ｋ　キルワーカー
6　警視庁公安Ｊ　ブラックチェイン
7　警視庁監察官Ｑ
8　警視庁公安Ｊ　オリエンタル・ゲリラ
9　警視庁組対特捜Ｋ　バグズハート
10　警視庁公安Ｊ　シャドウ・ドクター
11　警視庁組対特捜Ｋ　ゴーストライダー
12　警視庁監察官Ｑ　メモリーズ
13　警視庁公安Ｊ　ダブルジェイ
14　警視庁組対特捜Ｋ　ブラザー
15　警視庁監察官Ｑ　ストレイドッグ
16　警視庁公安Ｊ　クリスタル・カノン
17　警視庁組対特捜Ｋ　パーティーゲーム
18　警視庁監察官Ｑ　ＺＥＲＯ
19　警視庁監察官Ｑ　フォトグラフ
20　警視庁公安Ｊ　アーバン・ウォー

この作品は徳間文庫のために書下されました。
なお、本作品はフィクションであり実在の個人・団体などとは一切関係がありません。

徳間文庫

警視庁公安J
アーバン・ウォー

2024年3月15日 初刷

著者 鈴《すず》峯《みね》紅《こう》也《や》
発行者 小宮英行
発行所 株式会社徳間書店
東京都品川区上大崎三―一―一 〒141―8202
目黒セントラルスクエア
電話 編集〇三(五四〇三)四三四九
販売〇四九(二九三)五五二一
振替 〇〇一四〇―〇―四四三九二
印刷
製本 大日本印刷株式会社

ISBN978-4-19-894924-2 (乱丁、落丁本はお取りかえいたします)

徳間文庫の好評既刊

鈴峯紅也
警視庁公安J
シャドウ・ドクター
書下し

全米を震撼《しんかん》させた連続殺人鬼、シャドウ・ドクター。日本に上陸したとの情報を得たFBI特別捜査官ミシェル・フォスターは、エリート公安捜査官・小日向純也《こひなたじゅんや》に捜査の全面協力を要請する。だが、相手は一切姿を見せず、捜査は一向に進まない。殺人鬼の魔手が忍び寄る中、純也とシャドウ・ドクターの意外な繋がりが明らかになり……。純也が最強の敵と対峙《たいじ》する！